銀河帝国の興亡2

アイザック・アシモフ

設立より200年が過ぎ、ファウンデーションは衰退の一途《いっと》をたどる銀河帝国から存在を忘れられたまま、持てる科学力を武器に銀河外縁部で勢力を増していた。だが彼らの脅威を察した若き帝国軍人が、帝国史上最後となる戦いを挑む。さらにファウンデーションを思いもよらぬ危機が襲った。天才ハリ・セルダンが遺《のこ》した未来予測にはなかったはずの、ひとりのミュータントが出現したのだ。“ミュール”という名しか知られていないこの正体不明の敵は、着々とファウンデーションへ侵攻しつつあったのである。ヒューゴー賞シリーズ部門受賞の歴史的三部作。

銀河帝国の興亡 2

怒濤編

アイザック・アシモフ
鍛　治　靖　子　訳

創元ＳＦ文庫

FOUNDATION AND EMPIRE

by

Isaac Asimov

1952

目次

銀河帝国の興亡2

怒濤編

忍耐と頑張りを見せてくれたメアリとヘンリーに

プロローグ

銀河帝国は崩壊しつつあった。

その帝国は巨大で、銀河系たる雄大な二重螺旋《らせん》の渦状腕《かじょうわん》の端からもう一方の端まで何百万もの惑星を包含《ほうがん》していた。その崩壊もまた壮大で――長期にわたった。崩壊にいたるにも数知れぬ過程を経なくてはならなかったからである。

それは何世紀にもわたって崩壊しつづけていた。そしてあるとき、ひとりの男がその事実に気づいた。加速していく崩壊の中に残された唯一の創造性の火花ともいうべきその男ハリ・セルダンは、心理歴史学という科学を発展させ、頂点まで導いた。

心理歴史学は個人ではなく集団としての人類を対象とする。群衆、それも、億単位の群衆を、科学として扱う。心理歴史学は、あたりまえの小規模な科学がビリヤードの球《たま》の跳《は》ね返りを予測するように、刺激に対する群衆の反応をほぼ正確に予測する。ひとりの人間の反応を予測することは、既知の数学においては不可能であるものの、億単位の群衆の反応はそれとは問題が異なる。

ハリ・セルダンは当時の社会的経済的趨勢《すうせい》を計算し、その曲線を精査した結果、文明の崩壊が加速度的に継続すること、そして、その廃墟から新たなる帝国があがきながら出現するまでに三万年の空白が生じることを予測した。

崩壊を阻止するにはもはや遅すぎたが、野蛮時代の空隙《くうげき》を短縮することならば可能だ。セルダンは〝銀河系の両端〟にふたつのファウンデーションを設立した。その位置は、一千年というより短い期間に、物事がからみあいぶつかりあって、より強力でより永続的な第二帝国がすみやかに生みだされるよう、算出されたものであった。『銀河帝国の興亡』第一巻では、このファウンデーションの片方における最初の二百年の歴史が語られた。

ファウンデーションは当初、自然科学者たちの植民地として、銀河渦状腕の最外辺に位置する惑星テルミヌスに設立された。帝国の騒乱から隔絶され、科学者たちは普遍的知識の集大成たる銀河百科事典《エンサイクロペディア・ギャラクテイカ》の編纂《へんさん》を目的として、仕事に取り組んだ。すでに他界していたセルダンにより課せられた、より深い役割にはまったく気づいていなかった。

帝国の腐敗が進むにつれて、外縁星域では何人もの〝王〟が独立して国をたて、ファウンデーションを脅威にさらした。しかしながら、初代市長サルヴァー・ハーディンの指揮のもと、ファウンデーションはそれらの小君主をたがいに争わせることにより、かろうじて独立を維持した。また、科学力を失い石炭と石油に逆行しつつあった諸惑星のあいだで、唯一の核エネルギー保有惑星として主導権を握り、近隣諸王国にとっての〝宗教的〟中枢《ちゅうすう》たる立場を確立した。

その後、百科事典《エンサイクロペディア》はしだいに重要性を失い、ファウンデーションはゆっくりと貿易経済を発展させていった。貿易商たちは、全盛期の帝国ですら製作し得なかった小型で機能的な核エネルギー製品を用いて、数百光年にわたる外縁星域をその勢力圏におさめた。

初代豪商ホバー・マロウの時代、ファウンデーションは経済戦争の手法を発展させ、衰退する帝国の一部である辺境星郡《せいぐん》より支援を受けていたコレル共和国を打ち負かすにいたった。

二百年が終わるころ、ファウンデーションは銀河系における最強国家となった。唯一の例外は、銀河系中心部でその版図《はんと》を三分の一に縮小しながらも、いまなお全宇宙の人口と富の四分の三を支配する帝国の残存勢力である。

ファウンデーションの直面すべきつぎの危機が、瀕死の帝国の最後の猛攻となることは避けられなかった。

ファウンデーション対帝国の戦いの幕が、いま切って落とされんとしていた。

第一部　将軍

1　魔術師をさがして

ベル・リオーズ……その比較的短い経歴において、リオーズは〝帝国最後の軍人〟の称号を獲得したが、それも当然のことであった。彼の戦歴を見れば、その戦略能力はペウリフォイに匹敵し、部下の指揮能力に関してはおそらく彼をも凌駕《りょうが》していたことがわかる。帝国の衰退期に生《せい》を受けたため、戦勝記録においてはペウリフォイとならぶことは不可能であった。にもかかわらず、真っ向からファウンデーションと対決せねばならなくなったとき、その機会を得た帝国最初の将軍として……

銀河百科事典《エンサイクロペディア・ギャラクティカ》

＊本書における銀河百科事典《エンサイクロペディア・ギャラクティカ》からの引用はすべて、テルミヌスに拠点をおく銀河百科事典《エンサイクロペディア・ギャラクティカ》出版社がＦＥ一〇二〇年に発行した第一一六版より、同社の許可を得て転載したものである。

ベル・リオーズは護衛をつけずに旅をする。それは、銀河帝国辺境でいまだ不穏な星系に駐屯《ちゅうとん》している艦隊司令官として、宮廷が求める作法に反している。

だがベル・リオーズは若く精力的で——精力的すぎたがために、非人間的で計算高い宮廷によって、このような宇宙の果てに派遣されたのであるが——しかも好奇心が旺盛だった。大勢の人々によってくり返され、さらに大勢の人々が曖昧な知識として知っている、とりとめがなく、奇妙で、あり得そうにもない物語が、好奇心を刺激する。軍を率いて冒険にのりだせそうな可能性が、若さと精力に訴える。それらが組みあわさって、抗しがたい力で彼を駆り立てていた。

目的地である古ぼけた邸宅の入口で、勝手に私用に使っているおんぼろ地上車をおりた。そして待った。入口を監視する光子アイは作動しているが、ドアをあけたのは人の手だった。

ベル・リオーズは老人にむかって微笑した。

「わたしはリオーズだ……」

「存じていますよ」老人は堅苦しい姿勢で立ったまま、驚いたふうもない。「なんのご用かな」

リオーズは敬意をはらって一歩さがった。

「害意はない。あなたがデュセム・バーだろうか。話をうかがいたい」

デュセム・バーが脇によると、邸内の壁が光を放ちはじめた。将軍は真昼のような光の中に歩み入った。そして書斎の壁に指先を触れ、じっと見つめた。

「シウェナでこれをおもちだとは」

バーがうっすらと微笑した。

「この邸《やしき》にしかありません。できるかぎり修理しながら使っておりますよ。入口でお待たせして申し訳ありませんでした。自動装置は来客の存在を教えてはくれますが、いまではもう扉をあけてくれないのでね」

「あなたでも修理できないということか」声にかすかな嘲《あざけ》りがまじる。

「部品が手に入らないのでね。どうぞおかけください。お茶はいかがですか」

「シウエナでか。いやいや、ここでいただかなくては失礼というものだろう」

老名門貴族《パトリシアン》はゆっくりと頭をさげ――古きよき時代たる前世紀の貴族たちが残した、遺物ともいうべき礼儀作法のひとつだ――音もなく部屋を出ていった。

リオーズは邸の主人を見送りながら、自分の上品さが付焼刃《つけやきば》に思えて不安になった。彼は純粋に軍人としての教育を受け、軍人としてのみ経歴を重ねてきた。ありきたりの言い方ではあるが、幾度となく死に直面してもきた。彼にとって死はつねに、馴染み深く実体のあるものだった。それゆえに、第二十艦隊の獅子として偶像化されてきた彼が、いかにも古びたこの部屋の雰囲気にふと不安をおぼえたとしても不思議はない。

棚にならんだ黒いアイヴォロイドの小さな箱は、たぶんブックだろう。見慣れないタイトルばかりだ。そしておそらくは、部屋の片隅にある大きな機械が、ブックの音声や映像を受信する装置なのだろう。実際に使われているものを見たことはないが、話には聞いている。

遠い昔、帝国が銀河系そのものと同じくらい広大だった黄金時代には、十軒のうち九軒の家庭にこうした受信装置と――ずらりとならんだブックがあったという。

だが辺境を監視しなくてはならないこの時代、ブックを見るのは老人ばかりだ。いずれにせよ、古き日々についての物語の半分はおとぎ話のようなものだ。いや、半分以上かもしれない。

茶菓《さか》が運ばれてきたので、リオーズは腰をおろした。デュセム・バーがカップをもちあげて告げた。

「あなたの名誉に」

「かたじけない。あなたの名誉にも」

デュセム・バーがゆったりと言った。

「あなたはお若いと聞いております。三十五、でしたか」

「惜しい。三十四だ」

「となると」バーがわずかに語調を強めた。「まず最初にお知らせしておいたほうがよさそうですね。残念ながら、わたしは恋の護符《ごふ》も惚《ほ》れ薬も媚薬《びやく》ももってはおりません。また、若いご婦人の心をあなたのお気に召すよう動かすこともできません」

「そうした方面において、わたしは人工的な補助をまったく必要としていない」得意気な宣言に、興《きょう》がる響きがまじる。「しじゅうそのようなことを依頼されておられるのか」

「そうですね。不幸なことに、無学な大衆は学問と魔術を混同しがちでしてね。恋愛とは、非常に多くの魔術的な助けを必要とするもののようです」

「確かにそうなのだろう。だがわたしはちがう。学問とは、難しい問題に答えを出す手段以外の何ものでもあるまい」

シウェナ人はしばし真面目に考えこんだ。

「あなたもまた、ほかの人々と変わらず間違っています」

「それはどうかな、まだわかるまい」

カップを漏斗《ろうと》形のケースにおくと、ふたたび茶が注《つ》がれた。若き将軍はさしだされた香料カプセルをぽちゃんとカップに落とした。

「では教えてくれ、パトリシアン、魔術師とは誰のことだ。ほんものの魔術師とは」

バーは長く使われたことのない称号に驚きながらも答えた。

「魔術師などというものはおりません」

「だが人々は魔術師の話をする。シウェナにはそうした話がやまのようにある。人々は崇拝するがごとく魔術師に熱狂している。古きよき日々や、自由とか自治と呼ばれるものを夢見て他愛もないことを口走る人々の集団と、魔術師とのあいだには、何か奇妙な関連がある。そうした事態は最終的に国家にとって危険になるやもしれぬ」

老人は首をふった。

「なぜわたしにおたずねになるのです。わたしを首魁《しゅかい》とした叛乱の匂いでも嗅《か》ぎつけなされましたか」

リオーズは肩をすくめた。

「いや、けっしてそのようなことはない。ああ、だがまったく馬鹿げた話というわけでもないな。あなたの父上はその昔、追放の身となり、あなたご自身も憂国《ゆうこく》の士、熱狂的愛国者であられた。客でありながらこのようなことを口にするのは不作法きわまりないが、わたしの用件にとっては必要なことだ。だが、いまさら陰謀とか叛乱とか、それはあり得まい。シウェナはこの三世代のあいだにそのような気概《きがい》をとことん失っている」

「主人役としていささか不作法ですが、わたしも言わせていただきましょう」老人はやっとのように答えた。「おぼえておいででしょう。かつて、あなたと同じように、シウェナ人には気概がないと考えた総督がいたのですよ。その総督の命《めい》により、わたしの父は貧困の亡命者となり、兄弟は殉死《じゅんし》し、妹はみずから死を選びました。ですがその総督もまた、卑《いや》しい奴隷のようなシウェナ人の手にかかってすこぶる恐ろしい死を迎えたのです」

「ああ、そうだ。わたしもまさしくそうしたことを言いたかったのだ。その総督の謎めいた死は、わたしにとって三年前から謎ではなくなっている。総督の私設護衛兵の中に、興味深い行動をした若者がいた。それがあなただったのだ。いまさら詳細を語る必要もあるまい」

「そうですね」バーは静かに答えた。「そして、あなたは何をお望みなのでしょう」

「質問に答えてもらいたい」

「脅《おど》しは無駄ですよ。わたしのような年寄りになると、生命ももうさほど意味をもってはおりませんのでね」

「いやいや。いまは困難の時代だ」リオーズは意味ありげに言った。「あなたにはお子も友人もおありだろう。若いころに愚かな愛の言葉を捧げた国もある。たとえわたしが力をふるうとしても、あなたを殴るなどといったくだらぬことに使うつもりはない」

「何をお望みなのですか」バーは冷やかにくり返した。

リオーズは空《から》になったカップをもったまま言葉をつづけた。

「では聞いてくれ、パトリシアン。いまは、祝祭日に正装した閲兵隊《えっぺい》を率いて宮殿じゅうを練《ね》り歩いたり、いとやんごとなき皇帝陛下をお乗せしたきらびやかな観光宇宙船を夏の惑星までエスコートしたりすることが、もっとも出世した軍人の役目とされる時代だ。わたしは……わたしは落伍者なのだ。三十四にして落伍者であり、将来も変わることはない。なぜなら、おわかりだろう、わたしは戦いを好む人間なのだ。

だからわたしはここにとばされた。宮廷では厄介者扱いされた。宮廷儀礼というものがどうしてもしっくりこない。伊達者《だてもの》や元帥《げんすい》閣下を怒らせてしまう。だが艦隊指揮や兵の采配《さいはい》には非常に有能であるため、宇宙に放りだしてさっさとお払い箱にしてしまうには惜しい。そこでシウェナというわけだ。はるか遠方の、反抗的で不毛な辺境の惑星。誰もが満足するほど遠く遠く離れた星というわけだ。

というわけで、わたしは無為《むい》の時をすごしている。鎮圧すべき叛乱もない。近頃では辺境の総督たちも謀叛《むほん》を起こそうとはせぬ。少なくとも、いとやんごとなき皇帝陛下の亡きお父上による、パラメイのマウンテルに対する処遇が尊《たっと》き記憶となってより以後はな」

「まこと力ある皇帝であられた」バーがつぶやいた。

「そうだ。われらにはあのようなお方が必要なのだ。わたしはあのお方の利をお守りする」をおぼえておいていただきたい。わたしはあのお方の利をお守りする」

バーはいかにも無関心に肩をすくめた。

「それがさきほどまでの話とどう関係があるのでしょう」

「ふた言で説明する。さっきわたしが言った魔術師は彼方《かなた》からやってきた――辺境警備が守護する宙域のさらにむこう、星もまばらなあたりから――」

「星もまばらなあたり」バーがくり返した。「宇宙の冷気しみいるところ」

「それは詩か」リオーズは眉をひそめた。韻文《いんぶん》など、いまここではまるで場違いだ。「いずれにせよ、彼らは外縁星域からやってくる――皇帝陛下の栄光のために、わたしが自由に戦える唯一の場所だ」

「いとやんごとなき陛下の御《おん》ために尽くし、同時によき戦いを好むご自身を満足させることができるというわけですね」

「いかにも。だが、何者と戦うのかを知っておかなくてはならない。そこであなたの助けを借りたいのだ」

「なぜわたしがあなたを助けられるなどと思われるのでしょう」

リオーズは無造作に小さな菓子をかじった。

「三年をかけて、魔術師に関するあらゆる噂《うわさ》、あらゆる神話、あらゆる風説《ふうせつ》を追ってきたからだ――わたしが集めた大量の資料の中で、それぞれ独立しているにもかかわらず、どの話にも共通して見られる情報が二件あった。ゆえにこれは事実と考えられる。そのひとつは、魔術師はシウェナのさらにむこう、銀河の端からやってくるということ。そしてもうひとつは、あなたの父上がかつてひとりの魔術師と――現実の生きた魔術師と会って、話をしたということだ」

老シウェナ人はまばたきもせず目を瞠《みは》っている。リオーズはさらにつづけた。

「ご存じのことを話したほうがいい――」

バーは考えこむように口をひらいた。

「面白い。お話ししてもよろしいですよ。わたし自身の心理歴史学的実験にもなりますし」

「なんの実験だと？」

「心理－歴史学ですよ」老人はいくぶん意地の悪い笑みを浮かべ、それから歯切れのよい口調で言った。「お茶をもっといかがですか。長い話になります」

老人がやわらかなクッションに深々ともたれかかると、壁の照明が穏やかなピンクがかったアイヴォリーに変わった。軍人のいかつい横顔までが穏やかに見える。

「わたしの知識はふたつの偶然によってもたらされました。その偶然とは、父の息子として生まれたこと、そして、この国に生まれたことです。ことのはじまりは四十年前。大虐殺の直後で、父は南部の森に隠棲《いんせい》し、わたしは総督私設艦隊の砲手をしていました。ついでながらこの総督とは、例の大虐殺を命じ、のちに凄惨《せいさん》な死を迎えたあの総督のことです」

バーは陰惨な微笑を浮かべて言葉をつづけた。

「父は帝国名門貴族《パトリシアン》で、シウェナの元老院議員《げんろういん》でした。その名をオナム・バーといいました」

リオーズは我慢ができなくなって話をさえぎった。

「お父上の追放の次第はくわしく知っている。説明していただく必要はない」

シウェナ人はそれを無視し、なおも澱《よど》みなく話しつづけた。

「父は隠棲していたとき、ひとりの旅人と出会いました。銀河系の端からやってきた商人だという若い男で、奇妙なアクセントで話し、最近の帝国事情を何ひとつ知らなかったといいます。そして、個人用フォース・シールドで身を守っていました」

「個人用フォース・シールドだと？」リオーズは目をむいてにらみつけた。「何を馬鹿なことを。シールドを人ひとりの大きさに凝縮するには、どれだけ強力な動力装置が必要になると思っているのだ。偉大なる銀河にかけて、小さな手押し車に五千万トン核動力装置をのせて持ち歩いていたとでもいうおつもりか」

バーは静かに答えた。

「あなたが噂や神話や風説に聞いたという、これがその魔術師です。〝魔術師〟と呼ばれるようになったのにも、それ相応の理由があります。その男は目に見えるような大きさの動力装置は携《たずさ》えていませんでした。ですが、手で扱う小型武器なら、どれほど強力なものでも、彼の身を包むシールドに傷ひとつつけることはできなかったでしょう」

「話はそれだけなのか。魔術師とはつまり、追放され苦難にうちひしがれた老人の戯言《たわごと》から生まれたものなのか」

「魔術師の話は父以前からありました。ですが今回は、より確かな証拠があるのです。人が魔術師と呼ぶその商人は、父のもとを去ってから、父が教えた都市に行き、そこの技術官を訪問しました。そして、自分が身につけていたのと同じタイプのシールド発生装置を残していったのです。いまわしき総督が処刑され、追放生活から解放されたのち、父はそのシールド発生装置をとりもどしました。ずいぶん長い時間がかかりました——

あなたのうしろの壁にかかっているのがその発生装置です。いまはもう動きません。最初の二日作動しただけで、とまってしまいました。ですがごらんになれば、帝国でこのようなものを設計できる人間がけっしていないことがおわかりになるでしょう」

ベル・リオーズは湾曲した壁にかかる、金属をつないだベルトに手をのばした。手が触れると、吸いつくようなかすかな音がして接着フィールドが破れ、ベルトが壁から離れた。ベルトのてっぺんにある長円形のものに着目する。胡桃《くるみ》ほどの大きさだ。

「これが——」

「動力装置です」バーがうなずく。「かつて動力装置だったものです。どのように作動していたか、その秘密はいまもまったく不明です。サブエレクトロニック検査により、溶解してひとつの金属塊《かい》になったものだということはわかりましたが、回折図形をどれほど綿密に調べても、溶解前に存在していた個々の部品を判別することはできませんでした」

「ではあなたのいう〝証拠〟も、具体的な根拠のない泡のような言葉にすぎない」

バーは肩をすくめた。

「あなたは脅しをかけて無理やりわたしの知識をひきだしました。それに疑いの目をむけるのですか。わたしにどうせよとおっしゃるのです。話をやめればいいのでしょうか」

「つづけてくれ!」将軍は厳しい声で命じた。

「わたしは父の死後も調査をつづけました。そして、さっきも言った第二の偶然がわたしを助けてくれました。つまり、ハリ・セルダンはシウェナの存在を知っていたのです」

「ハリ・セルダンとはなんだ」

「ハリ・セルダンはダルベン四世時代の科学者です。最後にして最大の心理歴史学者でした。シウェナが華《はな》やかな商業の中心地で、芸術と科学が盛んだったころ、その彼が、一度この地を訪問しているのです」

「ふむ」リオーズは気難しげにつぶやいた。「停滞している惑星はどこも、かつてはあふれんばかりに富み栄えていたと主張するものだ」

「わたしがお話ししているのは二世紀も昔、皇帝が最遠の星までしろしめしたもうた時代のことです。シウェナはいまのような半野蛮な辺境ではなく、中央に近い内域惑星でした。ハリ・セルダンはその当時、いずれ帝国の力が衰《おとろ》え、最終的には銀河系全体が荒廃すると予測したのです」

リオーズはふいに笑いだした。

「そんなことを予測しただと? ではその科学者とやらは間違っていたのだ。あなたも科学者を自称しておられるようだがな。帝国はこの千年紀《ミレニアム》において、いままでにないほど力にあふれているではないか。あなたの目は年老い、辺境の寒々《さむざむ》とした荒廃に霞《かす》んでしまったのだろう。いつの日か内域にこられよ。中心世界の富とぬくもりを存分に味わうがよい」

老人は悲しげに首をふった。

「流れはまず外縁から停滞していくのです。腐敗が中心部まで届くには、まだしばらくかかるでしょう。これは、十五世紀の昔から語り伝えられる内的腐敗とはまったく異なる、誰の目にも明らかな衰退なのですよ」

「それで、そのハリ・セルダンとやらは、銀河系がいちように野蛮に堕《お》ちると予測したのだな」リオーズはいかにも面白そうに言った。「それからどうなったのだ」

「そこで彼はふたつのファウンデーションを、それぞれ銀河系の両端に、設立したのです――もっとも優秀で、もっとも若く、もっとも強靭《きょうじん》なファウンデーションが、その地で育《はぐ》まれ、成長し、発展するように。ファウンデーションを設置する惑星の選択は慎重におこなわれました。設置の時期や環境に関しても同様です。心理歴史学の不変数学によって予測された未来のとおり、ファウンデーションがやがて帝国文明の中心部から孤絶し、ゆっくりと成長して、いずれは第二銀河帝国の萌芽《ほうが》となるよう――なおかつ、不可避である野蛮な空白期間が、三万年ではなくわずか一千年に短縮されるよう。すべてが細心にわたって計画されたのです」

「あなたはそうしたことすべてをどこで知ったのだ。ずいぶんくわしくご存じのようだが」

「くわしくなど知ってはおりませんし、知ることもできませんでしたよ」パトリシアンは平然と答えた。「父の発見と、私自身が見つけたわずかな事実を、苦心惨憺《さんたん》してつなぎあわせた結果です。土台は危ういし、上層は広大な空隙《くうげき》を埋めるために想像力を駆使してつくりあげたものにすぎません。ですがわたしは、これこそが本質的な真実であると確信しています」

「信じやすい御仁《ごじん》のようだ」

「そう見えますか。四十年にわたって研究をつづけてきたのですがね」

「ふむ。四十年か！　わたしなら四十日で解決してみせる。実際にやってみせようではないか。その結果は――異なるものになるだろうがな」

「どうやってそれをなさるおつもりなのです」

「わかりきっている。探検してみればよいのだ。あなたの話されたそのファウンデーションとやらを見つけ、この目で観察する。ふたつあると言ったな」

「記録ではふたつとあります。補強証拠は片方についてしか見つかりませんでした。それもしかたのないことでしょう。もうひとつは、銀河系の長軸の反対側の端にあるのですから」

「ならば近いほうを訪ねるとしよう」

　将軍は立ちあがり、ベルトを締めなおした。

「どこに行けばよいか、ご存じなのですか」バーはたずねた。

「まあな。あなたがみごとに殺してのけた先々代総督の記録に、外縁の蛮族に関する怪しげな記述がある。事実、総督の娘のひとりが蛮族の君主に嫁《とつ》いでいる。道なら見つかるだろう」そして彼は手をさしのべた。「歓待に感謝する」

　デュセム・バーは指先でその手に触れ、正式な礼に則《のっと》って頭をさげた。

「ご来駕《らいが》いただきありがとうございました」

「お教えいただいた情報の礼は」ベル・リオーズはつづけた。「もどったときに改めて考えよう」

デュセム・バーは玄関まで丁重に客を見送り、地上車が見えなくなると静かにつぶやいた。

「それは、おもどりになることができればの話ですね」

2　魔術師たち

ファウンデーション　……四十年におよぶ拡張期の末に、ファウンデーションはリオーズの脅威に直面した。ハーディンやマロウの英雄時代はすでに去り、彼らとともに覇気《はき》や決断力といったある種のたくましさもまた……

銀河百科事典《エンサイクロペディア・ギャラクティカ》

そこには四人の男がいた。誰も近づけないよう隔離された部屋だ。彼らはすばやく顔を見あわせ、それから四人で囲むテーブルをまじまじとながめた。テーブルには四本のボトルと、何かを満たした同数のグラスがのっている。だが誰も手を触れようとはしない。

やがて、入口にいちばん近い男が腕をのばし、ゆっくりとリズムをとるようにこつこつとテーブルをたたいた。

「ここに腰かけたまま、永遠に思案しているつもりなのか。誰が口を切っても問題はないのだろう?」

「ならばきみが口を切ればいい。いちばん困惑しているのはきみだ」むかいにすわった巨漢が言った。

セネット・フォレルは面白くもなさそうに、声のない含み笑いを漏らした。

「わたしがいちばん金持ちだからとでも言いたいのかな。そうだな——それとも、話しはじめたのだからそのままつづけろということか。まさか、やつらの偵察船を捕獲《ほかく》したのがわたしの交易《こうえき》船団だということを忘れてはいないだろうが」

「きみの船団がいちばん大きく、パイロットもいちばん優秀だった」三番めの男が言った。

「いちばん金持ちというのは、つまりはそういうことだ。恐ろしく危険な真似をするものだ。きみでなければとてもやり遂げることはできなかった」

セネット・フォレルはふたたび声を出さずに笑った。

「危険を好むのは父親譲《ゆず》りだ。危険を冒せば、それだけの見返りが得られる。今回も敵船一隻《せき》を弧立させた結果、こちらはなんの損害も受けず、また敵側に警戒されることもなく捕獲できた」

フォレルがいまは亡き偉大なるホバー・マロウの遠縁にあたることは、ファウンデーションじゅうにあまねく知れわたっている。また、ひそかにではあれ、彼がマロウの庶出《しょしゅつ》の息子であることも、周知の事実となっている。

四番めの男が小さな両眼をこっそりとしばたたかせた。薄いくちびるのあいだから言葉がこぼれる。

「小さな船を捕獲したというだけのくだらぬ勝利で得々《とくとく》としているのはどうかね。せいぜいが、あの若者の怒りをさらにかきたてるだけのことだろう」

「あの若者が理由を必要としていると思うのかね」フォレルは軽蔑《けいべつ》をこめてたずねた。

「もちろんだとも。今回のことで、われわれはその理由をつくりあげる手間をはぶいてやったというわけだ」四番めの男がゆっくりと言った。「ホバー・マロウなら、そしてサルヴァー・ハーディンなら、こうはしなかっただろう。暴力という不確かな道はほかの者に歩ませ、自分は確かで静かなやり方を選ぶ」

フォレルは肩をすくめた。

「あの船には価値がある。理由づけなど安いものだろう。われわれのほうが大きな利益を得ているのは明らかだ」生まれながらの貿易商ならではの満足感が感じられる。「あの若者は旧帝国の人間だ」

「それはわかっている」二番めの大男が不満そうな低い声をあげた。

「そうではないかと推測していただけだろう」フォレルは穏やかに訂正した。「見知らぬ男が船と富を携《たずさ》えてやってきて友好と交易を申しでたときは、その有益そうな話が単なる見せかけにすぎないと判明するまでは、敵意を見せずにいるほうが賢明だ。だがいま――」

「もっと慎重であるべきだったのだ」三番めの男がわずかに哀れっぽい声で言った。「最初に気がついてさえいれば。帰還を許す前に気づいているべきだったのだ。それこそまことの知恵というものだろう」

「それは協議により決着のついたことだ」フォレルは手をふって、きっぱりとその問題を切り捨てた。

「政府は優柔不断だし、市長は間抜けだ」三番めの男がこぼした。

四番めの男が順番に三人を見つめ、短くなった葉巻を口からはずし、右側の手もとにあるスロットに無造作に放りこんだ。葉巻は音もなく閃光《せんこう》を放って消滅した。

「いまの発言は単なる口癖であったと信じる」皮肉っぽい口調だった。「ここで、われわれこそが政府であることを思いだしてもらおうか」

同意のつぶやきがあがり、四番めの男は小さな目をテーブルにむけた。

「いまは政府の方針には触れずにおこう。あの若者は……あの異国人は、交易相手となり得たかもしれない。過去にはそうしたケースも幾度かあった。諸君ら三人は全員、あの男の機嫌をとって事前契約を結ぼうとした。それを禁じる協定が——紳士協定があるにもかかわらず、試みようとした」

「あなたも同じ穴の狢《むじな》だろうが」二番めの男がうなった。

「わかっている」四番めの男は静かに答えた。

「ならば〝もっとはやくこうすべきであった〟は忘れて、いまどうすべきかの話に進もうではないか」フォレルはいらだって言葉をはさんだ。「いずれにせよ、もしあの男を投獄したり殺したりしていたら、どうなっていたか。われわれはいまだあの男の意図をつかみかねている。最悪のケース、ひとりの生命を奪ったからといって帝国を滅ぼせるわけではない。あの男がもどらなかった場合にそなえて、雲霞《うんか》のごとき艦隊が待機していたかもしれない」

「そのとおり」四番めの男が同意した。「それで、きみはあのとらえた船から何を得たのだね。わたしのような年寄りには長々しい会議はつらいのだがね」

「ほんの数語で説明できる」フォレルは短く答えた。「あれは帝国の将軍、もしくはそれに相当する地位にある男だ。若いにもかかわらず軍事的に秀《ひい》でた能力をもち――という話だ――部下にも崇敬《すうけい》されている。経歴もなかなかロマンティックだ。連中の話はどう考えても半分でたらめだろうが、たとえそうだとしても、驚くべき男であることは間違いない」

「連中とは誰のことだね」二番めの男がたずねた。

「捕獲した船のクルーだ。いいか、わたしは彼らの供述すべてをマイクロフィルムに記録し、安全な場所に保管した。希望するならあとで見せよう。必要とあらば自分であの者たちと話してくれればいい。わたしは要点を説明している」

「どうやって聞きだしたのだ。それが事実であるとどうしてわかる」

「それなりに穏やかならぬ方法でだ」フォレルは眉をひそめた。「手荒に扱って、薬で狂わせて、容赦なく精神探査をおこなった。そうして口を割らせた。どの証言も信用できる」

「昔ならば」三番めの男がふいに、まったく関係のない話をしはじめた。「純粋な心理学を用いたものだ。苦痛を与えることもなく、しかも完全に信頼できる。嘘などつきようがなかったからな」

「ああ、昔ならいい方法がいくらでもあったろうよ」フォレルは冷静に言い返した。「だが、いまはいま式でやるしかあるまい」

「しかし」四番めの男が、うんざりするほどの執拗さと頑迷《がんめい》さをこめてたずねた。「彼は、その将軍は、そのロマンティックな驚異の男は、いったい何をしにきたのだね」

フォレルは鋭い視線を投げた。

「あの男がクルーに国の政策の詳細を打ち明けると思うのか。連中は知らなかった。その点に関しては、連中から得られたものは何ひとつない。銀河にかけて、やってはみたのだが」

「ならば、われわれとしては――」

「われわれ自身の結論を導きださなくてはならない、もちろんだ」フォレルの指がふたたび静かにテーブルを鳴らしはじめた。「あの若者は帝国の軍司令官であるにもかかわらず、外縁星域の片隅に散在するいくつかの星を治める小君主のふりをしていた。それだけでも、彼の真《しん》の目的がわれわれに知られてはまずいものだとわかる。彼の職業と、親父《おやじ》の時代に一度、帝国がわれわれへの戦争行為を援助した事実を考えあわせると、よからぬ可能性が浮かびあがる。このときの攻撃は失敗に終わった。その結果、帝国がわれわれに対して好意を抱いているとは考えられない」

「きみが聞きだしたという話の中に、何か確かなことはあるのかね」四番めの男が慎重にたずねた。「何も隠してはおらんのだろうな」

「何も隠してなどいない」フォレルは淡々と答えた。「いまここからは、商売上の競争心は抜きにしよう。是が非でも共同戦線を張らなくてはならない」

「愛国心かね」三番めの男の細い声には冷笑がまじっている。

「愛国心なんぞくそくらえだ」フォレルは静かに言い放った。「未来の第二帝国のために、わたしが核放射を使うとでも考えているのか。第二帝国への道をならすために、交易をひとつでも危険にさらすと思うのか。だが――帝国の支配を許したとき、わたしの商売に、もしくは諸君の商売に、なんらかの利益がもたらされるだろうか。帝国が勝利をおさめれば、報奨《しょう》を求める腐肉《ふにく》食らいの鴉《からす》どもがやまほど群がってくるだけだ」

「その報奨とはわれわれのことだな」四番めの男が淡々と結論した。

二番めの男がふいに沈黙を破り、憤慨《ふんがい》をこめて巨体を揺すった。彼のすわる椅子がきしみをあげる。

「なぜそんな話をするのだね。帝国が勝利することなどあり得ん。そうだろう。最終的にはわれわれが第二帝国をつくりあげるのだと、セルダンが確約している。これは新たな危機にすぎない。これまでも三度の危機が訪れている」

「新たな危機にすぎない、そのとおり！」フォレルは考えこんだ。「はじめの二回はサルヴァー・ハーディンが導いてくれた。三度めのときはホバー・マロウがいた。いまのわれわれには誰がいるのだ？」

彼はそこで深刻な顔で三人を見つめ、言葉をつづけた。

「セルダンの心理歴史学に依存しているのは心地よいが、その法則には変数のひとつとして、ファウンデーション市民側におけるある種の正常な自主性がふくまれる。セルダンの法則はみずから助ける者を助けるのだ」

「時代が人をつくる、という諺《ことわざ》もある」三番めの男が言った。

「それはあてにできない。絶対的な保証にはならない」フォレルはうなった。「わたしの考えはこうだ。もしこれが第四の危機だとすれば、セルダンはこれをも予期していたはずだ。そしてセルダンが予期していたのならば、打ち破ることは可能であり、そのための方法がなくてはならない。

いま現在、帝国はわれわれよりも強い。これまでもずっとそうだった。今回、われわれははじめて、その直接攻撃を受ける危険にさらされている。その強さはすさまじい脅威だ。もしそれに打ち勝つことができるとすれば、それは過去の危機すべてにおいてと同様、純粋な武力以外の方法によるものとなるだろう。敵の弱点をさがし、そこを攻めなくてはならない」

「その弱点とはなんだ」四番めの男がたずねた。「さらに理屈をこねるつもりかね」

「いや。わたしの話はここまでだ。過去の偉大なる指導者たちは、つねに敵の弱点を見抜き、そこを狙った。だがいまは――」

彼の声が力を失う。しばらくのあいだ、誰も意見を述べようとしなかった。

やがて四番めの男が言った。

「スパイが必要だな」

フォレルは我が意を得たりと言いたげに彼をふり返った。

「まさしく！　いつ帝国が攻撃をしかけてくるかはわからない。だがまだ時間はあるだろう」

「ホバー・マロウはみずから帝国領土に潜入したな」二番めの男がほのめかした。

だがフォレルは首をふった。

「直接行動は無理だ。われわれはみな若いとはいいがたい歳だし、煩雑《はんざつ》な事務や行政業務に縛《しば》られて動けない。われわれに必要なのは、生きがいい現役の若者だ――」

「独立貿易商だな」と四番めの男。

フォレルはうなずき、ささやいた。

「もし、まだ時間があるならば――」

3　死者の手

いらだたしげに歩きまわっていたベル・リオーズは、副官がはいってきたので足をとめ、期待のこもる視線をあげた。

「スターレット号からの連絡は」

「ありません。偵察隊がくまなく捜索しましたが、計器には何ひとつ探知されませんでした。ユーム中佐の報告によると、当艦隊はいますぐにも報復攻撃に出られるとのことです」

将軍は首をふった。

「いや、パトロール船一隻のためにそれはまずい。いまはまだな。伝えてくれ、回航して――いや、待て！　わたしが自分で伝達文を書く。コード化してタイトビームで送ってくれ」

話しながらメッセージを書き、待っている副官に紙を押しつける。

「シウェナ人はまだか」

「まだです」

「そうか。到着しだい、まっすぐここに連れてこさせろ」

副官は小気味のいい敬礼をして退室した。リオーズはまたうろうろと室内を歩きまわりはじめた。

つぎにドアがひらいたとき、そこに立っているのはデュセム・バーだった。案内役の副官のあとからゆっくりと、天井に銀河系をかたどるホログラフを飾った華やかな室内に足を踏み入れる。平時用軍服に身を包んだベル・リオーズは、その中央に立って彼を迎えた。

「ようこそ、パトリシアン！」足で椅子を押しやり、手をふって副官を追いはらう。「わたしがよしというまで、ドアをあけるんじゃないぞ」

そして足をひらき、両手を背中で組んでシウェナ人の前に立ち、考えながら、いくぶん踵《かかと》を浮かしてゆっくりと身体《からだ》を揺らした。それから、厳しい声でたずねた。

「パトリシアン、あなたは皇帝の忠実なる臣民か」

それまで平然と沈黙を守っていたバーが、どちらともつかぬ態度でひたいに皺《しわ》を寄せた。

「わたしには帝国による支配を愛する理由はありません」

「叛逆者になるという宣言からは相当な距離のある発言だな」

「確かに。ですが叛逆者ではないという事実もまた、積極的な協力をしようという言質《げんち》からはずいぶんな距離があります」

「通常ならばそうなる」リオーズは慎重に告げた。「だがいまこの時点において、協力の拒否は即座に叛逆と見なされ、それなりの処遇を受けることを意味する」

バーは眉根をよせた。

「目下《めした》の者に言葉の暴力をふるうのはおやめになったほうがよろしいかと。いまのわたしには、あなたご自身の要求と希望をまっすぐ告げてくだされればそれで充分です」

リオーズは腰をおろして脚を組んだ。

「半年前、わたしたちはある議論をした」

「魔術師のことですか」

「そうだ。あのとき、わたしが何をすると言ったか、おぼえているだろう」

バーはうなずいた。両腕をだらりと膝にのせている。

「彼らの本拠にのりこむつもりだと。そしてこの四カ月、シウェナを離れておられた。見つけたのですか」

「見つけたかだと？　見つけたとも」リオーズはさけんだ。

話しながら、懸命に歯ぎしりをこらえようとするかのように、くちびるがこわばる。

「パトリシアン、やつらは魔術師ではなかった。あれは悪魔だ。信じがたきこと、はるかなる銀河のごとしだ。考えてもみるがいい！　ハンカチ一枚、指の爪ほどしかない世界で、ダーク・スターの荒れ果てた星区のもっとも遅れた惑星でもやっていけないような、乏《とぼ》しい資源とちっぽけな動力とわずかな人口しかもっていない。にもかかわらず、その住民どもは、こぞって静かに銀河系支配を夢見るほど、誇り高く野心に燃えている。

しかもだ、やつらは自信にあふれ、いそごうともしない。悠々と緩慢《かんまん》に行動し、必要とする時間を世紀単位で語る。ゆっくりといくつもの惑星を併呑《へいどん》し、のんびりと、だが着実に星系を浸食していく。

やつらは成功する。阻止できる者はいない。いまわしい交易共同体をつくりあげ、玩具《がんぐ》のような船が到達できるよりさらに遠方の星系にまでその触手をのばしている。やつらの貿易商は——やつらのエージェントはそう自称しているのだ——何パーセクにもわたって宇宙にひろがっている」

憤怒《ふんぬ》あふれる言葉をさえぎって、デュセム・バーがたずねた。

「いまのお話のどこまでが確かな情報で、どこからが単なる怒りなのでしょう」

将軍は息を吸っていくらかおちつきをとりもどした。

「怒りで目がくらんでいるわけではない。いいか、わたしが行ったのは、どちらかといえば、ファウンデーションよりもむしろシウェナに近い惑星だった。だがそこでは、はるかな帝国は神話で、貿易商たちこそが生きた現実だった。わたしたちもまた貿易商と間違えられたのだぞ」

「銀河系支配を目指していると、ファウンデーションが言ったのですか」

「言ったかだと！」リオーズはふたたび激昂《げっこう》した。「言ったとかどうとかという問題ではない。役人どもは何も言わなかった。事務的なことばかりだった。だがわたしは町の人々に話しかけた。ふつうの民《たみ》の考えを聞いた。彼らは〈天命〉とか偉大なる未来とかを冷静に受け入れていた。それは隠せるものではないし、隠そうともしていない、万人《ばんじん》に通じる楽観主義だった」

シウェナ人はあからさまに、ある種の静かな満足感をあらわした。

「お気づきでしょうが、いまのお話は、わたしがこの問題について集めたわずかなデータより再構築した推測を、みごとに証明しています」

「確かにあなたの分析力は称賛すべきもののようだ」リオーズは腹立たしげに皮肉をこめて答えた。「だが同時にこの話は、あつかましくも、われらが皇帝陛下の領土に明らかな危険がせまりつつあることを示してもいる」

バーは無関心を示すように肩をすくめた。リオーズはふいに身をのりだして老人の肩をつかみ、奇妙な優しさをこめてその目をのぞきこんだ。

「パトリシアン、さっきの言葉は忘れてくれ。わたしは乱暴な真似をするつもりはない。わたしとしては、過去に基づくシウェナ人の帝国に対する敵意は、唾棄《だき》すべき重荷《おもに》であり、それをぬぐい去るためなら力の及ぶかぎりのことをしたいと思う。だがわたしは軍人であり、民間の問題に干渉《かんしょう》することはできない。すぐさま罷免《ひめん》され、この有能さも持ち腐れになってしまう。わかるだろう。あなたならわかるはずだ。あなたとわたしのあいだでは、四十年前の暴虐《ぼうぎゃく》はもう、その張本人にあなた自身がくだした報復によって清算されたものとして、忘れようではないか。わたしにはあなたの助力が必要なのだ。はっきりとそう認める」

若い将軍の声には切迫感がこもっている。だがデュセム・バーは穏やかにゆっくりと首をふり、拒絶した。

「あなたはわかっていないのだ、パトリシアン」リオーズはなおも訴えた。「だがわたしではあなたを説得できない。あなたの立場で論じることができない。あなたは学者であり、わたしはちがう。だがこれだけは言える。帝国についてどのような意見をもっていようと、帝国が人の世におおいなる貢献をもたらしてきたことを認めないわけにはいくまい。確かに帝国軍はいくつかの罪を犯した。それでも総体的に見れば、平和と文明を守るための武力だ。二千年のあいだ銀河系すべてにおよぶ〈帝国による平和《パクス・インペリウム》〉を生みだしたのは、帝国宙軍だ。帝国の〈宇宙船と太陽〉のもとに培《つちか》われた二千年の平和と、それに先立つ二千年の恒星間無政府状態とを比べてみるがいい。かつての戦争と荒廃の日々を考えてみてくれ。すべての欠点を考慮にいれてもなお、帝国は存続する価値があるのではないか」彼は力をこめてつづけた。「離脱やら独立やらを果たした銀河系外辺部が今日《こんにち》どのような惨状に陥《おちい》っているか、見てみるがいい。みずからに問うてみるがいい。あなたはおのれのささやかな復讐心ゆえに、強力な宙軍に庇護《ひご》される星郡という地位にあるシウェナを、野蛮な銀河系の中の野蛮な惑星におとしめたいのか。中途半端な独立を目指して堕落と困窮《こんきゅう》を招きたいのか」

「そのような悲惨が――そんなにはやく？」シウェナ人がつぶやいた。

「いや」リオーズは答えた。「たとえ寿命が四倍にのびたとしても、わたしたちの時代は間違いなく無事だろう。わたしは帝国のために戦っている。それと軍の伝統のために。だがそれはわたしにとってのみ意義あるものであり、あなたに無理強《じ》いすることはできない。わたしが仕えているのは、帝国という制度の上になりたつ軍の伝統なのだから」

「お話が精神主義に移行しつつあるようですね。他人の精神主義を理解するのは、わたしにとってつねに困難なのですよ」

「べつにかまわん。ファウンデーションの危険さえ理解してくれればよい」

「あなたが外縁にむかって出発する前、その危険なものについてお教えしたのはわたしですよ」

「ならば、胚芽《はいが》のうちに、もしくは生まれる前に、その危険を排除しなくてはならないことは理解できるだろう。誰ひとりとしてその噂を耳にしてもいないころから、あなたはファウンデーションの存在を知っていた。帝国内の誰よりも、ファウンデーションのことを知っている。どのような攻撃が最適であるかも心得ているだろう。やつらがどのような対抗策を立ててくるかも、前もって警告できるのではないか。さあ、誼《よしみ》を結ぼうではないか」

デュセム・バーは立ちあがり、淡々と言った。

「わたしにできる助力など、さほど意味をもちません。ですが、それほどおっしゃるなら、お話だけはいたしましょう」

「意味があるかないかはわたしが判断する」

「いいえ、真面目な話ですよ。帝国が総力をあげてもこの小国を滅ぼすことはできません」

「なぜだ」リオーズの目が獰猛《どうもう》なきらめきを放つ。「いや、立ってはならん。退出してよいときはそう言う。なぜなのだ。わたしが、発見したこの敵を過小評価していると考えているならば、それはあなたの勘《かん》違いだ、パトリシアン」それから渋々《しぶしぶ》といった口調で、「じつは帰還途中で船を一隻失ってしまった。ファウンデーションの手に落ちたという証拠はないが、それ以来行方不明のままだ。単なる事故ならば、航路で残骸が発見されたはずだ。実際にはたいした損失ではない——痛痒《つうよう》としては蚤《のみ》に食われた十分の一にも満たない。だがこれは、ファウンデーションが敵意を表明したということではないのか。このような熱意をもって、このように結果を顧《かえり》みぬ行動に出るとは、われわれの与《あずか》り知らぬ秘密の武力をもっているのかもしれない。そこで、是非ともあなたに答えてもらいたい問いがある。彼らの軍事力はどのようなものなのか」

「わたしには見当もつきません」

「では、あなた自身の言葉であなたの考えを説明してくれ。なぜ帝国に、あのちっぽけな国を打ち負かすことができないと考えるのだ」

シウェナ人は改めて腰をおろし、リオーズの執拗な視線から目をそらしてゆっくりと語りはじめた。

「それはわたしが心理歴史学の原理を信じているからです。奇妙な科学です。ハリ・セルダンというひとりの人間によって数学的に完成し、彼の死によって消滅しました。以後、その複雑な論理を扱える者がひとりもあらわれなかったからです。ですが、心理歴史学が人類を研究するにあたってもっともすぐれた手段であることは、その短い期間においても立証されています。個々人の行動の予測をあえて捨て、群れとしての人間の集団行動を決定し予測する数学的分析と外挿《がいそう》法を可能ならしめる明確な法則を案出したのです」

「つまり——？」

「セルダンと協力者グループは、その心理歴史学を最大限に活用してファウンデーションを設立しました。場所や時間など、すべての条件が数学的に作用しあい、その結果、必然的に第二銀河帝国へと発展していくよう計画したのです」

リオーズは怒りにふるえる声で言った。

「つまりあなたは、わたしがファウンデーションを攻撃し、これこれの理由によりこれこれの戦闘で敗北することも、その男の学問が予言していると言いたいのか。わたしはあらかじめ定められた破滅へのコースをたどる愚かなロボットにすぎぬというのか」

「そうではありません」老パトリシアンも鋭い声で答えた。「この科学は個人の行動とは無関係だと申しあげたはずです。予測されるのは、個人の背景となる、はるかに巨大な全体像です」

「では、われわれは〝歴史的必然の女神〟の揺るがぬ手にしっかり握られているというのだな」

「〝心理歴史学的必然〟の、ですね」バーは静かに訂正した。

「もしわたしが自由意志の特権を強行したらどうなる。来年攻撃をすることを選択したら。もしくは、まったく攻撃しなかったら。その女神はどれくらい融通《ゆうずう》のきく行動がとれるのだ。どれくらい臨機応変に対応できるのだ」

バーは肩をすくめた。

「いま攻撃しようと攻撃せずに終わらせようと、一隻で攻めようと帝国の総力で襲いかかろうと、軍事力を使おうと経済的圧力をかけようと、堂々と宣戦布告をしようと卑劣《ひれつ》な急襲をかけようと。自由意志を最大限に駆使してお好きな方法をとられるがよろしいでしょう。それでもやはり、あなたは敗北するのです」

「死者たるハリ・セルダンの手によってか」

「とめることも曲げることも遅らせることもできない、人間行動の数学という死者の手によってです」

ふたりはにらみあったまま膠着《こうちゃく》状態に陥った。ついには将軍が一歩譲った。

「挑戦を受けよう」彼はさらりと宣言した。「死者の手に、生者《せいじゃ》の意志で立ち向かってみせよう」

4　皇帝

クレオン二世　……〝大帝〟と通称される。第一帝国最後の強大な皇帝であり、その長い治世期間に生じた政治的芸術的復興運動によって高く評価される。しかしながら、彼をもっともひろく世に知らしめたのはベル・リオーズとの関連を扱った物語であり、一般には単に〝リオーズの皇帝〟としてのみ知られている。その治世最後の年におこった事件によって四十年にわたる治世の評価をさげることは……

銀河百科事典《エンサイクロペディア・ギャラクティカ》

〝大帝〟と通称されるクレオン二世は、最後の強大な皇帝であるが、苦痛に満ちた診断不能の病《やまい》を患《わずら》っていた。人の営《いとな》みに生じる奇妙なゆがみにより、このふたつの記述はたがいに齟《そ》齬《ご》をきたすことも、とりたてて矛盾《むじゅん》を生じることもない。歴史上、うんざりするほど頻繁に見られる現象にすぎない。

だがクレオン二世はそうした先例をいっこう気にかけなかった。同様の事例をならべた長いリストを考察しても、自身の苦しみが電子ひとつほどもやわらぐわけではない。曾《そう》祖父が塵《ちり》のようにちっぽけな惑星を略奪して領主となったにすぎぬのに、その曾孫《ひまご》たる彼自身は不鮮明な過去にまで延々とさかのぼる歴代銀河系支配者の末裔《まつえい》としてアムネティク大帝の歓楽宮《きゅう》で眠っているのだと考えても、心慰《なぐさ》められることはない。父帝が努力の末に領土から疫病のような叛乱の染みを一掃《いっそう》し、スタネル六世のもとで栄えた平和と統一を回復したこと、その結果、自分の治世になって二十五年間、光り輝くその栄光に影を落とす叛乱がひとつも生じていないという事実もまた、いまの彼にはどうでもよいことだった。

銀河系の皇帝にして万物の支配者たる彼は、泣き言をつぶやきながら、枕の周囲にはりめぐらしたフォース・フィールドにぐったりと頭を預けた。接触感もなくやわらかくたわみ、心地よい刺激がもたらされる。強張《こわば》りがわずかにほぐれた。クレオンは苦しげに身体を起こし、はるかに遠いむこう端の壁をむっつりとながめた。ひとりで使うにはひろすぎる部屋だ。すべての部屋がひろすぎる。

だが発作のように身体が利《き》かなくなるこの時間は、着飾ったおべっか使いどもの過剰な同情や穏やかながら恩きせがましい鬱陶《うっとう》しさを耐えるより、ひとりでいるほうがましだ。皇帝崩御《ほうぎょ》と継承問題に関する邪《よこしま》な思惑《おもわく》を隠している無表情な仮面をながめているよりは、ひとりでいるほうがずっといい。

考えるだけで気がせいてくる。彼には三人の息子がいる。まっすぐに育ち、人格すぐれ将来有望な息子たちだ。父親の具合が悪くなったこの数日、彼らはどこに消えてしまったのだろう。待っているのだ、もちろん。たがいにようすをうかがい、そして全員が父のようすをうかがっている。

不安げに身じろぎした。ブロドリグが謁見《えっけん》を願いでている。生まれは卑しいながらも忠実なブロドリグ。宮廷じゅうから激しい憎悪をむけられているがゆえに、なおいっそう忠実な男だ。廷臣《ていしん》たちは十あまりの派閥にわかれながら、ブロドリグに対する憎悪についてだけは完全な意見の一致を示している。

ブロドリグ――忠実なる寵臣《ちょうしん》。彼は銀河系一の高速艇を所有している。皇帝崩御の日のうちにそれに乗って逃げださなければ、翌日には核処刑室送りになるだろう。だからこそ彼は忠誠を尽くさなくてはならないのだ。

クレオン二世は巨大な寝椅子のアームにとりつけられた、なめらかなスイッチに触れた。部屋のむこう端の巨大な扉が透明になる。

ブロドリグが真紅《しんく》の絨毯《じゅうたん》の上を進んできてひざまずき、だらりと力ない皇帝の手に接吻《せっぷん》した。

「お加減はいかがですか、陛下」枢密院《すうみついん》長官は深い気遣《づか》いをこめて低い声でたずねた。

「まだ生きておるわ」皇帝は憤怒のこもる厳しい声で答えた。「医学書を読むならず者どもに、くだらぬ実験のための処女地として扱われるこの状況が〝生きる〟といえるならばだがな。化学であれ物理であれ核エネルギーを用いたものであれ、いまだ試みておらぬ治療法があれば、明日にも帝国のはるかな片隅から学者もどきがやってきて、わけのわからぬ戯言《たわごと》をならべ試みようとするであろう。新たな本が発見されれば、たとえ偽造書であれ、権威ある書物として扱われることになるであろうよ。

父上の思い出にかけて」皇帝は気難しくつづけた。「目の前の病をおのが目で調べることのできる二足獣は存在しておらぬようだ。古代書を手もとにおくことなく脈をとることのできる者もおらぬ。余《よ》は病《や》んでおる。やつらはそれを〝未知の病〟という。愚か者どもめ！　この千年のあいだに人体が新たな病を得た場合、古代人の研究のうちに治療法が発見されなければ、永久に治癒《ちゆ》不可能となるではないか。古代人がいまも生きておるならべつであるがな。さもなくば、余が古代に生きてあるべきであった」

　皇帝が低い声で罵言《ばげん》を吐いているあいだも、ブロドリグは忠実に待ちつづけた。やがてクレオン二世はいらだたしげにたずねた。

「外では何人が待っておるのだ」そしてあごで扉を示した。

「大広間にはいつもの人数が待機してございます」ブロドリグは辛抱強く答えた。

「そうか、では待たせておけ。余は国事に忙しい。近衛《このえ》隊長にそう言わせるがよい。いや、待て。国事はやめておこう。近衛隊長に、今日はひとりの謁見《えっけん》もならぬと告げさせ、いかにも悲しげな顔をしておくように命じよ。やつらの中にまぎれたジャッカルが正体をあらわすやもしれぬ」皇帝は意地悪く冷やかに笑った。

「陛下、陛下の御病《おんやまい》は心臓であるという噂が流れております」ブロドリグが穏やかに告げた。

　皇帝はなおも冷ややかな笑いを浮かべたままだ。

「その噂に踊らされ、はやまった行動をとるならば、余よりもその者らのほうが困るであろうよ。だがそなたは何用か。まずそれを聞こう」

ブロドリグは皇帝の合図を受けて立ちあがった。

「シウェナの軍事総督ベル・リオーズ将軍の件でございます」

「リオーズだと?」クレオン二世は深く眉をひそめた。「それは誰だ。いや、待て。数カ月前、夢のように非現実的な報告を送ってきたあの男か。ああ、おぼえている。帝国と皇帝の栄光のために征服の戦いに出たいと、熱く認可を求めておったな」

「はい、その男でございます」

皇帝は短い笑い声をあげた。

「あのような将軍がいまだ余のもとに残っていたとはな。摩訶《まか》不思議な先祖返りだの。なんと返信したのであったか。確かそなたにまかせたはずだな」

「さようでございます、陛下。さらに情報を送るよう、改めて指示があるまでは、軍事行動をふくめ、いなかる行動も起こさぬようにと、指示いたしました」

「ふむ。問題ない。だがリオーズとは何者だ。宮廷に伺候《しこう》したことはあるか」

ブロドリグはうなずき、ほんのわずかに口もとをゆがめた。

「十年前に近衛隊の士官候補生になり、レムル星団の事件で活躍しております」

「レムル星団だと? 余の記憶はいささか心もとないが——若い兵士が、航行中の船二隻の正面衝突を……その……どうとかして阻止したのではなかったか」いらだたしげに手をふり、「細かなことは記憶しておらぬが、何か英雄的な手柄であったな」

「リオーズがその兵士でございます」ブロドリグは淡々と告げた。「それによって昇進し、実戦艦隊の艦長に任命されました」

「いまはその若さで国境星系の軍事総督か。ブロドリグ、なんと有能な男ではないか！」

「危険でございます、陛下。あの男は過去に生きております。いにしえの時代を、と申しますか、いにしえの時代はかくあったはずという神話を夢見ているのでございます。そうした人物は、個人としては無害ですが、奇妙に現実感を欠いているがため、他人にかつぎあげられる可能性がございましょう。配下の者たちは完全にあの男に心酔しております。リオーズは陛下の、いわゆる〝人気高い〟将軍のひとりなのでございます」

「そうなのか」皇帝は考えこんだ。「いや、よい、ブロドリグ。余は無能者にとり囲まれることを好まぬ。あのようなやつばらはどう見ても、忠臣というものの基準を満たしてはおらぬ」

「無能な叛逆者は危険ではありません。監視を怠《おこた》ってはならないのは、むしろ有能な男です」

「そなたもそのひとりであろう、ブロドリグ」クレオン二世は笑い声をあげ、苦痛に襲われて顔をしかめた。「よいよい。その説教はしばし忘れよ。それで、その若き征服者が何か新たな展開を見せたのか。そなたもまさか思い出話をしにきたわけではあるまい」

「リオーズ将軍より新たな報告が届きました」

「ほう。なんと言ってきたのだ」

「その蛮人どもの国を偵察した結果、軍による遠征を提唱しております。報告書はきわめて冗長でございます。ただいまご不例であられる陛下のお心をわずらわせるほどのものではございません。いずれ貴族院議会において延々討議されることになりましょう」そして横目に皇帝をうかがった。

「貴族院議会だと？」クレオン二世は顔をしかめた。「あの者たちが扱うべき議題だろうか。またもや憲章の拡大解釈が必要となろう。結局はいつもそれだ」

「やむを得ないことでございますので、陛下。尊き先帝陛下が、憲章を認めることなく最後の叛乱を鎮《しず》めることさえできていればと思います。ですがこうなった以上は、しばらくのあいだそれを辛抱するほかございますまい」

「そなたの言うとおりだ。では貴族院議会にかけずばなるまい。だがなにゆえそのように騒ぎ立てるのだ。所詮《しょせん》はささいなことではないか。遠い辺境で小規模艦隊が戦果をあげるだけであろう。とうてい国事とはいえまい」

　ブロドリグはかすかな笑みを浮かべて冷やかに言い放った。

「ロマンティックな愚者《ぐしゃ》の所業でございます。ですがロマンティックな愚者も、ロマンティックでない謀叛人《むほんにん》の道具として利用されれば、恐るべき武器となります。陛下、あの男はこの都《みやこ》で人気者でございました。いま、かの地でも人望を集めております。しかも若うございます。政情不安定な蛮人の惑星をひとつふたつ併合すれば、征服者となりましょう。パイロットや鉱夫や貿易商や、そうした有象無象《うぞうむぞう》の興奮を駆り立てる能力をもつ若き征服者は、いついかなるときも危険です。たとえあの男自身が、いと尊き先帝陛下が簒奪者《さんだつしゃ》リッカーに対してなされたような行為を、陛下になそうという意志をもたずとも、忠誠を誓う帝国貴族のいずれかが武器として利用しようと思い立つかもしれません」

クレオン二世は急激に腕を動かそうとし、痛みに全身をこわばらせた。ゆっくりと緊張を解きはしたものの、微笑は弱々しく、声はかすれていた。

「そなたは得がたい臣下であるな、ブロドリグ。いかなるときも、必要よりはるかに深く疑いを抱く。そなたの勧《すす》める警戒の半分も実行しておけば、それだけでなんの心配も不要となる。この問題は貴族院議会に預けよう。あの者らの意見を聞いたうえで、なんらかの手段を講じるとしよう。その若者はまだなんの叛意《はんい》も示してはおらぬようだからな」

「報告書にはその徴候は見られません。ですが、増援を要請してきております」

「増援とな！」驚きに皇帝の目がすっと細くなった。「いま現在、その者の兵力はいかほどか」

「戦列艦十隻。それに、定数どおりの補助艦艇が随伴《ずいはん》しております。うち二隻は旧〈大艦隊〉より回収した動力機関をそなえ、一隻は同じく旧〈大艦隊〉のパワー砲一式を搭載。あとはこの五十年で建造されたものですが、いずれも充分に戦闘可能なものばかりでございます」

「戦列艦十隻ならばどのような任務にも充分であろう。余の父は十隻にも満たぬ艦隊で、簒奪者との最初の戦いにおいて勝利をおさめたぞ。その若者が相手どろうとしている蛮人とは、いったい何者なのだ」

枢密院長官は傲然《ごうぜん》と眉を吊りあげた。

「報告書には〝ファウンデーション〟とありました」

「ファウンデーションとな。それはなんだ」

「公文書を綿密に調べましたが、どこにも記載はございませんでした。銀河系内においては、旧アナクレオン星郡に相当する宙域でございます。二世紀前より、略奪と蛮行が横行する無政府状態に陥っております。しかしながら、その星郡にファウンデーションとして知られる惑星はございません。その星郡が帝国の庇護《ひご》下を離れる直前、科学者の集団がそのあたりに移住したという漠然とした記述がございました。百科事典《エンサイクロペディア》を編纂するためだとか」薄い笑みを浮かべ、「きっとそれが、百科事典《エンサイクロペディア》ファウンデーションと呼ばれたのではないかと存じます」

「なるほど」皇帝は真剣に考えこんだ。「事態を進めるには、いささか根拠が薄弱だな」

「進めるつもりはございません。あの宙域の無政府状態が深刻化してより以後、その移民団よりの報告は一度も届いておりません。もし末裔がいまも残存しその名をとどめているとしても、当然ながら退化し蛮族と化しておりましょう」

「にもかかわらず増援がほしいというのか」皇帝は長官に鋭い視線を投げかけた。「奇妙な話ではないか。十隻の艦隊で蛮族と戦いたいと申しでながら、まだ一撃も加えぬうちに増援を要請するとは。ああ、だが思いだしてきたぞ。リオーズは忠義篤《あつ》い家系出身の見目《みめ》よい若者であった。ブロドリグ、この件にはどうやら、余にはいまだ理解できぬ複雑な事情がからんでいるようだ。予想以上に重要な問題かもしれぬ」

　皇帝の指が、硬直した脚をおおう光沢のあるシーツをいたずらにいじる。

「鋭い目と頭脳と忠誠をそなえた者を送りこまねばなるまいな。ブロドリグ――」

長官はうやうやしく頭をさげた。

「それと、船でございますね、陛下」

「いや、まだだ！」皇帝は静かなうめきをあげながら、ゆっくりと少しずつ身体の位置を変え、弱々しい指をあげた。「それはいま少し情報を集めてからのことだ。来週の今日、貴族院議会を招集せよ。新たな予算を審議するよい機会になる。これは何がなんでも通してみせるぞ」

そしてずきずき痛む頭をフォース・フィールド枕の心地よいうずきにゆだねた。

「さがれ、ブロドリグ。そして医者をよこせ。余のまわりにあれ以上の痴《し》れ者はおらぬがな」

5　開戦

帝国艦隊は、シウェナの放射点より外縁星域の未知の闇の中にむかって、慎重に発進した。銀河系末端《まったん》に位置する放浪星と放浪星のあいだの広大な距離を越え、ファウンデーション勢力範囲の最周辺部を探るように進んでいく。

二世紀のあいだに文明を失い孤立していた諸世界は、いまふたたびおのが領土に帝国軍を迎え、その威光に打たれ、首都にむけられた巨大砲を前に、皇帝への忠誠を誓った。

駐屯部隊があとに残った。〈宇宙船と太陽〉の記章を肩につけた帝国軍服の男たちだ。老人たちはそれを目にとめ、曾祖父の昔話――宇宙が大きく豊かで平和で、〈宇宙船と太陽〉がすべてを支配していた時代の、忘れられていた昔話をふたたび思いだした。

巨大宇宙船の艦隊はさらにさきへと進み、ファウンデーションの周囲につぎつぎと前進基地を築いていった。惑星がひとつ、織物《おりもの》に嵌《は》めこまれるたび、太陽をもたない放浪惑星の岩だらけの荒野に総司令部をかまえたベル・リオーズのもとに、報告が届けられた。

いま、リオーズはゆったりとくつろぎながら、デュセム・バーに凶暴な笑みをむけた。

「パトリシアン、あなたはどうお考えになるかな」

「わたしがですか。わたしの考えにどのような価値があるというのです。わたしは軍人ではありません」そして彼は、岩に囲まれた雑然たる部屋に、疲れ切った嫌悪の視線をむけた。

それは、洞窟《どうくつ》の壁を削り、人工的に空気と光と熱を送りこんでいる部屋で、荒涼たる広大な惑星の中でただ一点、生命を宿した泡のようなものだ。

「できることはお手伝いしましょう」彼はつぶやいた。「いや、喜んでお手伝いします。だからシウェナに帰らせてください」

「まだだ。まだ駄目だ」将軍は椅子をまわし、片隅におかれた、旧帝国アナクレオン星域とその周辺星系を浮かびあがらせた透明に輝く巨大な球にむきなおった。「いずれこの件が片づいたら書物のもとにもどしてさしあげよう。それだけではない、以前の財産すべてを返還し、永久にあなたと子孫のもとに残されるよう取り計らおう」

「それは感謝いたしますが」バーはわずかな皮肉をこめて答えた。「ですがわたしは将軍のように、この作戦からよい結果が得られるとは信じておりませんので」

リオーズは耳障《ざわ》りな笑い声をあげた。

「またその不吉な予言か。やめてくれ。この星図はあなたの禍々《まがまが》しい理屈よりずっと雄弁に語っている」透明な曲面をそっと撫《な》でて、「放射投影星図は読めるか。読める？　よし、ではここへきて、その目で見るがいい。金色の星は帝国版図《はんと》をあらわしている。赤はファウンデーション支配下にある星で、ピンクはおそらくその経済的影響下にあると思われるものだ。そして、そら――」

リオーズの手が丸いスイッチにかぶさると、硬い白い光点の散らばる区画がゆっくりと深い青に変わっていった。コップの水をこぼしたように、赤やピンクがのみこまれていく。

「この青はわたしの艦隊が占領した星だ」リオーズは静かな満足をこめて告げた。「なおも前進しつづけている。どの星でも抵抗はなかった。蛮人どもはおとなしい。そして何より、ファウンデーション軍からの抵抗はまったくない。やつらは平和のうちに熟睡している」

「軍は広範囲にわたって薄く展開しているようですね」バーが言った。

「そう見えるかもしれない」リオーズは答えた。「だが現実はちがう。軍を配備し守備を固めたポイントは、数こそ比較的少ないものの、慎重に選択されている。その結果、わずかな戦力ですばらしい戦略的効果が得られる。宇宙戦術を細かく研究したことのない者にはわからないだろうが、これには多くの利点がある。とはいえ、誰の目にも明らかなこともある。

たとえば、わたしは球状に包囲しているどのポイントからでも攻撃をかけることができるが、攻撃終了時に、ファウンデーションがこちらの側面や背面から攻撃することはできない。わが軍には側面も背面もないのだからな。

この〝先制包囲戦略〟はこれまでも幾度か試みられている。中でも二千年前のロリス六世の戦いが有名だが、つねに不完全なまま終わった。いつも敵側に察知され、妨害を受けた。だが今回はちがう」

「まさしく教科書どおりというわけですか」バーの声は気怠《けだる》く無関心をあらわしている。

「あなたはやはりわが軍が敗北すると考えているのか」リオーズはいらだたしげにたずねた。

「それが必然です」

「ご存じだろうが、軍事史において、包囲を完成しながら最終的に攻撃側が勝利をおさめなかった例は存在しない。例外は、包囲を突破するに充分な兵力をもった宙軍が外側にいた場合だけだ」

「あなたがそうおっしゃるのならば、そうなのでしょう」

「それでもなお自説に固執《こしつ》するのか」

「はい」

リオーズは肩をすくめた。

「ならば勝手にするがいい」

不機嫌な沈黙をしばしそのまま放置してから、バーは穏やかにたずねた。

「皇帝からの返信はございましたか」

リオーズは背後の壁の容器から煙草《たばこ》をとりだし、フィルターの端をくわえて注意深く火をつけた。

「増援要請のことか。ああ、返事ならきた。返事だけがな」

「船はなしということですか」

「なしだ。なかば予期していたことではある。正直な話、パトリシアン、わたしはあなたの理論に刺激されてあのような要請を出すべきではなかったと考えている。おかげで誤解を招いてしまった」

「そうなのですか」

「ああ、そうだ。船は数が少なく貴重だ。この二世紀における内戦で、〈大艦隊〉の半分以上が破壊され、残ったものもいささか心もとない状態にある。もちろん、最近建造された船がまったく無価値というわけではない。だがいま現在の銀河系には、一級品の超核動力装置をつくれる人間は存在しないようだ」

「それは存じております」シウェナ人の目は深く考えに沈み、内省的だ。「ですが、あなたがそれに気づいておられるとは意外でした。では、皇帝陛下にはおかれては、こちらに割《さ》く船はないと。心理歴史学ならそのことも予測できたでしょう。おそらくは予測していることと思います。第一ラウンドは死者たるハリ・セルダンの手の勝利というわけですね」

「わたしにはいまある船だけで充分だ」リオーズは鋭く言葉を返した。「あなたのセルダンは、いかなる勝利もおさめてはいない。事態がより深刻になれば、援軍の船もやってくる。いまのところ、皇帝陛下はすべての事情をご存じではないのだから」

「そうなのですか。陛下にお知らせしていないことがあるというのですね」

「もちろんだとも——あなたのご高説だ」リオーズは嘲《あざけ》りの色を浮かべた。「あなたの意見はもっともながら、どう考えても常軌《じょうき》を逸《いっ》している。事態が進展して実証されたら、証拠となるような出来事が起こったら、そのときはわたしも、恐るべき危険があることを認めよう。だがそれ以外はあり得ない。加えて」リオーズは無造作に言葉をつづけた。「この話には事実の裏付けがなく、しかも不敬罪《レズ・マジエステ》の匂いがする。陛下のお気に召すはずがない」

老パトリシアンは微笑した。

「つまり、尊き玉座《ぎょくざ》が宇宙の果てのみすぼらしい蛮人集団によって覆《くつがえ》される危険があるとお知らせしても、陛下にとってそれは、信ずべき警告ではなく、正しく理解されることもないだろうとおっしゃるわけですね。だから、皇帝からは何も期待しないと」

「あなたが特使に意義を見いださないならばな」

「特使とは？」

「古い慣習だ。政府の支援のもとにおこなわれる軍事行動には必ず、皇帝の直接代理人が参加する」

「それはそれは。なぜなのでしょう」

「皇帝陛下ご自身がすべての軍事行動の指揮をとっておられることを象徴するためだ。将軍の忠誠に対する保険という二次的な意味もある。もっともそちらに関しては、つねに効果が得られるわけではないがな」

「ですが、将軍には不都合なのではありませんか。外部からの権威がはいるということなのですから」

「それはそうだ」リオーズはわずかに赤面した。「だがそれはどうしようもない――」

将軍の手もとにあった受信機がやわらかな光を放ち、かすかな震動音とともに、スロットに通信シリンダがとびだした。リオーズはそれをひらいた。

「おお！　やっときたか！」

デュセム・バーは問いかけるように静かに眉をあげた。

「貿易商をひとり捕らえたことは知っているな。生きたまま――船も無傷な状態で」

「聞いています」

「いまその男が到着した。数分のうちにここに連れてこられる。パトリシアン、そのままそこで、尋問に耳を傾けていてほしい。そもそも、あなたを今日ここへ呼んだのはそのためだ。わたしが重要な何かを聞き逃しても、あなたなら気づくだろう」

ドアフォンが鳴った。将軍が爪先でスイッチを押すと、ドアが大きくひらく。入口に立った男は、長身で髭《ひげ》を生やし、やわらかい革のようなプラスティックの短《たん》コートを着て、フードを背後にはねのけていた。両手には何ももたず、周囲の男たちが武装していることに気づいていたとしても、いっこう気にとめたふうもない。

男は無造作な足どりで中にはいり、抜け目なく周囲を見まわした。そして将軍にむかって粗野《そや》なしぐさで手をふり、軽く会釈《えしやく》を送った。

「名前は」リオーズは短くたずねた。

「ラサン・デヴァーズだ」貿易商は両手の親指を幅広のけばけばしいベルトにひっかけて答えた。「それで、あんたがここのボスかい」

「おまえはファウンデーションの貿易商だな」

「ああそうだ。いいか、あんたがここのボスだってんなら、部下の連中に、おれの積み荷に手を出すなと命じておいたほうがいいぜ」

将軍は顔をあげて、捕虜に冷ややかな視線をむけた。

「質問に答えろ。おまえは指示を出す立場にはいない」

「ああ、わかったよ。だけどな、もうすでにあんたの部下がひとり、胸に二フィートの穴をあけちまってるんだ。触っちゃいけないところに指をつっこんでな」

リオーズは捕虜を連れてきた中尉に視線をむけた。

「この男の言っていることは事実か。ヴランク、おまえの報告では、失われた生命はないということだったが」

「あの時点ではなかったのです」中尉が不安そうに身体をこわばらせて答えた。「ですがその後、女が乗船しているという噂が流れ、船内捜索がおこなわれました。女はおりませんでしたが、正体不明の機械が数多く発見されました。捕虜は交易用の商品だと主張しております。そのひとつが、触れている最中に閃光を発し、手にしていた兵士が死亡しました」

　将軍は貿易商にむきなおった。

「おまえの船は核爆薬を積んでいるのか」

「とんでもない。そんなものがなんの役に立つってんだ。あの馬鹿は核パンチャーを逆向きにひっつかんで、分散度を最大にセットしちまったんだよ。とんでもないこった。中性子銃《ニュートガン》を自分の頭にむけるようなもんだ。とめようとしたんだが、おれの上に五人ものっかってたもんでね」

　リオーズは待機している衛兵に手をふった。

「さがれ。捕獲した船は封鎖し、なんぴとたりとも立ち入らせるな。すわりたまえ、デヴァーズ」

　貿易商は示された椅子に腰をおろし、帝国将軍の厳しく精細な吟味《ぎんみ》と、シウェナ人パトリシアンの好奇心あふれる視線を、平然と受け流した。

「おまえはなかなかものわかりがよさそうだ、デヴァーズ」

「そいつはどうも。おれの顔が気に入ったのかな。それともほかに何か目的があるのか。言っておくが、おれは凄腕《すごうで》の商人だぜ」

「どちらも同じことだ。おまえは、われわれの弾薬を無駄遣いさせ、電子の塵となって吹き飛ぶ決意をしてもおかしくはないときに、降伏した。そういう生き方を貫いていれば、人生においてよい待遇を受けられる」

「おれが何よりモノにしたいのは、そのよい待遇ってやつさ、ボス」

「いいだろう。わたしが何よりモノにしたいのは、おまえの協力だ」リオーズは微笑し、かたわらのデュセム・バーにむかって低い声で告げた。「この〝モノにする〟という言葉はわたしが考えているとおりの意味でいいのだろうな。このように野卑《やひ》ないいまわしを聞いたことがあるかね」

「ああ、いいとも」デヴァーズは穏やかに答えた。「だが、協力といってもどんな協力なんだい、ボス。正直な話、おれは自分の立場もわかっちゃいないんだ」そして周囲を見まわし、「たとえば、ここはどこなんだ。いったい何がどうなってるんだ」

「ああ、すまない、紹介が中途半端なままだった」リオーズは上機嫌で言った。「こちらの紳士はデュセム・バー、帝国パトリシアンだ。わたしはベル・リオーズ。帝国世襲貴族《ピア》にして、皇帝陛下の軍における第三級将軍だ」

貿易商の口がぽっかりとあいた。

「帝国だって？　学校で習った旧帝国のことか。おいおい、とんでもない話だな！　そんなもの、とっくの昔になくなっちまったと思っていたぞ」

「まわりを見てみるがいい。帝国は存在している」リオーズは厳しい声をあげた。

「うん、まあ、そういえばそうかな」ラサン・デヴァーズは顎髭を天井にむけた。「おれのぼろ船をつかまえたのは、ものすごいぴかぴかの船団だった。外縁星域の王国じゃ、あんなもんはつくれないだろう」ひたいに皺をよせて、「で、何をどうしようってんだい、ボス。

ああ、将軍と呼んだほうがいいのかな」

「戦争だ」

「帝国対ファウンデーションの、ってことかい」

「そうだ」

「なんでだ」

「理由はおまえも知っているだろう」

貿易商は鋭い視線を投げ、首をふった。

リオーズは相手にゆっくり考えさせておいて、やがて静かに言った。

「おまえはその理由を知っているはずだ」

ラサン・デヴァーズは、「ここは暑いな」とつぶやいて立ちあがり、フードつきジャケットを脱いだ。そしてまた腰をおろし、足を投げだしてくつろいだ。

「なあ、あんたはおれが大声をあげてとびあがり、暴《あば》れると思ってるんだろう。確かにタイミングを測れば、あんたが動けずにいるあいだにとびかかれるさ。そこにすわってだんまりを決めこんでいる爺《じい》さんじゃ、おれをとめることはできないしな」

「だがおまえはそうはしない」リオーズは自信ありげに断言した。

「ああ、しないね」デヴァーズは素直に同意した。「まず第一に、あんたを殺したって戦争をとめることはできない。あんたの国にゃあ、ほかにも将軍がたくさんいるんだろう」

「まさしくそのとおりだ」

「おまけに、おれはあんたをつかまえた二秒後にぶちのめされて、その場で殺される。それとも、じわじわ殺されるのかな。どっちにしたって殺されるんだ。おれは計画を立てるときに、そんなものは絶対、計算にいれないことにしている。わりにあわないじゃねえか」

「さっきも言ったが、おまえはものわかりがいい」

「だがな、ボス、ひとつだけ知っておきたいことがある。あんたたちが戦争をしかけてくる理由を知ってるはずだとあんたは言うが、それはどういう意味なんだ。おれは知らねえよ。答えのわからない謎々遊びは気になってしかたがねえ」

「そうかね。ハリ・セルダンという名前を聞いたことはあるか」

「ないね。謎々遊びは苦手だって言っただろう」

リオーズはすばやくデュセム・バーに視線を投げた。バーは穏やかな微笑をうっすらと浮かべ、ふたたび内省的な夢見る表情にもどった。

リオーズは顔をしかめた。

「おまえこそ戯《たわむ》れはやめるのだな、デヴァーズ。おまえたちのファウンデーションには、いつの日かおまえたちが第二帝国を築くという、伝統だか、おとぎ話だか、純然たる歴史だか――べつになんでもかまわぬが――そういう話が残っている。わたしは誇大妄想的なハリ・セルダンの心理歴史学に関する詳細と、おまえたちが帝国に対して最終的侵攻計画を企《くわだ》てていることを知っている」

「へえ、そうなのかい」デヴァーズは考えこみながらうなずいた。「で、誰があんたにそんな話をしたんだ」

「それは問題ではない」リオーズは剣呑《けんのん》なほど穏やかに答えた。「おまえはここで質問をする立場にはいない。セルダン伝説について、おまえの知っていることを話せ」

「伝説だってんなら――」

「デヴァーズ、言葉遊びはいらん」

「言葉遊びなんざしてねえさ。それじゃ、はっきり言ってやろうじゃないか。おれの知ってることはみんな、もうあんたも知っている。いい加減な、くだらん話だよ。どこの世界にだっておとぎ話の類《たぐい》はある。そういうものを捨てさせることはできんだろう。ああ、おれも聞いたことはあるよ。セルダンとか、第二帝国とかいったやつならな。夜、子供を寝かしつけるときのおとぎ話だ。若造どもはポケット・プロジェクタをもって空《あ》き部屋にしけこみ、セルダン・スリラーに夢中になる。だがな、はっきりいって大人のためのもんじゃない。いずれにしても、知性をもった大人なら気にかけたりしないね」貿易商はそして首をふった。

帝国将軍の目が暗くなった。

「それは事実なのか。嘘をついても無駄だぞ。わたしはあの惑星、テルミヌスに行ったのだ。おまえのファウンデーションを知っている。この目でしかと見てきた」

「だったらおれに聞かなくたっていいだろうが。おれはこの十年ってもの、二カ月とつづけてあそこに滞在したことはないんだ。あんたこそ時間を無駄にしてるよ。まあ、伝説を追いかけたいってんなら、戦争でもなんでもはじめるがいいや」

そのとき、バーがはじめて穏やかに口をひらいた。

「ではあなたは、ファウンデーションが勝利をおさめると確信しているのだね」

貿易商はふり返った。かすかに赤面したため、片方のこめかみに走る古傷が白く浮かびあがる。

「おやおや、だんまりの相方《あいかた》さんかい。おれの話から、いったいどうやったらそんな結論が絞りだせるんだ」

リオーズは軽くバーにうなずきかけた。シウェナ人は低い声でつづけた。

「もし、自分の惑星がこの戦いに負けるかもしれない、敗北の苦汁《くじゅう》を舐《な》めることになるかもしれないと考えたら、あなたはもっと心配しているはずだ。わたしにはわかる。わたしの惑星もまたかつて敗北し、いまも苦汁を舐めつづけているのだから」

ラサン・デヴァーズは髭をこすり、ふたりの顔を交互に見つめていたが、やがて短い笑い声をあげた。

「ボス、この人はいつもこんな話し方をしてるのかい。だがな」と真面目な声で、「敗北とはなんだ。おれはいくつもの戦争を見てきた。いくつもの敗北を見てきた。勝者が支配するからなんだってんだ。誰が気にする。おれか？　おれみたいなやつらか？」そして彼は馬鹿にしたように首をふり、熱をこめて力強く語りはじめた。「いいか、平均的な惑星はふつう、五、六人の太った豚に支配されている。そいつらが打撃をくらったって、おれの心はこれっぱかしも痛まないね。だったら国民はってか？　一般大衆ってやつは？　そうさ、まあ死んじまうのも何人かはいるだろうし、残った連中もしばらくは高い税金をはらわなきゃならねえ。だがそれも、いずれおちつく。なんとかおさまる。そしてそのうちに、べつの五、六人がのさばりはじめて、また前と同じ状態にもどるんだ」

デュセム・バーの鼻孔《びこう》がひらき、年老いた右手に筋が浮きあがった。が、彼は何も言わなかった。

ラサン・デヴァーズが、何ひとつ見逃すことのない視線を彼にむけた。

「わかるか。おれは安物の商品をもって宇宙暮らしをしている。企業合同《コンバイン》からわずかな酒代《さかだい》をもらってな。あっちのほうでは」と親指で肩の背後を示し、「太った連中が家でぬくぬくしながら、一分ごとにおれの年収に等しい金をかき集めている。おれや、おれみたいな連中の上前《うわまえ》をかすめとってるのさ。たとえば、あんたがファウンデーションを仕切らなきゃならないと考えてみな。やっぱりおれたちは必要だろう。企業合同《コンバイン》の連中以上に、おれたちが必要だ——あんたはファウンデーションのことを何も知らないし、おまけにおれたちは現金をもってくるんだからな。おれたちにしても、帝国とならもっとうまい取引ができる。ああ、そうさ。おれは商人だからな。儲《もう》かるとなりゃ、そっちにつくさ」

彼は皮肉をこめて、喧嘩《けんか》腰にふたりをにらみつけた。

数分間、沈黙がつづいた。そのとき、カタンと音をたててスロットにシリンダが落ちてきた。将軍はそれをひらき、短い印字文に目を走らせ、ざっと画像を確認した。

「出動の各艦に位置を指示し、作戦準備にかかる。完全武装防御体制にて指示を待て」

そしてマントをとりあげて肩にとめ、無表情に淡々とした声でバーに告げた。

「この男はあなたに預ける。結果を期待する。これは戦争だ。敗者には容赦しない。よいな！」

彼はふたりに敬礼して、部屋を出ていった。

ラサン・デヴァーズは将軍を見送って言った。

「なんだか痛いところを突かれたみたいじゃないか。いったい何があったんだ」

「もちろん戦闘だよ」バーはぶっきらぼうに答えた。「ファウンデーション軍が最初の戦闘にくりだしてきたのだ。ついてきなさい」

室内には武装兵がいる。物腰は丁重だが、表情は固い。デヴァーズは誇り高きシウェナ人長老について廊下に出た。

ふたりが連れていかれた部屋は、それまでの部屋よりも狭く、設備も悪かった。ベッドが二台、ヴィジスクリーン、それにシャワーとトイレがついているだけだ。兵士が退室し、分厚いドアが虚《うつ》ろな音をたてて閉ざされた。

「ふうむ」デヴァーズが不満そうにあたりを見まわした。「なんだか監獄みたいだな」

「そのとおりだよ」バーは短く答え、背をむけた。

貿易商はいらだたしげにたずねた。

「で、あんたの狙いはなんなんだい」

「狙いなんぞない。ただあなたを預かった、それだけのことだ」

貿易商は立ちあがってバーに近づいた。じっと身動きをしないパトリシアンの上に、巨体がのしかかる。

「そうかい。だがあんたはおれといっしょにこの監獄に閉じこめられている。ここにくるまでだって、連中の銃は、おれと同じくらいあんたにもしっかりむけられていたぜ。なあ、あんた、戦争と平和についてのおれの意見に、ひどく腹を立てていたよな」

待ってみたが、返事はない。

「いいだろう。ちょっと質問させてくれ。あんた、あんたの国も以前敗北したって言ったよな。どこにやられたんだ。外縁星雲からきた彗星人《すいせい》か」

バーは視線をあげた。

「帝国だ」

「なんだって？　じゃあ、あんた、こんなとこで何してるんだよ」

バーは沈黙を守ったが、それが何よりも雄弁に答えを告げていた。

貿易商は下唇《したくちびる》をつきだし、おもむろにうなずいた。そして、平たい金属をつないだブレスレットを右手首からはずし、バーにむかってさしだした。

「これ、なんだと思う？」左手にも同じものがはまっている。

シウェナ人はブレスレットを受けとり、貿易商の身ぶりに応《こた》えてゆっくりとそれをはめた。

手首に奇妙なうずきが起こり、すぐさま消えた。

その瞬間、デヴァーズの口調が変わった。

「よし、それで大丈夫だ。好きにしゃべってかまわない。たとえこの部屋が盗聴されていたとしても、やつらにはひと言も伝わらない。あんたがいまはめたのは、正真正銘マロウが設計したフィールド攪乱《かくらん》装置だ。ここから外縁にいたるどの惑星でも二十五クレジットで売っているが、あんたには無料《ただ》で進呈しよう。くちびるを動かさないように話すんだ。そうしたらあとは気楽にやっていける。まあ、そのコツはおぼえなきゃならんがな」

デュセム・バーはふいに疲労を感じた。貿易商の鋭い視線が炯々《けいけい》と輝き、彼をせきたてる。その要求になど、とても応じられそうにない。

「何が望みなのだね」くちびるを動かさないまま不明瞭な言葉がすべりでた。

「言っただろう。あんたの話しぶりはいわゆる愛国者のもんだ。あんたの世界は帝国によってぶっつぶされたんだな。なのにあんたはここで、金髪の帝国将軍に協力してる。筋が通ってないじゃないか」

「わたしは自分の役割を果たし終えた。わが国を征服した帝国総督は、わたしの手にかかって死んだ」

「へえ、そうなのかい。で、そいつは最近の話なのか」

「四十年前だ」

「四十……年前……だって！」彼にとって何か意味のある言葉なのだろうか、貿易商は眉をひそめた。「思い出を抱いて生きていくにしても、ずいぶん古い話だな。将軍の軍服をきたあの若いのは、そのことを知っているのか」

バーはうなずいた。

思考をめぐらすデヴァーズの両眼が陰《かげ》を帯びる。

「あんた、帝国に勝ってほしいのか」

ふいに奥底からこみあげてきた怒りにかられ、シウェナの老パトリシアンはさけんだ。

「帝国とそのすべての事業よ、宇宙的大災害のうちに滅びるがよい。すべてのシウェナ人は日々そう祈っている。かつてはわたしにも兄が、姉が、父がいた。いまのわたしには子が、孫がいる。あの将軍は彼らの居場所を知っているのだ」

デヴァーズは待った。バーはささやくようにつづけた。

「だが危険に見あうだけの結果が得られるなら、わたしもためらいはしない。彼らも死に方は心得ている」

貿易商は穏やかに言った。

「あんたはその昔、総督を殺したんだな。それでいくつか気づいたことがある。おれたちんとこには以前、ホバー・マロウって市長がいたんだ。マロウはシウェナを訪問した。あんたの惑星だろ？　そしてそこで、バーという男に会った」

デュセム・バーは疑惑をこめて目を瞠った。

「あなたは何を知っているのだ」

「ファウンデーションの貿易商みんなが知ってることをさ。だがな、もしかしたらあんたは悪賢い爺さんで、ここに放りこまれたのだって、おれにとりいるためなのかもしれん。確かに連中はあんたに銃をむけていた。あんたは帝国を憎んでいて、帝国を滅ぼすためならなんでもすると言っている。そこでおれがあんたにいれこんで、心の内をすっかり打ち明けちまう。でもって将軍は大喜びって寸法なんじゃないか。だがまあ、その可能性は低いな。それでもだ。やっぱりおれは証拠が見たい。あんたがほんとうにシウェナのオナム・バーの息子――虐殺をまぬがれた六番めの末の息子であるという証拠をな」

デュセム・バーはふるえる手で、壁のくぼみにおいた平たい金属の箱をひらいた。とりだされた金属の物体が、やわらかな音をたてて貿易商の手に押しこまれる。

「それを見るがいい」バーは言った。

デヴァーズはじっとその鎖を見つめた。ふくらんだ中央部分を目に近づけ、静かに驚きの声をあげる。

「こいつは確かにマロウのモノグラムだ。でなきゃおれは、とんでもねえド新人てことになる。んでもって、少なくとも五十年は昔のデザインだな」

貿易商は顔をあげて微笑した。

「握手しようや。個人用核シールド以上の証拠はないさ」

そして大きな手をさしだした。

6 寵臣

虚空《こくう》の深淵《しんえん》からちっぽけな船が幾隻も出現し、大艦隊の中に突入していく。エネルギーを爆発させることも噴出することもなく、戦艦があふれかえった空間を縫《ぬ》うように飛びまわる。帝国戦艦は鈍重《どんじゆう》な獣《けもの》のようによたよたとそのあとを追ったが、敵は爆音とともに飛び去った。二匹のちっぽけなブヨが核崩壊を起こして収縮し、宇宙空間に音もなくふたつの閃光が針の穴をあける。だが残りの船はそのまま逃げ去った。

巨船群はあたりを探索しながらも、やがて、惑星から惑星へと巨大な包囲網を張りめぐらす通常任務にもどっていった。

ブロドリグの軍服は壮麗《そうれい》たるものだ。丁寧に仕立て、丁寧に着ている。いま現在、帝国軍臨時司令部は無名の惑星ワンダに設置されている。その庭園を抜けていく彼の足どりはのろく、表情は暗かった。

彼とともに歩くベル・リオーズは、なんの変哲もない陰気な濃い灰色の通常軍服を着て、襟《えり》元をあけている。

リオーズは香りのよい羊歯《しだ》の下にある、なめらかな黒いベンチを指さした。へらのような大きな葉が水平にひろがって、陽光をさえぎっている。

「あれをごらんください、閣下。帝国支配の遺物です。恋人たちのための装飾ベンチが、いまも初々《ういうい》しく使用に堪《た》えるというのに、工場や宮殿は廃墟となって忘れ去られています」

リオーズは腰をおろしたが、クレオン二世の枢密院長官はその前に直立したまま、手にした象牙《ぞうげ》の杖《つえ》を正確にふるって、頭上の葉をたたき落とした。

リオーズは脚を組んで相手に煙草を勧め、自分も一本とって話をつづけた。

「閣下のように有能なオブザーヴァを派遣いただけたことこそ、皇帝陛下の輝かしき叡智《えいち》の証《あかし》かと存じます。おかげで、より重要でよりさしせまった問題が生じ、外縁星域制圧というささやかな軍事行動など、陰に追いやられるのではないかという心配が解消しました」

「陛下の御眼《おんまなこ》はすべてを見そなわしたもう」ブロドリグは機械的に答えた。「われわれはこの作戦の重要性を過小評価してはいない。ではあるが、その困難さが過剰に強調されているのではないかという疑問はある。やつらの小型船は、包囲網の準備作戦を進めるにあたって、それほど障害にならぬであろう」

リオーズは赤面しながらも、冷静さを維持した。

「無謀な攻撃をかけて、そもそも少ない部下の生命を危険にさらしたり、かけがえのない艦艇を破壊されたりするわけにはまいりませんので。いかに困難であろうと、包囲網さえ完成すれば、最終攻撃におけるわが軍の死傷者は四分の一に軽減されるでしょう。それについての軍事的根拠は、僭越《せんえつ》ながら昨日、説明申しあげました」

「いやいや、わたしは軍人ではないからな。今回、明らかに正しいと思えるものが現実には間違っていると、貴君《きくん》は主張している。まあそれはそれでよいとしよう。だが貴君の慎重さは度を超している。二度めの通信において、貴君は増援を要求してきた。しかもその時点において、貴君は一度も、その貧《こ》しく野蛮で卑小《ひしょう》な敵と、小競《こぜ》り合いすらしてはいなかった。そのような状況で増援を請うとは、無能か、それ以上に悪い評価をくだされてもしかたのないところであるが、そこはそれ、これまでの貴君の軍歴が勇敢さと機知を証明しているからな」

「恐縮です」将軍は冷やかに答えた。「ですが、勇敢と無鉄砲は同じではないことをお心にとめていただきたいかと。敵をよく知り、どの程度の危険があるか、少なくともある程度の予測が立てられるときは、一か八《ばち》かの賭けもいいでしょう。ですが、まったく未知の敵に立ち向かっていく蛮行を勇気と呼ぶことができるでしょうか。昼間に障害物コースを軽々と走り抜ける男が、夜に自分の部屋で家具につまずいてころぶのはなぜかと問うようなものです」

ブロドリグはたはたと指をふってその言葉を退《しりぞ》けた。

「なかなかドラマティックではあるが、充分な説明にはなっておらぬな。貴君はみずからその蛮人の惑星を訪れているではないか。さらには敵の捕虜、その貿易商とやらを大事にかくまっている。貴君とその捕虜のあいだには、夜の霧がたちこめているわけではあるまい」

「それはどうでしょう。一カ月やそこらの訪問で、二世紀ものあいだ孤立して発展した世界を、充分な考察を重ねた攻撃をおこなえるほど詳細に知ることができるものでしょうか。ぜひともお考えいただきたい。わたしは軍人であって、サブエーテルの立体ドラマに出てくる、あごが割れて樽《たる》のような胸をしたヒーローではありません。また、たったひとりの捕虜、それも、敵惑星と緊密な関係をもたない商業団体に属する無名の一メンバーから、敵の作戦に関する極秘情報すべてが得られるでしょうか」

「尋問はしたのかね」

「もちろん」

「それで?」

「有益ではありましたが、決定的とはいえません。その者の船は、ものの数にもはいらぬちっぽけなものです。面白くはありますが、それ以外にはなんの意味もない玩具《がんぐ》のようなくだらぬ品を売っております。陛下のお慰《なぐさ》みにお送りしようと思い、もっとも興味深そうなものを二、三とりのけてあります。むろん、その者の船と機能に関してはわたしには理解できないことが多々ありますが、わたしは技術官ではありませんので」

「だが貴君の部下には技術者もいるだろう」ブロドリグが指摘する。

「当然それは承知しております」将軍はかすかな皮肉をこめて答えた。「ですがあの愚か者たちの力では、とてもとてもわたしの要求には応《こた》えられないのです。あの船に搭載されている奇妙な核フィールド回路の働きを理解できる優秀な技術者を派遣してくれるよう要請を出しているのですが、まだ返事はありません」

「そのような者をまわしてやるだけの余裕はないのだよ、将軍。貴君の広大な星郡をさがせば、ひとりくらい、核エネルギー装置を理解できる者がいるのではないかね」

「そのような者がいるならまっさきに、ささやかなわが艦隊において何かと不調を起こす二隻の動力装置を修理させます。たった十隻しかないわたしの艦隊で、その二隻は充分な動力を供給できないがため大規模戦闘に加わることができず、わが軍の五分の一はつねに戦線の背後に陣取るという無意味な行動をとらされているのです」

枢密院長官がいらだたしげに指をふった。

「貴君のような状況はべつに珍《めずら》しいものではない。皇帝陛下ご自身も同じような御悩みを抱えておられる」

将軍は結局火をつけないままぼろぼろになった煙草を投げ捨て、新たな一本に火をつけて肩をすくめた。

「まあとにかく、第一級の技術者がいないというのは、それほどさしせまった問題ではありません。精神探査機がまともに作動してくれていたら、捕虜の尋問ももっとうまくいったかもしれませんが」

枢密院長官の眉があがった。

「貴君は精神探査機をもっているのかね」

「古いものです。必要とするときにかぎって故障する老朽品《ろうきゅう》です。捕虜が眠っているときにしかけましたが、何も受信できませんでした。そんなものです。部下にためしてみたときは、ほぼ正常な反応が得られたのですがね。そしてやはり、部下の技術者で、なぜ捕虜のときにはうまく働かなかったかを説明できる者はひとりもいませんでした。デュセム・バーは優秀な理論家であって技術者ではないのですが、この捕虜は子供のころから異質な環境で神経系の刺激にさらされてきたため、精神構造が探査機の影響を受けつけないのだろうと言っていました。わたしにはわかりません。ですが、まだ役に立つだろうと考え、監禁をつづけています」

ブロドリグは杖《つえ》にもたれかかった。

「都《みやこ》で専門家が見つかるかどうか調べてみよう。ところで、話に出てきたもうひとり、そのシウェナ人はどうなのだ。貴君は敵に目をかけすぎているのではないかね」

「あの男は敵を知っています。いずれ役に立ち、なんらかの助けになると信じて、手もとにおいております」

「だがやつはシウェナ人で、しかも追放された謀叛人の息子ではないか」

「無力な老人です。それに、家族を人質として確保しています」

「そうか。ところで、わたしはその貿易商と直接話をしてみたいのだがね」

「了解いたしました」

「ひとりでだぞ」長官は冷やかに強調した。

「了解いたしました」リオーズは穏やかにくり返した。「皇帝陛下の忠実なる臣《しん》として、陛下の代理人たる閣下をわたしの上官としてお迎えいたします。しかしながら、その貿易商は恒久基地におりますので、閣下は興味深い瞬間に前線を離れなくてはならないことになります」

「おやおや。興味深いとはどういう意味だね」

「包囲網が本日完成いたします。そして、一週間のうちに辺境第二十艦隊が抵抗勢力の中心にむかって進攻を開始します。そういう意味で、興味深いと申しあげたのです」

リオーズは莞爾《かんじ》と笑んで背をむけた。

ブロドリグはなぜか、一杯くわされたような気分に陥った。

7 賄賂《わいろ》

モリ・ルーク軍曹はその階級における理想的な兵士である。プレアデスの巨大農業惑星の出身で、そこでは軍隊生活が、虚《むな》しくつまらない野良《のら》仕事と土から解放される唯一の方法だった。彼はまた、そうした育ち方における典型的な男でもあった。想像力がないため恐れることなく危険に立ち向かい、強靭《きょうじん》にして敏捷《びんしょう》であるためみごとにその危険を攻略してのける。即座に命令に従い、断固として部下を酷使し、将軍に対しては揺るぎない敬愛の念を抱く。

しかしながら、彼の性根《しょうね》は陽気だ。戦闘においてなんのためらいもなく人を殺しても、そこには一片《いっぺん》の憎悪もまじっていない。

そのルーク軍曹が部屋にはいる前に入室シグナルを送るのは、如才《じょさい》なさ以外の何ものでもない。彼には合図なしで堂々と部屋にはいる権限があるのだから。

夕食をとっていた室内のふたりが顔をあげた。ひとりが足をのばし、使い古したポケットトランスミッタから流れる陽気なしゃがれ声をとめた。

「またブックが手にはいったのか」ラサン・デヴァーズがたずねた。

軍曹はきっちりとシリンダ状に巻いたフィルムをさしだし、首筋を掻《か》いた。

「これはオーレ機関士のもので、いずれ返却しなくてはならないんですけど。オーレは、子供たちに送ってやるつもりだから、その、いわゆるお土産《みやげ》としてですね」

デュセム・バーが興味深そうに手の中でシリンダをひっくり返した。

「機関士はこれをどこで手にいれたのだね。彼はトランスミッタをもっていないだろう」

軍曹はきっぱりと首をふり、ベッドの足もとにころがっているがらくたを指さした。

「ここにはそれひとつしかありません。オーレは、わが軍が占領したあの豚小屋みたいな惑星のひとつで、そいつを手に入れたんです。大きな建物の中に保管されてたんですけれど、もちだそうとしたら邪魔されたんで、住民を何人か殺さなくてはなりませんでした」品定めするようにそのブックをながめ、「いい土産になるでしょうね——子供たちには」

彼はそこで言葉をとめ、それからあたりをはばかるようにつづけた。

「ところで、ものすごいニュースが流れてるんです。単なる噂なんですけれどね、黙っているのはもったいない。将軍がまたやったんですよ」そしてゆっくりと重々しくうなずいた。

「ふうん。で、何をやったんだ」デヴァーズがたずねた。

「包囲網を完成させたんですよ」軍曹は父親のように誇らしげにくっくっと笑った。「うちの将軍はたいしたもんじゃありませんか。立派にやってのけたんですよ。気取った言い回しの好きな連中が言ってたんですがね、いや、自分にはなんのことかわかっちゃいないんですけど、天球の音楽みたいに澱《よど》みなくなめらかに、やってのけたんだそうですよ」

「では大攻撃がはじまるのだね」穏やかにたずねたのはバーだ。

「そうあってほしいもんです」陽気で荒っぽい返事がもどる。「腕ももう治ったことだし、はやく艦にもどりたいです。こんなとこでぼんやりすわりこんでいるのは、もうたくさんです」

「おれもだ」ふいに凶暴な声でデヴァーズがつぶやいた。いらだたしげに下唇を噛《か》みしめている。

軍曹は疑惑をこめて彼を見つめた。

「もうもどります。そろそろ隊長が巡回する時間ですし、ここにいるのを見られないほうがいいでしょうから」

そして彼は出口で足をとめ、ふいにおずおずと、ぎこちなく貿易商に告げた。

「ところで、女房から連絡があったんですけど。女房に送ってやれってあんたがくれた小型冷凍庫は、とても具合がいいそうです。費用はぜんぜんかからないのに、一カ月分の食料が冷凍できるそうです。ありがとうございました」

「いやいや、気にせんでくれ」

軍曹の笑顔の背後で、音もなく大きなドアが閉まった。

デュセム・バーが椅子から立ちあがった。

「ふむ、冷凍庫に対する礼としては申し分ないね。ではこの新しいブックを見てみようではないか。おや、タイトルがついていないな」

彼は一ヤードほどフィルムをのばして明かりに透かし、それからつぶやいた。

「これは驚いた。『サマの庭』だよ、デヴァーズ」

「ふうん」貿易商は面白くもなさそうに答え、夕食の残りを押しのけた。「すわれよ、バー。昔の文学作品を鑑賞したって、なんの役にも立ちゃしねえ。それより、あの軍曹の言ったことを聞いただろう」

「聞いたよ。それがどうしたのだね」

「攻撃がはじまる。なのにおれたちは、こんなところにすわりこんでるんだ!」

「ではどこにすわっていたいのだね」

「そういうことを言いたいんじゃない、わかってるだろう。ただ待ってたってしょうがないじゃないか」

「そうかな」バーはトランスミッタから丁寧に古いフィルムをとりだし、新しいものをセットした。「あなたはこの一カ月、ファウンデーションの歴史をいろいろと話してくれた。それによると、過去の危機における偉大な指導者たちは、ただすわって——待つよりほかに何もしなかったではないか」

「そうだな。だがあの人たちは、自分たちがどこにむかっているか、ちゃんと知っていた」

「そうだろうか。すべてが終わってから、知っていたと主張しているだけなのではないかな。もしかしたら知っていたのかもしれないけれどね。だが、知らなかったら事態が同じようには展開しなかったはずだとか、もっと悪くなっていたはずだとか、証明はできないからね。より深い経済的・社会学的な力は、個人の動向によって左右されるものではないよ」

デヴァーズは鼻で笑った。

「もっとよくなっていたかもしれないとも証明できないけどな。あんた、尻尾《しっぽ》のさきから逆向きに理論展開してるぜ」そこで視線を陰らせ、「なあ、あいつをぶっ殺したらどうかな」

「誰を？　リオーズか」

「ああ」

バーはため息をついた。年老いた目が遠い昔の記憶をよみがえらせて曇る。

「暗殺では解決できないよ、デヴァーズ。わたしもかつて激情にかられて試みたがね。あのときのわたしは二十歳で――だがなんの解決にもならなかった。確かにシウェナからひとりの悪党を排除することはできたが、帝国の軛《くびき》から逃れられたわけではなかった。そしてつまるところ、問題の要《かなめ》はその悪党ではなく、帝国の軛だったのだよ」

「だがリオーズはただの悪党じゃないぜ。やつはあのくそいまいましい軍そのものなんだ。あいつがいなきゃ、艦隊はばらばらになる。赤ん坊みたいにやつにしがみついてるんだからな。あの軍曹だって、やつの話をするときは涎《よだれ》をたらさんばかりじゃないか」

「それはそうだが、軍はこれだけではないし、指揮官もほかに大勢いる。もっと深く掘りさげて考えたまえ。たとえばあのブロドリグだ――あの男ほど皇帝への強い影響力をもつ者はいない。リオーズはやっとのことで十隻の艦をもらえるだけだが、ブロドリグなら何百という艦を要求できる。彼の噂なら耳にしている」

「へえ、どんな噂だい」鋭い好奇心に輝いていた貿易商の両眼が、いまでは欲求不満に力を失っている。

「おおまかなことでいいかね。あの男は卑しい生まれで、おびただしい巧言令色《こうげんれいしょく》を用いて気まぐれな皇帝にとりいってきた。宮廷貴族たちからは――それもまた害虫のような連中だが――ひどく嫌われている。誇るべき家柄もないくせに、威張《いば》りちらしているというわけだ。あの男はあらゆる事柄において皇帝の助言者を務め、最悪の事柄において皇帝の道具として働く。誠意とは無縁だが、必要にかられて忠義は尽くす。帝国ひろしといえど、あの男ほど陰険な悪事をおこない、野卑な快楽を求める者はいないよ。そしてまた、あの男を通さず皇帝の寵《ちょう》を得ることはできないし、不埒《ふらち》なふるまいなくしてあの男にとりいることもできないという噂だ」

「なんてこった！」デヴァーズはきっちりと整えた顎鬚を考え深げにひっぱった。「でもって、皇帝はそんなやつを、リオーズの監視役として送りこんできたってのか。おれにいいアイデアがあるんだが、わかるかい」

「ああ、わかるとも」

「もしこのブロドリグがわれらの若き軍神を嫌ったら、どうなるかな」

「おそらくもうすでに嫌っているだろうよ。他人に好意をもつような人間ではないという評判だからね」

「ふたりの関係が悪化したら、皇帝の耳にはいるかもしれんな。そうしたらリオーズは困った立場に追いこまれるだろうな」

「ふむ。そうなる可能性は高い。だが、どうやってそんな事態を起こそうというのだね」

「わからんが。賄賂を使うのはどうだろう」

パトリシアンは穏やかな笑い声をあげた。

「それもひとつのやり方ではあるが、軍曹のような——小型冷凍庫では賄賂にもなるまい。それに、たとえあの男を納得させられるものを贈ったとしても、たいした効果は得られないよ。あの男ほど簡単に買収できる人間はいないが、あの男はそもそも、悪事を働くにあたっても義理を守るということをしない。いかなる金額を積まれようと、買収されたままでいることがない。何かべつの方法を考えることだね」

デヴァーズは脚を組み、宙に浮いた爪先をおちつきなく小刻みに動かした。

「だが、そいつもひとつのヒントだな——」

彼は言葉をとめた。入室シグナルがふたたび点滅し、軍曹が入口に立っていたのだ。幅広の顔を赤く染めて興奮し、微笑を浮かべてもいない。

「失礼します」軍曹は動揺しながらも敬意をあらわすことを忘れない。「自分は冷凍庫には非常に感謝しています。それに、おふたりはいつも自分に親切に話をしてくださいました。自分は農民の息子にすぎなくて、おふたりはとっても偉い人なのに」

プレアデス訛《なま》りがひどく、意味が理解できないほどだ。また、興奮のあまり、長い時間をかけて懸命に身につけた兵士としての挙動もぬぐい去られ、生来の農夫としての鈍重《どんじゅう》さがもどってしまっている。

「いったい何事だね、軍曹」バーは穏やかにたずねた。

「ブロドリグ卿がおふたりに会いにこられるんです。明日！　なんでわかったかというと、その――ブロドリグ卿のために正装閲兵式をおこなうので、部下たちに準備をさせておけと隊長から命令があったんです。自分は――おふたりにお知らせしておいたほうがいいのではないかと思って」

「ありがとう、軍曹」バーは言った。「感謝するよ。だが心配はいらない。けっして――」

だがルーク軍曹の顔にはまぎれもない恐怖が浮かんでいる。彼は小声ながら荒々しい口調でささやいた。

「あの閣下がどんなふうに噂されているか、おふたりは知らないんです。宇宙の悪魔に魂《たましい》を売っちまった男なんです。いえ、笑いごとじゃありません。あいつに関してはとんでもなく恐ろしい噂が流れてるんです。どこへ行くにもブラスターをもった従者を従えていて、気がむくと、とにかくその場にいる誰かを撃ち殺させるんです。そして連中が命令に従ったら――笑うんです。皇帝陛下もあいつを恐れておられると言われてます。皇帝陛下に無理やり税をあげさせたのもあいつで、陛下が民の不満の声を聞こうとなさらないのもあいつのせいなんだって。

そしてあいつはうちの将軍を憎んでるんです。そういう噂です。将軍があまりにも偉大で聡明だから、将軍を殺したがってるんです。でも将軍は誰にも負けるはずなんかないし、ブロドリグ卿が悪党だってことを知っているから、あいつもまだ手を出せずにいるんです」

軍曹はまばたきをした。感情を爆発させたことが恥ずかしくなったのだろう、とつぜん場違いな笑みを浮かべてドアのほうにあとずさり、ぎくしゃくと頭をさげた。

「いまの話を忘れないで、あいつには用心してください」

そしてとびだしていった。

デヴァーズが厳しい視線をあげた。

「運がおれたちのほうにむいてきたんじゃないか、なあ」

「それはブロドリグしだいだよ」バーは淡々と答えた。

考えにふけるデヴァーズの耳に、その言葉は届いていない。

彼は懸命に考えていた。

ブロドリグ卿は首をかがめて、交易船の狭苦しい居住区に足を踏み入れた。むきだしの銃を構えたふたりの護衛が、いかにもプロの荒事師《あらごとし》然とした仏頂面《ぶっちょうづら》ですばやくそのあとにつづく。

いまの枢密院長官は魂をもたない人間には見えない。彼の魂を買った宇宙の悪魔も、あからさまなしるしを残してはいかなかったのだろう。どちらかといえば、むきだしで殺風景なつまらない軍事基地を華やがせるためにやってきた、宮廷ファッションのそよ風のようだ。

ぴったりと細身で、染みひとつない輝くばかりの衣装のおかげか、やたらと背が高く見える。そのてっぺんから、感情をうかがわせない冷たい目が、長い鼻梁《びりょう》ごしに貿易商を見おろしている。象牙の杖をついて優雅にもたれかかると、手首を縁取る真珠のような髪飾《ひだ》りがふわりと揺れた。

「いや、動くな」と小さく身ぶりで示し、「おまえの玩具《おもちゃ》などどうでもよい。そのようなものに興味はない」

そして椅子をひきよせ、白い杖の先端にとりつけた虹色の四角い布で丁寧に埃《ほこり》をはらってから腰をおろした。デヴァーズは椅子の上の相手に視線を流した。

「帝国世襲貴族《ピア》の前だ、着席は許されぬ」ブロドリグが物憂げに言って微笑する。

デヴァーズは肩をすくめた。

「商品に興味がないってんなら、なんだっておれはここにいるんですかね」

枢密院長官が冷やかに待っているので、デヴァーズはゆっくり「閣下」とつけ加えた。

「内密に話をするためだ」枢密院長官が答えた。「わたしがわざわざ、がらくたを調べるために二百パーセクの旅をしてきたとでも思うのかね。わたしが見たかったのはおまえだ」そして彫刻のある箱から小さなピンクの錠剤をとりだして、そっと歯のあいだにはさみ、ゆっくりと味わいながら、「たとえば、おまえは何者だね。まこと、このとんでもない戦争騒ぎをひきおこした野蛮な惑星の市民なのか」

デヴァーズは重々しくうなずいた。

「まこと、あの者が戦争と呼んでいるこの騒ぎがはじまってよりのちに、捕虜となったのか。わたしが言っているのは、あの若い将軍のことであるがな」

デヴァーズはふたたびうなずいた。

「そうか！　善良なる異国人よ。おまえの雄弁の才はとまっているようだ。ではその舌を動きやすくしてやろう。この地にいるわれらが将軍は、恐ろしいほどのエネルギーをつぎこんで、一見無意味な戦闘に興じている――それも、論理的思考のできる人間ならば銃を一発撃つ必要も感じないだろう、宇宙の果ても果ての、蚤《のみ》の噛み痕《あと》のようなちっぽけな惑星を相手にだ。だが将軍は論理的思考ができぬわけではない。むしろ、とてつもない知性を備えている。おまえ、わたしの話を理解しているかね」

「理解できているとはいえないな、閣下」

枢密院長官は爪を調べながらつづけた。

「では聞くがよい。あの将軍は、栄光などという無益なもののために船と部下を犠牲にしたりはせぬ。なるほど、栄光や帝国の名誉などと口にはするだろう。だが、古めかしい英雄時代の鼻持ちならぬ半神《はんしん》気取りの男など、信用ならんことは明らかではないか。つまり、ここには栄光以上の何かがあるにちがいない――しかもあの男は奇妙なことに、必要以上におまえを丁重に扱っている。もしおまえがわたしの捕虜で、将軍に話したような役にも立たぬ戯言しか語れないなら、おまえは腹を切り裂かれ、おのが小腸で首を絞められているところだ」

デヴァーズは無表情を保った。わずかに視線を動かして、枢密院長官の護衛のひとりを、つづいてもうひとりを見る。ふたりとも、いまにも言葉どおりのことを実行しそうだ。それも嬉々《きき》として。

枢密院長官が微笑した。

「さてさて、なんとも無口な男だ。将軍によると、おまえには精神探査機も役に立たなかったそうだな。だがあやつは過《あやま》ちをおかした。わたしはその報告を聞いて、あの優秀なる若き軍人が嘘をついていると確信したのだ」枢密院長官はいかにも機嫌がいい。「正直なる貿易商よ。わたしは独自の精神探査機をもっている。とりわけおまえには効果があるだろう。さあ、これを見るがいい――」

彼の親指と人差し指のあいだには、ピンクと黄色で複雑な模様を描いた長方形の紙束が無造作にはさまれている。それが何であるかは一目《いちもく》瞭然で、見間違えようもない。

「現金に見えるな」だからデヴァーズはそう答えた。

「いかにも現金だよ――しかも帝国内でもっとも良質な現金だ。皇帝自身のものより膨大な、わたしの資産によって保証されておるからな。十万クレジット。それがこの指のあいだにある！　すべておまえのものだ！」

「なんのためにですかね、閣下。おれは善良な貿易商で、商売ってのは売り手も買い手も両方が得をするもんなんですがね」

「なんのためだと？　真実のためだ！　将軍の目的はなんだ。なぜこの戦争をしている」

ラサン・デヴァーズはため息をつき、髭を撫でて考えこんだ。

「将軍の目的ねえ」彼の視線は、一枚ずつゆっくりと紙幣を数える枢密院長官の指の動きを追っている。「ひと言でいっちまえば、帝国かねえ」

「ふむ、なんと月並みな！　結局はみなそこに行きつくのか。だがどうやってだ。銀河の果てから帝国の頂上まで、いかなる道がかくも広々と魅力的に通じているというのだ」

「ファウンデーションには秘密があるからね」デヴァーズはいかにも不本意そうに口をひらいた。「あいつらは本を、古い本をもっている――トップの数人しか読めないような言語で書かれた、ものすごく古い本だ。その秘密は宗教と儀式に包まれていて、誰も利用することができない。おれはそいつを使おうとして、その結果ここにいるんだ――あっちにもどれば死刑が待っている」

「なるほど。その古い秘密とはなんだ。十万クレジット支払うのだ、詳細な話を聞く権利はあろう」

「元素の変成だ」デヴァーズは短く答えた。

枢密院長官の目がすっと細くなり、無関心の仮面がわずかに剝《は》がれた。

「実用的な物質変成は核力学の法則により不可能だと聞いていたが」

「核エネルギーを使ったんじゃ、確かに不可能だね。だが古代人たちはじつに頭がよかった。

核よりも強力なエネルギー源があるんだよ。もしファウンデーションが、おれが考えたみたいなやり方でそのエネルギーを使ったら——」

胃がむずむずしてきた。さあ、餌《えさ》はぶらさがっているぞ。魚が匂いを嗅いでいる。

ふいに枢密院長官が言った。

「つづけたまえ。将軍はそれらすべてを承知しているのだな。この茶番劇を終えたあと、やつは何をどうするつもりなのだ」

デヴァーズは微塵《みじん》も揺るぎのない声を維持してつづけた。

「物質変成を使えば、将軍はあんたの帝国すべての経済を支配できる。アルミニウムからタングステンを、鉄からイリジウムをつくれるなら、どんな鉱物をどれだけ保有していようとまったく意味はなくなる。ある物質は希少であり、ほかのものは豊富であるという事実に基盤をおく生産システムは、完全にひっくり返っちまう。帝国がこれまで経験したことのない、とんでもない混乱が生じるだろう。そしてそれをとめられるのは、リオーズただひとりってわけだ。おまけに、さっき話した新しいエネルギーの問題がある。リオーズなら、宗教的な禁忌《きんき》なんかものともせず平気で使うだろうね。

いまとなってはもう、やつをとめることはできないぜ。ファウンデーションの首根っこを押さえてるんだ。その始末をつけちまったら、やつは二年で皇帝になるだろう」

「なるほどな」ブロドリグは軽い笑い声をあげた。「鉄からイリジウムをつくると言ったな。いいだろう、ではおまえに国家機密を教えてやろう。おまえは、ファウンデーションがすでにあの男と連絡をとりあっていることを知っているか」

デヴァーズの背中がこわばった。

「驚いたようだな。それも当然だ。だがこれでようやく筋が通る。彼らは和睦《わぼく》の条件として、年間百トンのイリジウム提供を申しでたのだ。つかまれた首根っこを救うために、宗教的信条を破ってイリジウムに変成した百トンの鉄だよ。それなりの条件ではあるが、頑固にして清廉《せいれん》潔白なる将軍が拒絶したのはいうまでもない——イリジウムと帝国の双方が手にはいるのだからな。そして哀れなるクレオンは、やつを稀《まれ》なる忠義の将軍と呼んでいるのだ。さあ、髭面の貿易商、約束の金だ」

デヴァーズはあわてて、宙を舞う紙幣をかき集めた。

ブロドリグ卿は出口で足をとめ、ふり返った。

「ひとつ忠告しておこう。銃をもってここにいるわたしの友人は、中耳《ちゅうじ》組織も舌も教育も知性も、もちあわせてはおらん。何かを聞くことも、話すことも、書くこともできず、精神探査機に反応することもない。だがある面白い処刑方法についてはすばらしい腕をもっている。よいか、わたしはおまえを十万クレジットで買った。それに見合うだけのよい商品であるよう努めるのだな。いつなんどきであれ自分が買われたことを忘れ……そう……いまの会話をリオーズの前でくり返したりしたときには、おまえは処刑される。それも、わたしなりのやり方でな」

優美な顔にとつぜん残虐さを好む冷酷な線があらわれ、わざとらしい笑みが、赤いくちびるから歯を剝きだした冷笑に変わる。デヴァーズはその一瞬、自分を買った男の目から、その彼をさらに買いとった宇宙の悪魔がのぞいているのを見たように思った。

デヴァーズはそれから、ブロドリグの〝友人〟がつきつける二挺《ちょう》のブラスターの前を歩いて、無言で部屋にもどった。

そして、デュセム・バーの問いに陰鬱《いんうつ》な満足をこめて答えた。

「いや、それがなんとも妙なことになっちまってさ。やつのほうがおれを買収してきたんだよ」


二カ月にわたる困難な戦争がくっきりと痕跡を残していた。ベル・リオーズは重苦しく高圧的な雰囲気をまとい、かつ短気になっていたのだ。

将軍は、彼を敬愛するルーク軍曹にむかっていらだたしげに命じた。

「外で待て。わたしの用が終わったら、この者たちを部屋まで連れてもどれ。わたしが呼ぶまで誰もはいってきてはならない。誰ひとりだ。いいな」

軍曹は敬礼して部屋を出ていった。リオーズはうんざりしたようなつぶやきを漏らしながらデスクにおかれた書類をすくいあげ、抽斗《ひきだし》に放りこんで音をたてて閉めた。

「すわりたまえ」待っているふたりに短く声をかけ、「あまり時間がない。はっきりいって、わたしはこんなところにいるべきではないのだ。だがどうしても諸君に会わねばならなかった」

そしてデュセム・バーにむきなおった。バーは長い指で、クレオン二世の胸像――厳めしい皺だらけの皇帝像がおさめられたクリスタル・キューブを、興味深げに撫でている。

「まず第一に、パトリシアン。あなたのセルダンは敗北しつつある。確かによく戦ってはいる。ファウンデーションの男たちは愚かな蜂《はち》のように群がり、狂人のように戦う。どの惑星も凶暴なほどの抵抗を示し、征服されたあとも叛乱が絶えない。占領を維持するために征服と同じだけの手間がかかる。だがそれでも征服はおこなわれ、占領はつづいている。あなたのセルダンは敗北しつつある」

「ですがまだ完全に敗北したわけではありますまい」バーは穏やかにつぶやいた。

「ファウンデーションそのものも楽観を失いつつある。わたしがこのセルダンに最後のとどめを刺さぬよう、何百万という金を支払うと申しでてきた」

「そういう噂ですね」

「おや、噂のほうがわたしよりもさきに届いていたか。最新のものも耳にはいっているかな」

「最新の噂とはなんでしょう」

「もちろん、皇帝陛下の寵愛《ちょうあい》深きブロドリグ卿が、ご自身の希望により、わが軍の副司令官におさまったということだ」

はじめてデヴァーズが口をひらいた。

「あいつが自分から希望したのか、ボス。いったいどういうわけだよ。それとも、あんた、あいつのことを好きになったってのかい」そして小さな笑い声をあげた。

「いや、そうではない」リオーズは静かに答えた。「ブロドリグ卿が、適正にして公平と思われる価格で、その地位を買いとったのだ」

「つまり?」

「つまり、皇帝陛下に増援を要請してくれるというのだ」

侮蔑《ぶべつ》のこもったデヴァーズの笑いがさらにひろがった。

「あいつが皇帝に連絡をとったってのか、え? そんで、ボス、あんたはその増援がくるのをただ待ってるんだな。いつくるかわかったもんじゃないけどな。だろ?」

「それはちがう! 増援はもう到着している。戦列艦が五隻。快適に機動する強力な艦が、皇帝陛下ご自身の祝福のお言葉とともにだ。さらに多くの艦がこちらにむかいつつある。どうしたのだ、貿易商、具合でも悪いのか」リオーズが皮肉っぽくたずねた。

「いや、なんでもない!」デヴァーズは、ふいに凍りついたくちびるから言葉を絞りだした。

リオーズはデスクのうしろから歩みでると、ブラスターの銃把《じゅうは》に手をかけて貿易商とむかいあった。

「具合でも悪いのかとたずねたのだ、貿易商。いまの話にずいぶん動揺していたではないか。急にファウンデーションが心配になったというわけでもあるまいに」

「もちろんだ」

「そうかな――おまえにはいろいろと怪しい点がある」

「そうかい、ボス」デヴァーズはこわばった笑みを浮かべ、ポケットの中でこぶしを握りしめた。「じゃあ、それをならべてみろよ。ぜんぶ論破してやるから」

「では言おう。おまえはあまりにも簡単につかまった。最初の一撃でシールドを破られると、すぐさま降伏した。そして、待ってましたとばかりに自分の世界を放棄した。しかもなんの報酬もなしにだ。何もかもが、じつに興味深いではないか」

「おれは何がなんでも勝者の側についていたいんだよ、ボス。おれはものわかりのいい男なんでね。あんたがそう言ったんだぜ」

リオーズは咽喉《のど》がつまったようなかすれ声でつづけた。

「よかろう！ それにしてもだ、おまえ以後、ひとりの貿易商も捕獲されていない。どの交易船も自由自在に逃げきれるだけの速度が出せる。どの船も、いざ戦おうというときには軽巡航艦の砲撃すべてをふせぐシールドを備えている。そしてどの貿易商も、状況によっては死ぬまで戦おうとする。さらにわかったことだが、貿易商どもは占領された惑星におけるゲリラ戦や、占領された宙域における奇襲戦を指揮・煽動《せんどう》している。では、〝ものわかりのいい〟貿易商はおまえひとりだけだというのか。おまえは戦いもせず逃げもしない。強く促《うなが》されるまでもなく裏切り者となった。おまえはふつうではない。驚くほどふつうからかけ離れている——疑惑を呼び起こすほど、ふつうではない」

デヴァーズは穏やかに答えた。

「あんたの言いたいことはわかるけどな、なんの証拠もないだろう。ここにきてもう六カ月になるが、おれはずっといい子にしてたじゃないか」

「そうだ。だからわたしもいい待遇で扱ってやった。おまえの船には手を出していないし、あらゆる配慮をしている。だがおまえはそれに充分応えていない。たとえば、おまえの小道具について積極的に情報を提供してくれていれば、ずいぶん役に立ったはずだ。ああした道具の核エネルギー原理が、ファウンデーションの厄介きわまりない武器にも使われているようだからな。そうだろう」

「おれはしがない貿易商なんでね」とデヴァーズ。「お偉い技術者じゃない。商品を売ってるんであって、つくっちゃいない」

「まあいい。それもいずれわかることだ。わたしがここにきたのはそのためだ。たとえばわたしはおまえの船を捜索して、個人用フォース・シールドをさがしてみるつもりだ。おまえは一度としてあれを身につけたことがないが、ファウンデーションの戦士はみな携帯している。つまりこれは、わたしに与えたくない情報があるという重大な証拠ではないか」

答えはない。リオーズはさらにつづけた。

「さらには、より直接的な証拠も手に入れよう。ここに精神探査機をもってきた。以前一度失敗しているが、敵と接触していると幅広い知識が身につくものだな」

なめらかな声がかえって恐ろしい。デヴァーズは銃が——さっきまでホルスターにおさまっていた将軍の銃が、腹にきつく押しつけられているのに気づいた。将軍が静かに命じた。

「そのブレスレットと、その他身につけている金属製の装飾品すべてをはずして、こっちによこせ。ゆっくりとな！　核フィールドはゆがめることができる。そう。そうなると、精神探査機は妨害波しか受信できなくなる。それでいい。預かっておく」

将軍のデスクにおかれた受信機が光を放ち、かたんと音をたてて通信カプセルがスロットに落ちてきた。その横ではバーが、なおも皇帝の立体胸像を手にしたまま立っている。

リオーズはブラスターを構えたまま、デスクのうしろにもどり、バーにむかって言った。

「パトリシアン、あなたもだ。そのブレスレットが有罪の証拠だ。あなたは以前は協力的だったし、わたしは執念深い人間ではない。人質であるあなたの家族の運命は、精神探査の結果で判断しよう」

そしてリオーズが通信カプセルをとりあげようと身をかがめた瞬間、バーはクレオンの胸像がはいったクリスタルをもちあげ、無言のまま正確に将軍の頭にふりおろしたのだった。

あまりに急な展開に、デヴァーズも一瞬、何が起こったか理解できなかった。とつぜん悪魔が老人にのりうつったかのようだった。

「逃げよう！」バーが歯を食いしばったままささやいた。「いそいで！」

そして、リオーズが落としたブラスターをひっつかみ、上着の懐《ふところ》におさめた。

かろうじてすり抜けられる幅だけドアをあけて外に出ると、ルーク軍曹がふり返った。

「部屋にもどるよ、軍曹」バーはゆったりと命じた。

デヴァーズがドアを閉めた。

ルーク軍曹は無言で彼らの部屋まで案内し、それから、一瞬の間をおいて、さらに歩きつづけた。ブラスターの銃口があばらに押しつけられ、険《けわ》しい声が耳もとで「交易船へ」とささやいたのである。

デヴァーズが進みでてエアロックをひらいた。

「そこに立っていたまえ、ルーク軍曹。きみはわたしたちを気遣ってくれた。わたしたちもきみを殺したくはない」バーが言った。

だが軍曹は銃に記されたモノグラムに気づき、押し殺した怒りをこめてさけんだ。

「将軍を殺したのか！」

そして狂ったように支離滅裂なさけびをあげながら、銃の放つ光にむかって突進し、ぼろぼろの死体となってくずれおれた。

信号灯が不気味な点滅をはじめ、クリーム色の蜘蛛《くも》の巣のように空にひろがる巨大なレンズ――すなわち銀河系であるが――を背景にして黒い船団がとびだしてくる前に、彼の交易船は死せる惑星の空高く舞いあがっていった。

デヴァーズは凶暴な声で言った。

「しっかりつかまってなよ、バー――こいつのスピードに勝てる船をやつらがもっているかどうか、見てみようじゃないか」

もちろん、もっているはずなどない！

宇宙空間に出てしまうと、貿易商の声は鈍《にぶ》く勢いを失った。

「ブロドリグに撒《ま》いた餌がちいとばかり効《き》きすぎたみたいだな。つまり、やつは将軍と手を結んじまったってわけか」

そして彼らはすばらしいスピードで、銀河系である星の集団の奥深くへととびこんでいった。

8　トランターへ

デヴァーズは、小さな生命のしるしを求めて、光の消えた小球の上に身をかがめた。方向探知機は鋭く絞ったシグナルを放射しながら、ゆっくりと徹底的に宇宙空間を精査している。バーは隅にしつらえた低い簡易ベッドに腰をおろしたまま、辛抱強くそれを見守っていた。

「もう彼らの気配はないのだね」

「帝国の連中か？　ないな」貿易商はあからさまないらだちをこめてうなった。「あの雑魚《ざこ》どもならとっくに引き離したさ。やれやれ。まともな計算もなしにハイパースペース・ジャンプにつっこんだんだ、太陽のど真ん中に出現しなかっただけラッキーってもんさ。ジャンプ距離でおれたちを上まわったとしても、ついてこられるわけがない。もちろん、ジャンプ距離だっておれたちにはかないやしないんだがね」

そして椅子の背にもたれ、ぐいと襟元をゆるめた。

「帝国の連中、ここで何をやらかしたんだ。時空間隙《かんげき》が乱れているぞ」

「それで、あなたはファウンデーションにもどろうとしているのだね」

「協会に連絡をとってるんだよ——というか、とろうとしているんだ」

「協会？　それはなんだね」

「独立貿易商協会さ。聞いたこともないだろ。ま、しかたない。話題にあがるような派手な真似をやらかしたことなんか一度もないからな！」

しばらくのあいだ、ふたりは黙って、反応のない受信機の表示を見つめた。やがてバーが言った。

「通信可能範囲には、はいっているのかね」

「わからん。現在位置だってよくわからなくて、あてずっぽうでやってるんだ。方向探知機を使わなきゃならんのもそのせいだ。何年もかかるかもしれん」

「あれではないのか」バーが指さした。

デヴァーズはとび起きてイアピースを調節した。どんよりと曇った小球の中に、小さな白い光点が浮かびあがっている。

デヴァーズは半時間のあいだ、のろまな光なら五百年はかかる二点間をハイパースペースを通ることによって瞬時に結びつけている、微弱な交信ラインの糸を探りつづけた。

それからがっかりしたように椅子の背にもたれ、顔をあげて、イアピースを押しやった。

「食事にしようじゃないか。よかったらニードル・シャワーもどうぞ。でも湯は使いすぎないでくれよ」

そして一方の壁にずらりとならんだキャビネットの前にすわりこみ、中をさぐった。

「あんた、菜食主義じゃないよな」

「なんでも食べる。だが協会はどうなったのだ。通信が途切れたのかね」

「みたいだね。距離がありすぎる。ちいとばかり遠すぎたんだな。だがまあいい。それも計算のうちだ」

そして身体を起こし、ふたつの金属容器をテーブルにのせた。

「五分待って、スイッチを押したら蓋《ふた》があく。皿と食料とフォークがセットになっている――いそいでいるときに便利なやつだ。ナプキンとかそうしたものを気にしなきゃだがね。あんた、おれが協会から何を聞き出したか、知りたいんだろ」

「秘密でないなら」

デヴァーズは首をふった。

「あんたにならったってかまわんさ。リオーズの話だが、あれは事実だった」

「金を支払うといってきた件かね」

「ああ。ファウンデーション側は申し出をして、そしてはねつけられた。事態は楽観を許さない。ロリスの外周恒星群の中で戦闘がおこなわれている」

「ロリスというのはファウンデーションと近いのか」

「なんだって？　ああ、あんたじゃ知りようがないもんな。その昔、四王国のひとつだった宙域だよ。内部防衛線のひとつだと言ってもいい。だが最大の問題はそこじゃない。ファウンデーションは、これまで見たこともない大型艦と戦っている。つまり、リオーズはすべての情報を明かしたわけじゃなかったんだ。た。やつは話した以上の増援部隊を手に入れていた。

ブロドリグは寝返っている。そしておれは、事態をめちゃめちゃにしちまったんだ」

彼は打ち沈んだ目のままスイッチを押し、フード容器がぱっかりとひらくのを見守った。シチューに似た料理の温かな匂いがひろがる。デュセム・バーはすでに食べはじめていた。

「では、いきあたりばったりはここまでにしよう」バーが言った。「ここでは何もできないからね。帝国の戦線を突破してファウンデーションにもどるのは不可能だ。われわれにできるもっとも賢明な行動はただひとつ――辛抱強く待つことだよ。だが、リオーズが内部防衛線にまで到達しているのなら、そう長く待つ必要もないかもしれない」

デヴァーズはフォークをおろし、顔をゆがめてうなるように言った。

「待てよ、それはどういうことだ。あんたはそれでもいいだろうさ。べつに何も賭けちゃいないんだからな」

「そうかな」バーは薄く笑った。

「そうさ。いいか」デヴァーズはいらだちもあらわに言葉をつづけた。「おれはもう、顕微鏡のスライドにのっけた面白い実験体を見るみたいに、今回の事態をながめるのにうんざりしてるんだ。あっちでは友人がどんどん死んでいる。あっちには世界のすべてが、おれの故郷があって、それもまた死にかかっている。あんたは部外者だ。あんたにはわからん」

「わたしも大勢の友の死を見てきたよ」老人は膝《ひざ》の上に力なく両手をのせ、目を閉じた。

「あなたは結婚しているのかな」

「貿易商は結婚しない」デヴァーズは答えた。

「そうか。わたしには息子がふたり、甥《おい》がひとりいる。警告はしておいた。だが――さまざまな理由から、息子たちはなんの行動もとれなかった。わたしたちの脱走は彼らの死を意味している。娘とふたりの孫は、こんなことになる前に無事あの惑星を離れていると信じたい。いずれにしても、それをべつとしても、わたしはすでにあなた以上のものを賭け、失っているのだよ」

デヴァーズは乱暴に不機嫌な声をあげた。

「知ってるさ。だけどそいつは選択の問題だろ。あんたはリオーズの側についたってよかったんだ。おれは一度だってあんたに頼んだり――」

バーは首をふった。

「選択の問題ではないよ、デヴァーズ。あなたが良心の呵責《かしゃく》を感じる必要はない。あなたのために息子を犠牲にしたわけではない。わたしも可能なあいだはリオーズに協力してきた。だが精神探査機をもちだされてしまったからね」

シウェナ人パトリシアンが改めてひらいた両眼には、深い苦悩が宿っていた。

「一年以上も前のことだ。リオーズははじめてわたしを訪ねてきて、魔術師をめぐる熱狂《カルト》について語った。だが彼は真実にせまってはいなかった。それはカルトなどではないのだから。そう、シウェナは四十年にわたり、いま現在あなたの世界を脅《おびや》かしている万力《まんりき》によって、耐えがたい圧迫を受けつづけてきた。叛乱が五度起こり、すべて鎮圧された。それからわたしはハリ・セルダンの古代記録を発見した――そしていま、この〝カルト〟は待っている。〝魔術師〟の到来を待ち、その日に備えて準備をしている。わたしの息子たちはそれら〝待つ人々〟のリーダーなのだ。わたしの心の中にある秘密、探査機にけっして知られてはならない秘密はそれだよ。だから彼らは人質として死なくてはならない。さもなければ、息子たちは謀叛人として死ぬことになり、それとともにシウェナの半分も滅びる。わかるかね、わたしには選択肢などなかったのだ！　わたしは部外者ではないのだよ」

デヴァーズが視線を落とすと、バーは静かにつづけた。

「シウェナの希望はファウンデーションの勝利にかかっている。息子たちはファウンデーションの勝利のために身を捧げるのだ。そしてハリ・セルダンは、ファウンデーションの勝利を予測してはいるが、シウェナの救済を告げてはいない。わたしの国の人々のためには、確実なものなど何ひとつない――ただ希望するだけだ」

「それでもあんたは待つことで納得している。帝国宙軍がロリスにいるってのにな」

「わたしは絶対の確信を抱いて待つよ」バーは簡潔に答えた。「たとえ彼らがテルミヌスまで押しよせてこようともね」

貿易商はやってられないと顔をしかめた。

「おれにはわからん。現実にはそんなにうまくいかねえだろう。魔法みたいにはな。心理歴史学があろうとなかろうと、やつらは恐ろしく強くて、おれたちは弱い。セルダンがそれをどうできるっていうんだ」

「何もする必要はない。すべてはすでになされている。それはいまも進行しつつある。車輪がまわる音や鐘《かね》の鳴る音が聞こえないからといって、確実性が弱まるわけではない」

「そうかもしれん。だが、あんたが本気でリオーズの頭蓋骨をたたき割ってくれていたらと思うよ。あいつは全軍をあわせたよりも危険だ」

「頭蓋骨をたたき割る？　ブロドリグが二番手にひかえているというのにかね」バーの顔が憎悪にとがる。「それではシウェナ人すべてが人質にとられることになる。ブロドリグはずっと以前から、そういう人間だと証明されている。五年前、ある惑星で十人にひとりの男子が失われた――それもただ、とんでもなく高額の税金を支払えなかったというだけの理由でだ。そのときの徴税人がまさしくこのブロドリグだったのだよ。いや、リオーズには生きていてもらわなくてはならない。リオーズがくだす懲罰《ちょうばつ》など、それに比べれば慈悲のようなものだ」

「だが六カ月だ。おれは六カ月も敵の基地にいて、なんの成果もあげられなかったんだぞ」デヴァーズが力強い手を固く握りあわせると、指の関節がぽきぽき鳴った。「なんの成果もだ！」

「まあ、待ちたまえ。それで思いだしたのだが――」バーはポケットをさぐった。「これで少しは埋め合わせにならないかね」

　そして小さな金属球をテーブルの上に放った。デヴァーズはすばやくそれをひろいあげた。

「こいつはなんだ」

「通信カプセルだよ。リオーズをぶん殴ったとき、その直前に届いたものだ。少しは何かの役に立つのではないかな」

「わからんな。そいつは中身しだいだろう！」

そしてデヴァーズは腰をおろし、慎重に手の上でカプセルをひっくり返した。

バーが冷水シャワーを終えて、心地よい温かなエア・ドライアーの気流の中に踏みこんだとき、デヴァーズは夢中で作業テーブルにむかっていた。

シウェナ人は鋭い音をたててリズミカルに自分の身体をたたきながら、その音に負けない声でたずねた。

「何をしているのだね」

デヴァーズが顔をあげた。汗のしずくが髭で光っている。

「カプセルをあけようとしてるんだよ」

「リオーズの個人特性データなしにあけられるのかね」シウェナ人の声に軽い驚きがまじっている。

「あけられなきゃ、おれは協会を脱退して、今後一生、宇宙船の船長をしないさ。内側の三方向電子分析がすんだところだ。それに、カプセルをこじあけるための、帝国では聞いたこともないようなちょっとした特別な装置がある。じつをいえばさ、おれは以前泥棒をやってたんでね。貿易商はあらゆることに広く浅く通じてなきゃならないんだ」

彼は小球の上にかがみこみ、小さな平らな道具で細かくさぐっていった。すばやい接触のたびに、赤い光点がともる。

「なんにしても、このカプセルは粗悪品だな。帝国の連中はこうした細《こま》かな仕事が苦手だ。そいつがよくわかるってもんだ。ファウンデーション製のカプセルを見たことがあるかい。こいつの半分の大きさで、そもそも電子分析を受けつけないんだぜ」

そこで彼の身体に力がこもった。チュニックの下で両肩の筋肉が目に見えて緊張する。小さな探査機がゆっくりと押しつけられ――

音もなくロックが解除され、デヴァーズは全身の力を抜いてため息を漏らした。手の中の輝く球体にスロットがひらき、羊皮紙《ようひし》じみたメッセージ用紙が舌のように突きだされてきたのだ。

「ブロドリグからだ」そして軽蔑をこめて、「恒久素材なんだな。ファウンデーションのカプセルだと、メッセージは一分で酸化してガスになっちまうんだぜ」

デュセム・バーは手をふって彼を黙らせ、のぞきこんだ通信文にすばやく目を通した。

発信者：皇帝特使にして枢密院長官、帝国世襲貴族《ビア》たるアメル・ブロドリグ
受信者：シウェナ軍事総督、帝国宙軍将軍にして帝国世襲貴族《ビア》たるベル・リオーズ
拝啓
惑星#一一二〇はもはや抵抗せず。攻撃計画は予定通りに続行。敵は目に見えて弱体化。最終目標達成間近。

バーは極小の通信文から顔をあげて苦々《にがにが》しくさけんだ。

「馬鹿な！　あの気取り屋め、呪われてくたばるがいい！　こんなものが通信とは！」

「ふん」デヴァーズも声をあげた。彼もまたなんとはなしにがっかりしていた。

「何ひとつ語っていない」バーがうなった。「おべっか使いの佞臣《ねいしん》めが、こんどは将軍の真似ごとか。リオーズが現場にいないいま、あの男が現場指揮官だ。だから自分とはなんの関係もない軍事情勢について仰々《ぎょうぎょう》しい報告を得々《とくとく》と吐きだして、下劣な精神を満足させずにはいられないのか。〝これこれの惑星はもはや抵抗していない〟とか〝攻撃計画続行〟とか〝敵は弱体化〟とか。頭の空《から》っぽな孔雀《くじゃく》男め」

「まあまあ、ちょっと待てよ。おい――」

「こんなもの、捨ててしまえ」老人は悔《くや》しさのあまり背をむけた。「銀河にかけて、わたしは何もこれが世界を揺るがす重大な通信だと期待していたわけではない。だが戦時中なのだ。どれほど日常的な通信であろうと、届かなければ軍事行動に支障が生じ、のちのち混乱を引き起こすと考えるのがあたりまえではないか。だからわたしは奪ってきたのだ。なのにこれはなんだ！　そのままおいてきたほうがましだった。そうすれば一分くらいは、多忙なリオーズに無意味な仕事をさせることができただろうに」

「まあおちついて、怒鳴り散らすのをやめてくれよ。セルダンにかけて――」デヴァーズは立ちあがって、細長い通信紙をバーの鼻先につきつけた。「ほら、もう一度読んでみろよ。

〝最終目標〟ってのは、なんのことだと思う？」

「ファウンデーションの征服だろう。ちがうのか」

「そうかな。もしかしたら帝国征服かもしれないぜ。やつがそれを最終目標だと信じていることは、あんただって知ってるだろう」

「だとしたら、どうなるというのだ」

「だとしたら、か！」デヴァーズはくちびるの片端だけで微笑したが、それは髭に隠れて見えなかった。「だったらよく見てろよ。いま教えてやる」

モノグラムで飾りたてた羊皮紙のような通信紙が、一本の指の操作でスロットの中に押しもどされた。かすかなブーンという音とともに通信紙は見えなくなり、カプセルがふたたび疵《きず》ひとつないなめらかな球体にもどる。内側のどこかで、予定外の動きに設定を狂わされた制御装置が、小さくなめらかなうなりをあげるのが聞こえる。

「さてと。このカプセルをリオーズの個人特性データなしにあける方法は知られてないんだよな」

「帝国では知られていない」とバー。

「つまり、この中にはいっている文書は、おれたちには知りようがなくて、かつ正真正銘のほんものだってことだよな」

「帝国にとっては、そのとおりだ」

「もちろん皇帝はこれをあけられるよな。政府関係者の個人特性データは当然記録されているだろう。ファウンデーションではそうしてるぜ」

「帝国首都でも同様だ」とバー。

「それじゃあ、シウェナの名門貴族《パトリシアン》で帝国世襲貴族《ピア》でもあるあんたが、皇帝クレオンに、お気に入りのごますり鸚鵡《おうむ》と光り輝く至高の将軍が結託してあんたを倒そうとしてるよと告げて、証拠としてこのカプセルをわたしたら。さて、皇帝はブロドリグの〝最終目標〟をなんだと考えるかな」

バーは力なく腰をおろした。

「待ってくれ。話についていけない」痩《や》せた片頬をこすりながら、「まさか本気ではないだろうね」

「本気さ」デヴァーズは怒りと興奮にとらわれていた。「いいか。これまでの皇帝十人のうち九人が、馬鹿でかい野望を抱いた将軍に、咽喉《のど》を掻き切られたり腹をぶち抜かれたりしてるんだ。あんた自身、何度か話してくれたじゃないか。老いぼれ皇帝はリオーズが目をまわすくらいすぐさま、おれたちの話を信じるだろうさ」

バーは弱々しくつぶやいた。

「そうか、本気なのだね。だがいいかね。銀河にかけて、そんな荒唐無稽《こうとうむけい》で現実味のない計画でセルダン危機を乗り越えることはできない。もしこのカプセルを手に入れていなかったらどうなる。ブロドリグが〝最終〟という言葉を使っていなかったらどうなる。セルダンはそのようにいきあたりばったりの幸運に頼ったりはしない」

「いきあたりばったりの幸運が降ってきたら、セルダンだってそれを利用しないって法はないだろう」

「それはもちろんそうだが。しかし……しかし」バーは口をつぐみ、それから改めて冷静に、だが目に見えて自制しながら言葉をつづけた。「よいかな。まず、そもそもどうやってトランターに行くつもりなのだね。あなたはその位置を知らないだろうし、わたしもまた、天体位置表はもちろん、座標も記憶していない。そしてあなたは、いま現在自分がどこにいるかさえ把握していないではないか」

「宇宙で迷子になるなんてことはないさ」デヴァーズはパイロットシートについて、にやりと笑った。「最寄《もよ》りの惑星におりて、完全な位置情報と、ブロドリグの十万クレジットで買えるいちばんいい星図を手に入れてもどってくるまでのことだ」

「そして腹にブラスターをぶちこまれるのだな。帝国内のこの宙域では、もうすでにどこの惑星でもわたしたちの手配書がまわっているだろう」

「おいおい」デヴァーズは辛抱強く言った。「やまだしの田舎者《いなかもの》みたいなことを言ってるんじゃねえよ。おれの船はあまりに簡単に降伏したってリオーズが言ってたろう。ありゃ、ほんとのことなんだ。この船のシールド内部には、辺境深部でどんなものに出くわそうと対処できるだけの、火力と燃料が備わっている。それに個人用シールドだってある。帝国の連中は結局見つけられなかったがな。もちろん見つけられないようにしてあったんだ」

「わかったよ」バーは言った。「ではトランターに行ったとしよう。それで、どうやって皇帝に会うのだね。勤務時間になればオフィスにいるという相手ではないのだぞ」

「そいつはトランターについてから考えるさ」デヴァーズは答えた。

バーは諦《あきら》めをこめてつぶやいた。

「ああ、よくわかったよ。この五十年というもの、死ぬ前に一度トランターを見てみたいと思っていたことでもあるしね。あなたの好きにするがいい」

超核動力装置が作動しはじめた。光がまたたき、内臓がわずかによじれるような感覚とともに、船はハイパースペースに突入した。

9　トランターにて

手入れの悪い庭園の雑草のように、星々が密集している。ラサン・デヴァーズははじめて、ハイパースペースを飛ぶにあたって小数点以下の数値がどれほど重要な意味をもつか理解した。一光年以下のジャンプをしなくてはならないと思うと、閉所恐怖症のような不安がこみあげてくる。どの方角を見ても途切れることなくぎらぎらと輝く空が、恐ろしいまでに不快だ。まるで光の海に迷いこんでしまったかのようだ。

そして、力ない闇をずたずたに切り裂く一万もの恒星からなる星団の中心に、巨大帝国の惑星トランターが周回している。

だがそれは単なる惑星ではない。二千万の星系からなる帝国の、生きた鼓動だ。それのもつ唯一の機能は行政。唯一の目的は統治。唯一の産物は法律。

惑星全体がひとつの機能的ゆがみでもある。その表面には、人とペットと寄生虫よりほかに生き物はいない。百平方マイルからなる宮殿以外の場所には、草の一本も生えず、むきだしの土のひと欠片《かけら》も見当たらない。宮殿敷地以外、地表には一滴の水もなく、巨大な地下水槽が惑星全体の給水を支えている。

惑星の表面は、腐食することも壊れることもない光り輝く金属におおわれている。それを基盤として金属建造物が構築され、惑星全体が迷路のように入り組んでいる。それらの建物は幹線路でつながれ、網のような回廊が張りめぐらされ、いくつものオフィスに細かくわかれている。地下には何平方マイルにもおよぶ巨大な商店街があり、最上階には夜ごと刺激をもたらす華々《はなばな》しい歓楽街がひろがっている。

トランターをどれだけ歩きまわろうと、ひとつしかない複合ビルの外に出ることも、都市そのものを見ることもできない。

帝国軍がかつて保持した艦隊すべてよりもはるかに多くの商船隊が、トランターの住人四百億を養《やしな》うために日々積み荷をおろしていく。その代価としてトランターが支払うものは、人類史上これ以上はないほど複雑な行政管理の中心で、もつれからまる無数の糸をほぐすという、絶対必要な作業のみ。

二十の農業惑星がトランターの穀倉《こくそう》地となっている。宇宙はトランターのしもべなのだ

――

交易船は、巨大な金属アームにしっかりと両側を支えられて、格納庫に通じる斜路《しゃろ》をゆっくりとおりていった。書類事務が重視され、何事においても四通の書類が必要とされる世界である。デヴァーズはいらだちながらも、面倒きわまりない手続きをどうにか切り抜けていった。

まずは予備調査のために宇宙空間で停止を命じられ、質問表がわたされた。それを最初として、同じような手続きが百回もくり返されることになった。詳細にわたる百もの尋問、お定まりの精神探査機による簡単なチェック、船の写真撮影、ふたりの特性分析、そのデータの記録、密輸品の検査、入国税の支払い――そしてようやく、身分証と観光ヴィザの発行が検討される。

デュセム・バーはシウェナ人であり皇帝の臣民だが、ラサン・デヴァーズは必要書類をもたない無名の異国人だ。担当係官は申し訳なさそうにしながらも、デヴァーズの入国は不許可であると判定した。正式な調査を受けなくてはならないというのだ。

するとどこからともなく、ブロドリグ卿の資産によって裏付けされた手の切れそうな百クレジット新札があらわれ、無言のうちに持ち主を変えた。もったいぶった咳払いとともに、係官の申し訳なさそうな表情が薄らいだ。整理棚から新しい書類がとりだされ、すばやく手際よく記入されていった。そしてデヴァーズの特性データが、正式かつ適切に記載された。

貿易商とパトリシアンのふたり連れは、無事トランターに入国した。

格納庫で、彼の交易船はほかの船と同じように、管理され、写真を撮《と》られ、記録され、積み荷を調べられ、乗員の身分証のコピーがとられた。また、必要な経費が支払われ、記録され、領収書が発行された。

いまデヴァーズは、まばゆく白い太陽光に照らされた広大なテラスにいる。女たちがしゃべり、子供たちが金切《かなき》り声をあげ、男たちが物憂げに酒を飲みながら、巨大テレヴァイザーががなりたてる帝国ニュースに耳を傾けている。

バーがイリジウム貨幣を必要なだけ支払い、積みあげられた山のてっぺんにのった新聞を一部、手に入れてきた。政府の正式機関紙〈トランター・インペリアル・ニュース〉だ。ニュースルームの奥では、さらに追加の部数を印刷するおだやかなかたかたという音が響いている。この機械は、回廊を通っていけば一万マイル彼方にある——空走機をつかえば六千マイルだ——インペリアル・ニュース本社オフィスでいそがしく働いている機械と長距離同調している。いまこの瞬間も、惑星全土における一千万のニュースルームで、同じ新聞が一千万部ずつ印刷されている。

バーが見出しに目をやって穏やかに言った。

「まずどうしたらいいだろうね」

デヴァーズはふさぎの虫をふりはらおうとした。いま彼は、本来の居場所からはるかに離れた世界にいる。この惑星では何もかもが複雑で彼を押しつぶそうとする。ここの人々は彼には理解できない行動をとり、理解できない言語を話す。彼をとりまき、地平線の彼方まで延延とつづく数知れぬ金属製の塔が圧迫してくる。この帝国首都惑星住民のせわしなく冷やかなありようを見ていると、恐ろしいほど陰鬱《いんうつ》な孤独感にかられる。自分がなんの意味もない取るに足らぬつまらない存在であることを思い知らされる。

「あんたにまかせたほうがよさそうだな」

バーは低い声で静かに告げた。

「説明しようとしてはいたのだよ。だが自分の目で見るまで信じられるものではないからね。わたしにも経験がある。毎日、どれだけの人間が皇帝の謁見《えっけん》を求めるか、知っているかね。百万人だよ。そのうちの何人が謁見を許されると思う。十人くらいだね。わたしたちとしては文官役人に働きかけていくしかない。なかなかに大変な仕事になるが、貴族を買収するだけの資金はないからね」

「十万クレジットがあるじゃないか」

「帝国世襲貴族《ピア》ひとりでそれくらいはかかるし、皇帝までたどりつくには三、四人が必要となる。局長や監督官なら五十人ほど買収しなくてはならないが、ひとりあたり百クレジットもあれば充分だろう。交渉はわたしがするよ。第一にあなたのアクセントでは通じないし、第二にあなたは帝国における賄賂の作法を知らないからね。あれはひとつの芸術なのだよ。ほんとうに！」

〈インペリアル・ニュース〉の三ページめに求めるものが見つかり、バーは新聞をデヴァーズにわたした。

デヴァーズはゆっくりと読んだ。奇妙な語彙《ごい》が使われているものの、理解はできる。顔をあげた。目が不安で暗く陰《かげ》る。彼は怒りをこめて手の甲で新聞をたたいた。

「こいつは信用できるのか」

「ある程度はね」バーが静かに答えた。「ファウンデーション艦隊が完全に敗退したというのはまずあり得ないだろう。実際の戦場から遠く離れた首都惑星ではよくあることだよ。この手のニュースがくり返し報道される。つまりこれは、リオーズがまたひとつの戦闘に勝利したということだ。べつに意外でもないがね。この記事には、リオーズがロリスを占領したとある。ロリス王国の首都惑星のことだね」

「そうだ」デヴァーズは少し考えてつづけた。「というか、かつてのロリス王国の、だな。そしてあの星は、ファウンデーションから二十パーセクと離れていない。おれたちものんびりしてはいられないな」

バーは肩をすくめた。

「トランターでは物事は簡単に進まないのだよ。下手にいそごうとしたら、ブラスターを突きつけられる」

「どれくらいかかるんだ」

「運がよくて一カ月かな。一カ月と十万クレジット——それで足りればいいのだがね。それも、皇帝が夏の離宮《りきゅう》惑星に旅しようなどと思いつかなければの話だ。あそこでは、皇帝はひとりの嘆願者も受けつけない」

「だがファウンデーションは――」

「これまでと同じく、自力でやっていってもらうしかあるまい。さて、夕食にしようか。わたしは空腹だ。食事が終わったら、夜は自由にすごそう。トランターのような世界を見ることはもう二度とないだろうからね」


外部星郡担当長官は、どうしようもないと言いたげにずんぐりとした両手をひろげ、梟《ふくろう》のような近眼で嘆願者を見つめた。

「ですが、皇帝陛下はご不例なのですよ。上司に話をもっていってもまったくの無駄です。皇帝陛下はこの一週間、誰とも謁見なさっておられません」

「わたしたちにはお会いくださるはずです」バーはありもしない自信をこめて言った。「枢密院長官の部下の誰かに話を通すだけでよろしいのです」

「無理ですよ」長官は断固として主張した。「そんなことをすればわたしの首が危ない。せめて、用件の中身をもう少しはっきりしていただけませんかね。わたしだって喜んでお手伝いしたいとは思いますが、曖昧な話では困るんですよ。ことをさきに進める理由として、上司にちゃんと説明できるだけのものがないとね」

「陛下以外の誰かに話せるような用件ならば」バーはまことしやかに反論した。「さほど重要とはいえず、わざわざ皇帝陛下への謁見を願いでる必要もありますまい。なんとか取り次いでみてください。もし陛下がわたしたちの用件の重要性をお認めになれば――必ずやそうなることに疑いはありませんが――いまわたしたちに手を貸してくださったことで、あなたもまた相応の報奨を受けることになりましょう」

「それはそうかもしれないが、しかし――」長官はそのまま黙って肩をすくめた。

「これは賭けです」バーも認めた。「そしてもちろん、危険には報酬がつきものです。確かに法外なお願いではありますが、今回の問題を説明する機会を与えてくださったことでは、深く深くあなたに感謝しているのです。その感謝の気持ちとして、ほんのわずかではありますが――」

デヴァーズは顔をしかめた。この一カ月、少しずつ表現が変わってはいるものの、彼はこのやりとりをすでに二十回も耳にしていたのだ。いつものように、それはなかば隠された紙幣のすばやい受けわたしによって終わった。だが今回の結末はいつもと異なった。これまでならば、紙幣はすぐさま姿を消した。なのにいま、それは目に見える場所におかれたままだ。長官がためつすがめつながめながらゆっくりとそれを数えた。

長官の声がわずかに変化した。

「枢密院長官が保証する紙幣ですなあ。こいつはすごい」

「それで問題の件ですが――」バーが促した。

「いやいや、ちょっと待ってくれ」長官がさえぎった。「まあ、いそがずにいきましょうよ。あなた方の用件というのがなんなのか、本気で知りたくなってきましたね。こいつはぱりぱりの新札ですなあ。そしてあなたはこいつをたっぷりともっている。わたしの前にも何人もの役人に会っているはずですからな。さてさて、いったいどういうことなんでしょうねえ」

「いったい何をおっしゃりたいのか、わかりかねますが」バーは答えた。

「そうでしょうかね。どうやらあなた方は不法入国者らしい。だんまりを決めこんだそのお連れの身分証と入国証はあきらかに不適切なものですからな。その男は皇帝の臣民ではないのでしょう」

「そんなことはありません」

「あんたがどう言おうと関係はない」長官の口調がふいに乱暴になった。「百クレジットで証書に署名をした役人が白状したんだ——もちろん圧力をかけはしたがな。われわれは、あんたが考えている以上に、あんたたちのことを把握しているんだ」

「さきほどおわたしした金額が、お願いした危険に見あわないとおっしゃるなら——」

係員はにやりと笑った。

「逆だね、見あうどころじゃない」そして紙幣をわきに押しやり、「さっきの話にもどろうか。あんたたちの件に関心をおもちなのは、皇帝陛下ご自身だ。あんたたちはごく最近までリオーズ将軍の客だった者だろう。そして、まあ控えめに言ってだが、驚くほどやすやすと軍のただなかから逃げだしてきた。しかも、ブロドリグ卿の資産が裏付ける紙幣をひと財産といえるほどもっている。要は、あんたたちふたりはスパイで、暗殺のため送りこまれてきたんだろう。それじゃあ、雇い主は誰で、目的はなんなのか、はっきり聞かせてもらおうじゃないか！」

「たかが長官ごときに犯罪者呼ばわりされるいわれはない」バーは怒りをこめつつも澱みなく反論した。「わたしたちはこれで失礼する」

「帰すわけにはいかん」長官は立ちあがった。どうやら近視はふりだけだったようだ。「質問に答える必要もない。そいつはもっとあとまでとっておこう。そのときにはもっと強引な手段に訴えることになるがな。言っておくが、わたしは長官ではない。帝国警察警部補だ。きさまたちを逮捕する」

にやりと笑う彼の手には、ぴかぴかの高性能ブラスターが握られていた。

「今日、きさまたちとは比べ物にならん大物が逮捕された。雀蜂《すずめばち》の巣の大掃除というわけだ」

デヴァーズは歯をむいてゆっくりと自分の銃に手をのばした。警部補がさらに笑みをひろげながらスイッチを押す。強力な破壊力をもったエネルギー光線がまっすぐデヴァーズの胸に命中し――個人用シールドにはばまれてはね返り、無害な火花を撒き散らした。

デヴァーズが撃ち返すと、警部補の上半身が消滅し、首がころがり落ちた。その顔は、新たに壁にうがたれた穴から射しこむ不揃いな陽光を浴びて、なおも笑っていた。

ふたりは裏口から脱出した。

「いそいで船にもどろう。すぐに警報が出る」デヴァーズはかすれた声で言い、そのままささやくように強烈な悪態《あくたい》をついた。「この計画もぽしゃっちまったか。きっと宇宙の悪魔が敵にまわってやがるんだ」

外に出たところで、大勢の群衆が巨大なテレヴァイザーを囲んで騒いでいるのが目にはいった。ぐずぐずしている時間はない。ときどき大きなさけび声が聞こえてくるものの、あえて無視する。だがバーは、巨大な格納庫にとびこむ前に〈インペリアル・ニュース〉を一部、ひったくってきた。そして彼らの船は格納庫の屋根を乱暴にぶち抜き、巨大な穴を抜けて急上昇した。

「逃げきれるかね」バーがたずねた。

正規のビーム誘導発進路をはずれて勢いよくとびだし、ありとあらゆる速度規定を破って逃走した交易船を、十隻の交通警察船が必死になって追跡してくる。さらにその背後からは、秘密諜報部に属する流線形の船がつぎつぎと発進してくる。ターゲットは、正体の判明した殺人犯ふたりが乗る小型船。その特徴もはっきりわかっている。

「まあ、見てなよ」

デヴァーズはトランターの地表二千マイルの上空で、乱暴にハイパースペースにとびこんだ。惑星という巨大質量のすぐそばでジャンプを強行したため、バーは失神し、デヴァーズは意識がすっとびそうな苦痛を味わうことになった。それでも、交易船が出現した数光年さきの宇宙には、彼らをさまたげようとするものは何ひとつなかった。

いかにも自慢げに、デヴァーズは厳粛《げんしゆく》な声で宣言した。

「どこであろうと、おれの船についてこられる帝国艦なんて一隻だってありゃしないんだ」それから苦々しげに、「だが、これでどこにも逃げこむあてがなくなっちまったな。この船じゃ、やつらのでかぶつと戦うわけにはいかねえし。これからどうすりゃいいんだ。何ができる?」

バーが簡易寝台の上で弱々しく身じろぎした。ハイパージャンプの影響はまだ消えておらず、全身の筋肉が痛い。

「何もする必要はないよ。すべては終わった。これを見なさい!」

そして、まだつかんだままだった〈インペリアル・ニュース〉をわたした。見出しだけで充分だった。

「リオーズおよびブロドリグ、召還・罷免《ひめん》・逮捕、か」デヴァーズはつぶやいて、ぼんやりとバーに目をむけた。「なぜなんだ」

「くわしいことは書いていないが、そんなものが必要かね。ファウンデーションとの戦争は終わった。シウェナは叛乱を起こしている。記事を読んでごらん」声がしだいに弱くなっていく。「どこかの星郡におりれば、その後の詳細がわかるだろう。すまないがわたしはちょっと休ませてもらうよ」

そしてバーは眠りに落ちた。

しだいに距離をのばしながらバッタのようにジャンプをくり返し、交易船はファウンデーションに帰還すべく銀河系を横断していった。

10　終戦

ラサン・デヴァーズはあからさまな不快感と曖昧な怒りを感じながら、勲章を受けとった。真紅のリボンに漏れなくついてくる、大仰《おおぎょう》な美辞麗句をつらねた市長の演説に、無言の克己《こっき》心《しん》を発揮して耐える。儀式はそれで終わったものの、当然ながら、礼儀としてその場から退出することはできない。この礼儀というもの――声をあげてあくびをしたり、椅子の上にどんと足をのせてくつろぐことを禁じる礼儀作法があるから、彼は宇宙にもどりたくてたまらなくなる。彼はそもそも宇宙にいるべき男なのだ。

デュセム・バーを筆頭にかつぎあげたシウェナ代表団が協定に署名し、シウェナは帝国の政治支配を脱しファウンデーションの経済支配に直接移行した最初の星郡となった。

五隻の戦列艦が登場した。帝国辺境艦隊の背後でシウェナが叛乱を起こしたときに捕獲したやつだ。礼砲をとどろかせながら、巨大な雄姿が頭上を通りすぎていく。

あとはもう、行儀よく酒を飲み、他愛のない会話をかわすだけだ――

誰かが彼を呼んでいる。フォレルだ。午前中の利益だけで、デヴァーズを二十人だって買える男だ。だが今日のフォレルは愛想がいい。気さくに彼を手招きしている。

デヴァーズは涼しい夜風の吹くバルコニーに出て、礼儀正しく頭をさげた。とはいえ、濃い髭の陰には渋面《じゅうめん》が隠れている。バルコニーには微笑を浮かべたバーもいた。

「デヴァーズ、助けてくれないか。わたしはいま、謙遜《けんそん》という言語道断《ごんご》な恐ろしい罪を犯したと非難されているのだよ」

「デヴァーズ」フォレルが口の端から太い葉巻をはずして口をひらいた。「バー卿は、きみたちがクレオンの都《みやこ》にまで旅をしたこととリオーズの罷免は、まったく関係がないと主張しておられるのだ」

「関係ないですね」デヴァーズは短く答えた。「結局皇帝には会えなかったんだし。帰還途中で裁判についていろいろと聞きましたけど、ありゃ、完全なでっちあげですよ。将軍が宮廷をひっくり返そうって連中と手を組んでたなんて馬鹿話が、やたらと流れてるみたいですね」

「つまり、彼は無実だというのかね」

「リオーズですか」バーが答えた。「もちろん！　銀河にかけて、無実です。ブロドリグはごく当たり前の意味で叛逆者ではありますが、今回告発された容疑に関しては完全に無実です。法廷茶番ですね。ですが、必要なもの、予見し得たもの、必然的なものでした」

「心理歴史学的必然性というやつでしょうな」フォレルはその言葉を、いかにも言い慣れているかのように、気安いユーモアをこめて大げさに発した。

「まさしくそのとおりです」バーの声が真剣味を帯びる。「前もって見通すことはできませんでしたが、すべてが終わり……そう……巻末の解答を見ることができるようになると、問題は単純になりました。いまならばわかります。帝国の社会的背景が征服戦争を不可能にしているのです。脆弱《ぜいじゃく》な皇帝のもとでは、将軍たちが帝位をめぐって争いを起こし――なんの価値もなく、必ず死をもたらす厄介なものにすぎないのですけれどね――帝国はばらばらになってしまいます。強力な皇帝のもとでは、分裂は一時的におさまったように見えますが、帝国は麻痺《まひ》を起こして硬直し、あらゆる成長の可能性が摘《つ》みとられてしまうのです」

「お話がよくわかりませんな、バー卿」フォレルが大きく煙を吐いて、うなるように言った。

バーは穏やかに微笑した。

「そうでしょうね。心理歴史学を学んでいないと理解しにくいでしょう。言葉は数学的方程式を曖昧に伝える代用品にすぎません。ですが、そうですね――」

バーが思考をめぐらしているあいだ、フォレルは手すりにもたれてくつろぎ、デヴァーズはヴェルヴェットのような空を見あげて、はるかなるトランターを思った。

「そう」やがてバーが話をつづけた。「閣下も――デヴァーズも――そして間違いなく誰もが、帝国を倒すためにはまず皇帝と将軍を引き離せばいいと考えました。閣下もデヴァーズもほかの者たちも、みな間違ってはおりません。内部分裂の原則に則《のっと》ったかぎりでは、つねにそれが正解となります。

ですがあなた方は、個人の行動によって、その場の思いつきによって、その内部分裂を起こそうと考えた。それが間違いだったのです。賄賂を使い、嘘をつき、野望と不安に訴え――だがそれらの苦労が報《むく》われることはなかった。事実、試みるたびに状況は悪化しているようでしたね。

そして、あわただしくこうしたさざ波を起こしているあいだも、セルダンの高波は着実にせまりつつあったのです。静かに——圧倒的な力をもって」

デュセム・バーはむきを変え、喜びにわく町の光を手すりごしにながめた。

「死者の手がわたしたちを——勇猛なる将軍も偉大なる皇帝も、わたしの世界もあなたの世界も、すべてを押し進めていたのです。死者たるハリ・セルダンの手が。彼はリオーズのような男が必ず失墜《しっつい》することを知っていた。成功が失墜をもたらすからです。成功が大きければ大きいほど、失墜は避けがたくなります」

「お話がわかりやすくなったとは言いがたいですな」フォレルが淡々と言った。

「しばしお待ちください」バーは熱く語りつづけた。「そして状況をよくごらんください。弱い将軍はけっして、わたしたちに危険をもたらすことがありません。ですが、弱い皇帝の治世における強い将軍もまた、わたしたちを脅《おびや》かすことはないのです。なぜならば、その力がより実りのいい目標にむけられるからです。事実、過去二世紀における皇帝の四分の三は、叛乱を起こして即位した将軍、もしくは総督でした。

つまり、ファウンデーションにとって脅威となるのは、強い皇帝と強い将軍が組みあわさった場合のみなのです。強い皇帝は容易にひきずりおろすことができないため、強い将軍は否応なく外に、国境のむこうへと目をむけることになります。

しかし、皇帝を強くあらしめるものはなんでしょう。クレオンはなぜ強くありつづけられたのでしょう。答えは明らかです。彼が強くあれたのは、強い臣下の存在を許さなかったからです。資産をもちすぎる廷臣や人気の高すぎる将軍は危険。強くあれるだけの知性を備えた皇帝にとって、最近の帝国史をふり返るだけで一目瞭然のことです。

リオーズはいくつもの勝利を重ねました。だから皇帝は疑惑をおぼえはじめました。すべての状況が、疑惑を抱かせずにはおかなかったということもあるでしょう。リオーズが賄賂を拒否した？　いかにも怪しい、隠された動機があるのだろう。もっとも信頼をよせていた廷臣がとつぜんリオーズを贔屓《ひいき》しはじめた？　いかにも怪しい、隠された動機があるのだな——。疑惑を誘うのはひとつひとつの行動ではありません。何をしてもそうなったでしょう。だからこそ、わたしたちが個人として計画を立てても無意味だし、無益だったのです。疑惑を誘ったのは、リオーズの成功そのものでした。だから彼は召還され、告発され、有罪を宣告されて処刑されたのです。そしてファウンデーションはふたたび勝利をおさめました。

そう、どのような出来事が組みあわさっても、結局はファウンデーションの勝利が導きだされることになっていたのです。リオーズが何をしようと、わたしたちが何をしようと、それは必然のものとして決定していたのです」

ファウンデーションの重鎮《じゆうちん》は重々しくうなずいた。

「なるほど！　だが、もし皇帝と将軍が同一人物だったら。そのときはどうなるのです。あなたの理論はその点を見逃している。つまりは、まだ証明は未完成というわけだ」

バーは肩をすくめた。

「わたしは何も証明などできませんよ。数学者ではありませんからね。ですがあなたの理性に訴えます。あらゆる貴族、あらゆる勇者、あらゆる宙賊が玉座《ぎょくざ》を狙う帝国で——歴史が示しているように、それはしばしば成功しています——どれほど強い皇帝であっても、銀河系の果ての果てまでみずから遠征し戦争に明け暮れていたら、いったい何が起こるでしょうね。皇帝はどれくらいのあいだ都を留守にしていられるでしょう。結局は誰かが叛乱の狼煙《のろし》をあげ、やむなく帰還しなくてはならなくなるだけです。帝国の社会的環境がその遠征期間を短くするのです。

わたしはかつてリオーズに、帝国がどれほど力を尽くしても、死者たるハリ・セルダンの手をはねのけることはできないと語りました」

「すばらしい！」フォレルは大げさなほど喜んでいる。「つまりあなたのお説では、帝国は二度とわたしたちを脅かすことはないというのですな」

「わたしはそう考えます」バーは同意した。「正直な話、クレオンはあと一年ももたないでしょう。そうすれば当然のごとく、後継者争いが起こります。おそらくはそれが、帝国最後の内乱となるのではないでしょうかね」

「では」とフォレル。「もはや敵はいないわけですな」

バーは考えこんだ。

「第二ファウンデーションがあります」

「銀河系の向こう端にあるという？　あと数世紀は大丈夫ではないですか」

そこでデヴァーズはふいにふり返った。暗く沈んだ顔でフォレルにむきなおる。

「敵なら内部にいるんじゃないかな」

「内部にだと?」フォレルが冷やかにたずねた。「たとえば誰のことだね」

「たとえば、富を少しばかり分散させたいと願っている連中、稼いだ賃金が労働者の手から消えてどこかに集中しすぎるのをやめさせたいと考えている連中さ。おれの言ってる意味、わかるだろ」

フォレルの目はゆっくりと軽侮《けいぶ》の色を消し、デヴァーズと同じ怒りを浮かべたのだった。

第二部　ミュール

11　新婚夫婦

ミュール　……〝ミュール〟については、銀河系史において彼と等しく重要な意味をもつ人物の誰にもまして、知られている情報が少ない。本名は不明。前半生に関しても推測の域を出ることがない。名声がもっとも高まった時期においても、彼に関して知られているのは、主として敵の目を、何よりも若き花嫁の目を通して得られたものにすぎず……

銀河百科事典《エンサイクロペディア・ギャラクティカ》

はじめてヘイヴンを目にし、ベイタは壮観とは正反対だと思った。夫がそれを指さした。銀河系の端で、虚空《こくう》の中に埋没したぼんやりとした星。まばらな星団を越えたところに、はぐれたような光点がいくつか、わびしげにまたたいている。その中ですら、まるで目立たないみすぼらしい星だった。

トランは、その赤色矮星《せきしょくわいせい》が新婚生活の出発点として感動的なものではないことをよくよく承知していたので、照れたようにくちびるをゆがめた。

「わかっているよ、ベイ——あんまりな変化だよな。つまり、ファウンデーションと比べたらさ」

「とんでもない変化よね、トラン。あなたとなんか結婚するんじゃなかったわ」

彼が一瞬傷ついた表情を浮かべたので、彼女はトランが気をとりなおす前に、とびきりの〝甘い〟声をかけた。

「大丈夫よ、お馬鹿さん。さあ、いつものように下唇《したくちびる》をだらんとさせて、死にかけのアヒルみたいに情けない顔を見せてちょうだい――わたしの肩にもたれかかろうとするときのあの顔。静電気が起きるくらいぐしゃぐしゃに髪を撫《な》でてあげるときの顔よ。あなた、甘ったるい返事を期待していたんでしょ。『トラン、あなたとならどこに行ったって幸せよ!』とか、『あなたといっしょなら、恒星間の深淵《しんえん》だってわが家《や》だわ!』とか、わたしが言うと思ってたんでしょ。さあ、白状なさい」

そして指を突きつけ、彼がぱくりと嚙《か》みつく寸前に、すばやくそれをひっこめた。

「ぼくが降参して、そのとおりだよと答えたら、夕飯の支度をしてくれる?」

彼女は満足してうなずいた。彼はにっこりと、ただ彼女を見つめた。

誰もがふり返って二度見するとはいえ、彼女はとりたてて美人というわけではない――それは彼も認めるところだ。髪はまっすぐだが艶《つや》やかな黒で、口は少しばかり大きい。丁寧に整えた眉が、皺《しわ》ひとつない白いひたいと、いつも笑みをたたえているこのうえなく温かなマホガニー色の瞳のあいだで、完璧な弧を描いている。

見かけはいかにも気丈《きじょう》でガードがかたく、実際的かつ現実的な態度で敢然と人生に立ち向かおうとしている。だがその内側には、つついてもけっして姿をあらわしはしないものの、優しさの小さな池がある。やり方を知っていて――さらにはせがむような真似をしなければ、たどりつくことができる。

トランは意味もなくコントロールパネルをいじり、緊張をほぐそうとした。手動制御が必要になるのは、恒星間ジャンプをひとつこなし、それから数ミリマイクロ・パーセクを〝まっすぐ〟に進んだあとのことだ。背もたれによりかかって、貯蔵室のほうに目をむけた。ベイタがいくつかの容器をいじっている。

ベイタに対する彼の態度には、いくぶんひとりよがりなところがある。劣等感の縁《ふち》を三年間さまよったあげくに勝利を手にした者の、自己満足と畏怖《いふ》がいりまじった感情だ。つまるところ彼は田舎者《いなかもの》で――それも、ただの田舎者ではなく、船をおりた貿易商の息子にすぎない。そして彼女はほかならぬファウンデーションの市民で――しかも、先祖をたどればマロウにまでいきつく。

そうした事情すべてに加え、彼の奥底には小さな怯《おび》えがひそんでいる。ベイタをヘイヴンに、岩だらけの惑星の洞窟《どうくつ》都市に連れてくるだけでも気がひけるのに、さらにはファウンデーションに対する貿易商の――都市居住者に対する放浪者の――昔ながらの敵意に彼女を直面させることになるのだから。

何はともあれ――夕食が終われば最後のジャンプだ！

ヘイヴンは怒れる真紅《しんく》の炎で、その第二惑星は、縁が大気でぼんやりとかすんだ赤い光のた。その半分は闇に包まれている。ベイタは大きなヴューテーブルの上に身をのりだした。蜘蛛《くも》の巣のような碁盤の目の中央に、しっかりとヘイヴン第二惑星がとらえられている。

彼女が真面目な声で言った。

「わたし、さきにお父さまにお目にかかっておけばよかったと思うのよ。もしわたしのことがお気に召さなかったら――」

「そんなことになったら」トランは当然のように言った。「きみは親父《おやじ》にそんな気持ちを起こさせたはじめての美人ってことになるな。片腕をなくして宇宙放浪をやめる前、親父は――うん、きみが頼んだら、うんざりして耳に胼胝《たこ》ができるまで話してくれるよ。ぼくとしてはいつからかな、いろいろ脚色がはいってるなと思うようになったけれどね。なんといっても、一度だって同じ話を同じように語ったことがないんだから――」

ヘイヴン第二惑星がどんどん近づいてくる。ぼんやりとした薄暗い青灰色《せいかいしょく》の内陸海が、まばらな雲のあいだに見え隠れしながら、眼下で重たげに回転している。海岸にそって、山々がそれぞれの高さにそびえたっている。

海に近づくにつれて、波までがはっきり見わけられるようになった。最後にむきを変えるとき、水平線のむこうに、岸にしがみつく氷原がちらりと顔を出して消えていった。

トランはすさまじい減速に耐えながら、うなるように言った。

「スーツはロックしてあるね」

皮膚密着形内部加熱スペーススーツのスポンジフォームに包まれて、ふっくらとしたベイタの顔がさらに丸く、赤くなっている。

船は、台地のやや手前の平原に、ばりばり音をたてて着陸した。

四苦八苦しながら船を抜けだし、銀河系辺境の漆黒《しっこく》の夜闇《よやみ》の中に立つ。とつぜんの刺すような寒気《かんき》と、稀薄な空気がつくりだす乾いた風に襲われて、ベイタがはっと息をのんだ。トランは彼女の肘《ひじ》をつかんで促《うなが》しながら、遠くにまたたく人工光を目指して、固められたなだらかな地面を不器用に走りはじめた。

半分ほど進んだあたりで出迎えの衛兵に会った。小声で会話をかわし、衛兵が案内に立つ。岩のゲートがひらき、彼らを迎え入れて閉じた。風と寒気が消える。白いウォールライトに照らされた内部は暖かく、雑然とした騒音があふれている。デスクについた男たちが視線をあげたので、トランは書類をさしだした。

係員は一瞥《いちべつ》しただけで、手をふって入国を許可した。トランは小声で妻に言った。

「親父が手をまわしてくれたんだな。ここではいつも五時間くらいかかるんだ」

ふいに空間がひろがり、ベイタが驚きの声をあげた。

「まあ――」

洞窟都市は白日光《はくじっこう》――若い太陽の光に照らされていた。もちろん、そこに太陽があるわけではない。空があるべき場所には、焦点の定まらない光が一面にひろがって輝いているばかりだ。暖かな空気はほどよい濃度を保ち、緑の芳香を漂わせている。

「まあ、トラン、なんてすてきなの」

トランは不安まじりの喜びをこめてにやりと笑った。

「そうさ、ベイ、ここはファウンデーションとはまったくちがっているけれど、ヘイヴン第二惑星最大の都市なんだ。人口は二万。きみもきっと好きになるよ。残念ながら娯楽宮《きゅう》はないけれど、秘密警察もないからね」

「まあ、トリー、まるで玩具《おもちゃ》の町みたい。何もかもが白とピンクで——とっても綺麗」

「そうだね——」トランも彼女とともに町をながめた。

ほとんどの家屋が二階建てで、この惑星特有のなめらかな脈岩《みゃくがん》でつくられている。ファウンデーションの尖塔《せんとう》も、旧王国の巨大な集合住宅もないが、こぢんまりとして個性にあふれている。巨大生活圏となった銀河系における、個人精神の名残《なごり》ともいえるだろう。

彼はふいに姿勢を正して指さした。

「ベイ——親父だ！　あそこ——まっすぐむこうだ。見えるだろう」

見えた。とにかく大柄な男だ。乱暴に空気をつかもうとするかのように指をひろげ、夢中で手をふっている。雷鳴のような朗々《ろうろう》とした大声がここまで聞こえてくる。ベイタは夫について、短く刈《か》りこんだ芝の上を走った。小柄な白髪《はくはつ》の男もいる。手をふり大声をあげている片腕の巨漢《きょかん》の陰《かげ》に、ほとんど隠れてしまっている。

トランが肩ごしに説明した。

「親父の異母兄《いぼけい》だよ。ほら、ファウンデーションに行ったことがある人だって話しただろう」

四人は芝の上で出会い、笑い声をあげ、とりとめなく言葉をかわした。トランの父は最後にもう一度、純然たる喜びの歓声をあげた。そして、短いジャケットをぐいとひっぱり、唯一の贅沢品である彫金《ちょうきん》のベルトを調節した。

彼はふたりの若者を交互に見やり、いくぶん息を切らしながら言った。

「帰省《きせい》するにしても、とんでもない日を選んだもんだな」

「なんだって？　ああ、今日はセルダン生誕祭か」

「そうさ。ここまでくるにも車を借りて、無理やりランデュに運転させなきゃならんかった。公共交通機関には銃をつきつけたって乗れんだろう」

彼はそこでベイタに目をむけ、そのまま視線を固定させた。そして、それまでよりも優しい口調で話しかけた。

「あんたを写したクリスタルをもってるよ——それなりにいい出来だが、撮影したやつはやっぱり素人《しろうと》だな」

彼がジャケットのポケットから小さな透明のキューブをとりだした。光を受けて、閉じこめられた小さな肖像《しょうぞう》が鮮やかな色彩をとりもどし、ベイタの笑顔が浮かびあがった。

「まあ、これ！」ベイタは声をあげた。「トランたら、どうしてこんな写真を送ったの。お父さまがこれを見てわたしを呼んでもいいと思われたなんて、びっくりだわ」

「そうかね。おれのことはフランと呼んでくれ。いや、こんな仰々《ぎょうぎょう》しいお祭り騒ぎはまっぴらだ。腕をとってくれんか、車まで行こう。おれはいままで、トランのやつがしっかりやっていけていると思ったことは一度もなかったんだがな。いまその考えを変えようかと思っている。いや、変えねばならんようだな」

トランは静かに、かたわらの伯父《おじ》に声をかけた。

「近頃の親父はどう？　相変わらず女の人を追いかけているのかな」

ランデュは顔じゅうに皺をよせて微笑した。

「機会を見つけては追いかけているよ。つぎの誕生日で六十になることを思いだして、がっくりきていることもあるみたいだけれどね。だがそのうちに大声をあげてそんな邪悪な考えを押さえこみ、いつものあいつにもどるんだ。根っから古風なタイプの貿易商だよ。だがおまえはどうなんだ、トラン。いったいどこであんな綺麗な花嫁を見つけてきたんだ」

若者は小さな笑い声をあげて腕を組んだ。

「三年がかりの苦労話をひと息で話せって？」

家につき、ベイタはささやかな居間で、もがくように旅行用スーツを脱ぎ、フードをはずして髪をふりほどいた。腰をおろして脚を組み、改めて赤ら顔の巨漢をしげしげと見つめ返す。

「お父さま、さっきから目分量《めぶんりょう》で推測していらっしゃるでしょう。自己申告しますね。年齢、二十四。身長、五－四。体重、一一〇。専攻は歴史学」

フランはそれまで、片腕がないことを隠そうとして、ずっと斜めをむいて立っていた。いまその彼が、まっすぐに身をのりだしてきた。

「ふむ、そいつはどうかな――体重、一二〇だろ」

ベイタが赤面した。フランはそれを見て大きな笑い声をあげ、三人にむかって言った。

「女の体重は上腕を見ればわかるんだ。もちろんそれなりの経験は必要だがな。何か飲むかい、ベイ」

「ええ、喜んで」

ふたりはともに部屋を出ていった。トランはそのあいだ、本棚の前で夢中になって新しいブックをチェックした。

やがてフランがひとりでもどってきた。

「彼女はあとでおりてくる」

そして、大きなコーナーチェアにどっしりと腰をおろし、関節がこわばった左足をスツールにのせた。赤ら顔から笑いが消えている。トランは父親にむきなおった。

「さてと」フランが口をひらいた。「息子の帰郷というわけだ、帰ってきてくれて嬉しいよ。おまえの女も気に入った。めそめそした能無しではなさそうだな」

「ぼくたち、結婚したんだ」トランは短く報告した。

「ふむ、そうなると話はまったくちがってくるぞ」フランの目が暗くなった。「未来を固定させてしまうのは愚かなやり方だ。おれはおまえより長く生きて、さまざまな経験を重ねてきた。だがその結婚ってやつだけは一度もしたことがない」

部屋の片隅で静かにたたずんでいたランデュが、口をはさんだ。

「おいおい、フランサート、いったい何と比較しているんだ。六年前に着陸事故を起こすまで、おまえは結婚して家をかまえられるほど、ひとつところに長くとどまったことがなかったじゃないか。そのあとだって、おまえと結婚したがるような女がどこにいたね」

　片腕の男は椅子の上で背筋をのばし、むきになって言い返した。

「いくらだっていたさ、この白髪頭《しらがあたま》の老いぼれめ――」

　トランは機転を利《き》かせてすばやく口をはさんだ。

「ただの法律的な手続きだよ、父さん。そのほうが便利だからさ」

「女にとって便利なだけだろう」フランがうなる。

「たとえそうだとしても、決めるのはトランだ」とランデュ。「結婚はファウンデーションでは昔からの慣習だからな」

「ファウンデーション人は正直な貿易商の手本にはならん」フランの声に怒りがまじる。

「ぼくの妻はファウンデーション人なんだ」トランは父親の言葉をさえぎってふたりの顔を交互にながめ、それから静かに告げた。「彼女がおりてくる」

　夕食後はごくあたりまえの会話がかわされ、フランはそれに、血と女と金儲けと尾ひれが均等にまじった思い出話で花を添えた。小型テレヴァイザーが誰にも省《かえり》みられることのないまま、何か古めかしいドラマを小さな音量で流している。ランデュは低いカウチにくつろいで腰かけ、長いパイプからのんびりとたちのぼる煙ごしに、やわらかな白い毛皮にすわるベイタをながめている。この毛皮は遠い昔、交易の旅で持ち帰った品だ。いまでは特別な祝い事のときにのみとりだされ、ひろげられる。

「きみは歴史を学んだんだね」ランデュは愛想のいい声でたずねた。

ベイタはうなずいた。

「先生には匙《さじ》を投げられたけれど、でも少しは学べました」

「奨学金をもらったんだよ」トランが自慢した。「それだけのことさ」

「それで、何を学んだんだね」ランデュが澱《よど》みなくつづけた。

「それをみんな話すの？　いまここで？」娘は笑った。

老人は穏やかに微笑した。

「なるほど。では、銀河系の現状をどう見るかな」

「そうね」ベイタは簡潔に答えた。「セルダン危機がせまっています。もしそうでないなら、セルダン計画なんてやめちまえ、だわ。あの計画は失敗よ」

（「おいおい、セルダンになんてことを言うんだ」フランが片隅で、誰にも聞こえない声でつぶやいた）

ランデュは考え深げにパイプを吸った。

「そうかね。なぜそう思うのかな。わたしも若いころにファウンデーションに行った。とんでもなくドラマティックな夢想にふけったこともある。だが、いまきみはなぜそんなふうに考えるんだね」

「そうね」ベイタの目に霞《かすみ》がかかる。彼女は素足の爪先をやわらかな白い毛皮にうずめ、ふっくらとした手に小さなあごをのせて、考えこんだ。「セルダン計画の心髄《しんずい》は、昔の銀河帝国よりもよい世界をつくることだった思うの。あの世界は――銀河帝国は、セルダンがファウンデーションを設立した三世紀前にすでに崩壊しかかっていたわ。そして、もし歴史が真実を語っているのなら、帝国は、惰性・独裁専制・宇宙財源の不均衡分配という三つの病《やまい》によって崩壊しかかっていた」

ランデュはゆっくりとうなずいた。トランは目を輝かせて誇らしげに妻を見つめ、片隅のフランは舌を鳴らしながら慎重にグラスに酒を注《つ》ぎ足している。

「もしセルダン伝説が事実なら――彼は心理歴史学の法則から、帝国の完全な崩壊を予見し、第二帝国が新たに興《おこ》って人類が文明と文化をとりもどすまでに三万年の野蛮な時代がつづくと予測したのよね。その復興速度を確実にはやめる状況をつくりあげることが、彼の人生をかけた仕事の目的だったはずです」

とつぜん、フランの低い声が響きわたった。

「だから彼はふたつのファウンデーションを設立した。セルダンの名に誉《ほま》れあれ」

「そう、だから彼はふたつのファウンデーションを設立したんです」ベイタは同意した。「わたしたちのファウンデーションは、人類の学問と科学を維持して新たな高みにひきあげることを意図し、死にゆく帝国の科学者を集めたものだった。そしてセルダンは、その天才を用いた緻密《ちみつ》な計算により、ファウンデーションが一千年後に新たにしてより強大な帝国となるよう、宇宙におけるその位置を定め、歴史的環境を整えた」

畏敬《いけい》に満ちた静寂がたちこめた。

娘は穏やかにつづけた。

「古い伝説だわ。あなた方もみなご存じでしょ。それからの三世紀、ファウンデーションの人間ならみんな知っていること。でもあえてもう一度くり返しました――簡単にだけれど。今日はセルダンの生誕祭よね。わたしはファウンデーション市民で、あなた方はヘイヴンの民《たみ》だけれど、でもいっしょに祝うことができるわ――」

彼女はゆっくりと煙草《たばこ》に火をつけ、先端の赤い光をぼんやりと見つめた。

「歴史の法則は物理法則と同じ、絶対的なもののはずよ。物理より誤差の確率が高いとしたら、それは、歴史の扱う人間の数が物理の扱う原子ほど多くなくて、個人差が大きく影響するからにすぎないわ。セルダンは、千年の発展期のあいだに一連の危機が訪れ、そのひとつひとつにおいて、歴史は否応《いやおう》なしに角《かど》を曲がり、あらかじめ計算された道をたどっていくだろうと予言した。危機がわたしたちを導いていくのよ――そして、いま、新たな危機がやってくるはずなの。

そう、いまなのよ！」彼女は力強くくり返した。「最後の危機からもうすぐ一世紀、この百年のあいだ、ファウンデーションでは帝国でおこなわれていたあらゆる悪徳がくり返されているわ。惰性！　わたしたちの支配階級はただひとつの法則、〝前例踏襲《とうしゅう》〟という言葉しか知らない。それから独裁専制！　彼らはただひとつの規則、〝圧政〟という言葉しか知らない。そして不均衡配分！　彼らの望みはただひとつ、手に入れたものをもちつづけることなのよ」

「ほかの者が飢《う》えているというのにな！」ふいにフランが、椅子の肘掛けにどんと力強いこぶしをうちおろして怒鳴った。「あんたの話はすばらしい。金袋の上にすわりこんだ豚どもがファウンデーションを堕落《だらく》させ、勇敢な貿易商はヘイヴンみたいな屑《くず》惑星でひっそりと貧乏暮らしを送っている。これはセルダンに対する侮辱《ぶじょく》だ。セルダンの顔に泥を塗るようなもの、その髭に反吐《へど》をぶちまけるようなものだ」彼は隻腕《せきわん》を高くふりあげたが、その顔がふと悲しげになった。「おれにもう一本の腕が残っていたら！　もし——一度でも——やつらがおれの話に耳を傾けていたら！」

「父さん、おちつきなよ」トランはなだめた。

「おちつけ、おちつけか」父親は怒りをこめてくり返した。「おれたちは永遠にここで生き、ここで死ぬしかないんだぞ——なのにおまえは、おちつけというのか」

「われらがフランは現代のラサン・デヴァーズなんだよ」ランデュがパイプをふってベイタに言った。「デヴァーズは八十年前に、きみの夫の曾《そう》祖父とともに、奴隷《どれい》鉱山で死んだ。知恵には欠けていたが、勇気には欠けていなかったのでね——」

「そうさ、銀河にかけて、おれが彼だったとしても同じことをやっただろうさ」フランが宣言した。「デヴァーズは歴史上もっとも偉大な貿易商だ。ファウンデーションの連中がやたらともちあげて崇拝するほらふきマロウなんかよりも、ずっと偉大なんだ。デヴァーズが正義を愛するがゆえに、ファウンデーションを支配する人殺しどもに殺されたというなら、やつらの抱える血の負債はよりいっそう大きなものになるだろうよ」

「話をつづけなさい、ベイタ」ランデュが促した。「さもないと、フランはひと晩じゅうでも、明日一日じゅうだって、わめきつづけるだろうからね」

「もう話すことはないわ」彼女はふいにふさぎこんで答えた。「危機は絶対に必要なんだけれど、どうすればそれを起こせるのかわからないし。ファウンデーションの革新勢力はものすごく迫害されているのよ。あなた方貿易商は、抵抗の意志はもっているけれど、狩りたてられてばらばらになってしまっている。もしファウンデーションの内外に存在するよき意志がすべて集結したら——」

フランが馬鹿にしたように耳障《ざわ》りな笑い声をあげた。

「ランデュ、この娘のいうことを聞いたか。ファウンデーションの内外だとよ。おいおい、嬢ちゃん、贅肉《ぜいにく》太りしたファウンデーションの内部には希望なんざないぜ。連中の一部が鞭《むち》をもっていて、残りの連中は鞭で打たれてるだけなんだ——死ぬほどな。あの腐りきった惑星には、どこを見たって、善良な貿易商に真っ向からむかいあう気骨《きこつ》なんか残っちゃいない」

ベイタは反論しようとしたが、圧倒的な勢いに気圧《けお》されてしまった。

トランは身をのりだして、彼女の口を手でふさいだ。

「父さん」冷たく声をかける。「父さんは一度だってファウンデーションに行ったことがないじゃないか。ファウンデーションのことなんて何も知らないくせに。言っておくけど、あそこの反体制運動はほんとうに勇猛果敢《かかん》なんだ。ベイタはそのひとりで——」

「わかった、わかった、怒るなよ。そもそもなんで腹を立ててるんだ」フランは本気で困惑している。

トランは熱をこめてつづけた。

「父さんの問題はね、視野が狭いってことだよ。何十万もの貿易商が宇宙の果ての不毛の惑星で穴の中にたてこもっている。父さんは、だから彼らを偉大だと考えている。もちろん、この星にきた徴税人《ちょうぜいにん》は二度とファウンデーションにもどることはないけれど、そんなのは安っぽいヒロイズムだ。ファウンデーションが一艦隊を送りこんできたら、そのときはどうするんだよ」

「ぶっとばすまでだ」フランが鋭く言い返す。

「そしてぶっとばされるんだね――結局むこうが得をするだけなんだ。数でも武力でも組織力でも、むこうのほうが上だろ。ファウンデーション側がその気になったら、父さんだってすぐに思い知らされる。だから、同盟相手をさがすべきなんだよ――できるなら、ファウンデーションの内部にね」

「ランデュ」フランは途方に暮れた大きな雄牛《おうし》のように、兄に視線を流した。

ランデュは口からパイプを離した。

「トランの言うとおりだよ、フラン。自分の奥深くをさぐって耳を傾ければ、おまえにもわかるはずだ。だがそれは不快な思考だから、おまえは大声をあげて否定してしまう。それでも心の奥深くではおまえもそれを認めているんだよ。トラン、わたしがなぜこんな話をはじめたのか、説明しよう」

ランデュはしばらくのあいだ考えこむようにパイプをふかし、それからトレイのくぼみにパイプをさしこんだ。音もなく光がひらめき、吸殻《すいがら》がとりのぞかれる。彼は小指でゆっくりと煙草を詰めなおした。

「おまえはわれわれに対するファウンデーションの関心について話していたがね、トラン、そのささやかな指摘はまさしくあたっているんだよ。近頃も二度、訪問があった――税金をとりたてにだがね。穏やかでないのは、二度めのやつが小型巡視艇を連れていたことだな。連中はグレイア・シティに着陸した――以前とやり方を変えて、われわれに判断を誤らせようとしたのだろう。そしてもちろん、二度と離陸することはなかった。だがやつらは必ずまたやってくる。おまえの親父はすべてちゃんと心得ているよ、トラン、間違いなくね。

この頑固な放蕩《ほうとう》親父を見てごらん。こいつはヘイヴンが困難な立場に追いこまれていること、われわれが無力であることを知っていて、それでも決まり文句をくり返すんだよ。そうすることで気分が昂揚《こうよう》し、自我を保つことができる。だが言いたいだけのことを言って、大声で戦いを挑み、男として、雄牛のごとき貿易商としての義務を果たし終えたと思えば、そうしたらほら、われわれと同じ理性的な人間にもどるのさ」

「われわれって、誰のこと？」ベイタがたずねた。

ランデュはにっこりと笑った。

「われわれはささやかな集団をつくったんだよ、ベイタ――この町にね。まだ何も行動を起こしてはいないし、まだほかの町と連絡をとりあってもいない。だが、これはひとつのはじまりなんだよ」

「何にむかっての？」

ランデュは首をふった。

「わからないんだよ――まだね。だが奇跡を期待している。われわれは、きみも言ったように、セルダン危機を迎えなくてはならないと判断したのだ」曖昧に上方を示し、「銀河系は崩壊した帝国の欠片《かけら》でいっぱいだ。将軍であふれかえっている。いつか、そのひとりが大胆な行動に出るかもしれないとは思わないか」

ベイタは少し考えてから、きっぱりと首をふった。毛先だけ内巻きにした長い髪が、耳もとで揺れる。

「いいえ、それはないわ。そうした将軍たちはみんな、ファウンデーションに攻撃をしかけたりするのは自殺行為だって知っているもの。旧帝国のベル・リオーズはそんな連中よりも優秀な将軍で、華々《はなばな》しく艦隊を率《ひき》いてやってきたけれど、セルダン計画の前に敗北した。それを知らない将軍がいるかしら」

「だがもし、われわれが駆り立てたらどうだろう」

「どこにむかって？　核融合炉の中へかしら。それに、何を使って駆り立てるの？」

「うん、ひとつあるんだよ――新しいネタがね。この一、二年、ミュールと呼ばれる奇妙な男の噂《うわさ》が流れている」

「騾馬《ミュール》ですって？」ベイタは考えこんだ。「トラン、聞いたことがある？」

トランはかぶりをふった。

「その人がどうだっていうの?」

「よくわからないんだがね。噂によるとそいつは、信じられないような確率で勝利をおさめているんだそうだ。噂だから誇張があるかもしれないが、いずれにしてもそいつと知り合いになれたら面白いのではないかな。能力と野望をふんだんにもっているからといって、みながみなハリ・セルダンとその心理歴史学の法則を信じているとはかぎらないからね。疑惑を駆り立ててやれば、ファウンデーションを攻撃しはじめるかもしれない」

「そしてファウンデーションが勝利するんだわ」

「ああ——だがそう簡単にはいかないかもしれない。その戦いが危機となるのかもしれない。それをうまく利用すれば、ファウンデーションの独裁政権もわれわれに対する態度をあらためるのではないか。最悪の場合でも、われわれがよりよい計画を立てるまでのあいだ、われわれのことなど忘れてくれるだろう」

「トリー、あなたはどう思う?」

トランは力なく微笑し、片目にかかるゆるやかにカールした茶色い前髪をひっぱった。

「伯父貴《き》の話を聞くかぎりでは、そんなに悪い話じゃないとは思うけれど。でもミュールって何者なんだ。ランデュはそいつの何を知っているの」

「まだ何も知らない。そこで、おまえに協力を頼みたいんだよ、トラン。それと、もしよければおまえの花嫁にもな。おまえの親父とわたしとで話しあったことだ。もう、徹底的に話しあったんだよ」

「話し合いってどんなふうになのかなあ。それで、ぼくたちに何をさせたいんだ?」若者はすばやく問いかけの視線を妻に送った。

「おまえたち、新婚旅行はしたのかい」

「ええと……そうだな……ファウンデーションからここまでの旅を新婚旅行だっていえるなら」

「それじゃ、カルガンでもっとましな新婚旅行をやりなおすというのはどうかな。亜熱帯で――海があって――水上スポーツも――バードハンティングもできる――すてきな行楽惑星だ。ここから七千パーセクだから、それほど遠くもない」

「カルガンに何があるのさ」

「ミュールがいるんだよ! 少なくとも、ミュールの配下の連中がね。あいつは先月、カルガンを占領した。戦闘もなしにだ。カルガンの総帥《そうすい》は降伏前に、惑星そのものを爆破してイオンに分解してやるぞと脅《おど》しをかけたんだがね」

「その総帥はいまどこにいるんだ?」

「もうどこにもいない」ランデュは肩をすくめた。「どうだね」

「でも、ぼくたちは何をすればいいんだ?」

「それもわからないんだよ。フランもわたしも年寄りで、田舎者だからね。ヘイヴンの貿易商はみな、基本的に田舎者なんだ。おまえだってそう言っているじゃないか。わたしたちの交易《こうえき》はごくかぎられた範囲のものにすぎず、先祖たちのような銀河を股《また》にかけた放浪者ではない。いや、黙っていなさい、フラン！　だがおまえたちふたりは銀河系を知っている。とりわけベイタは、綺麗なファウンデーション言葉を話す。どんなことでもいい、何かさぐりだしてくれればそれでいい。もしあいつと……いや、そこまでは期待しないでおこう。ふたりでよくよく考えてみてくれ。希望するなら、わたしたちのグループ全員とも会えるようはからおう……ああ、来週までは無理か。おまえたちもゆっくり休みたいだろうしな」

しばしの沈黙につづいて、フランが怒鳴った。

「もう一杯酒がほしいやつはいるか。つまり、おれのほかにだがな」

12　大尉と市長

ハン・プリッチャー大尉は、いま自分を取り巻いているような豪華さに慣れていない。それでも彼はまったく感銘を受けていなかった。彼は概して自己分析をおこなわず、仕事に直接関係のない哲学や形而上学《けいじじょう》のすべてを認めない。

それが役に立つ。

彼の仕事は主として、宙軍省が〝情報機関〟と呼び、インテリ階級が〝諜報活動《ちょうほう》〟と呼び、ロマンティストが〝スパイ〟と呼ぶものからなりたっている。そして残念なことに、テレヴアイザーがどれほど空虚な言葉をわめきたてようと、〝情報機関〟も〝諜報活動〟も〝スパイ〟も、よくいって裏切りと背信が日常となった薄汚い仕事にすぎない。それが社会に許容されているのは、ひとえに〝国家の利益〟になるからだ。だが哲学はいつも、その神聖なる利益においてすら、社会は個人の良心よりもずっと簡単に説得され得るという結論を導きだす——だからプリッチャー大尉は哲学を捨てた。

豪華絢爛《けんらん》な市長宮《きゅう》の控えの間で、彼の思考はわれ知らず内側にむかっていた。

彼よりも能力の劣る者たちが、つぎつぎと彼を超えて昇進していく——それはまあ、我慢しよう。これまでも延々と降りそそぐ罰点や譴責《けんせき》に耐え、なんとか生き抜いてきたのだ。そして彼は、たとえ神聖なる〝国家の利益〟に対して不服従であっても、現実に貢献できてさえいれば必ず認められるはずだという、自分なりの確固たる信念を貫いてきたのだ。

そしていま彼は市長宮の謁見《えっけん》控室にいる。五人の兵士が丁重に警備にあたっているが、たぶんこのさきに待っているのは軍法会議だろう。

どっしりとした大理石の扉が音もなくなめらかにひらき、光沢のある壁と赤いプラスティック絨毯《じゅうたん》があらわれた。奥にはさらにもうひと組、大理石に金属象嵌《ぞうがん》を施《ほどこ》した両開きの扉がある。三世紀昔から変わらない直線的なラインの制服をきた役人がふたり、一歩進みでて声をあげた。

「情報局ハン・プリッチャー大尉に謁見を賜《たまわ》る」

大尉が前進すると、ふたりは儀礼的に頭をさげてあとずさった。ふたりは奥の扉の前で足をとめ、大尉ひとりがさきに進んだ。

奥の扉のむこうには奇妙なほど簡素なひろい部屋があり、奇妙なほど角張《かくば》った大きなデスクの背後に、まるでその巨大さに埋もれてしまいそうな小柄な男がすわっていた。

インドゥバー市長——その名を継いだ三人めの市長は、初代インドゥバーの孫だ。初代は残忍で有能な男だった。その残忍さは、権力を掌握《しょうあく》するにあたっての華々しいやり方から明らかであり、その有能さは、自由選挙というくだらない遺物に終止符を打った手腕と、比較的平和な統治をおこなった業績で示されている。

インドゥバー市長はまた、インドゥバー二世の息子でもある。二世は世襲《せしゅう》によってその地位を受け継いだ最初のファウンデーション市長で——父の資質を半分しか受け継がなかった。すなわち、ただ単に残忍だったのだ。

当代インドゥバー市長は三世にして、世襲によってその地位を継いだふたりめの市長で、三人の中でもっとも劣っていた。すなわち、残忍でも有能でもなく——生まれる場所を間違えた、優秀な事務屋にすぎなかったのである。

インドゥバー三世は、紛《まが》い物の特徴が奇妙な形に組み合わさった人間であったが、彼ひとりだけがそれに気づいていなかった。

彼自身にとっては、形式的な整理整頓《せいとん》に対する過大なまでの愛情が〝秩序〟であり、日々の役所仕事のもっともささいな点に対する飽《あ》くことなき熱心なこだわりが〝勤勉〟であり、正しいときに示す優柔不断が〝慎重〟であり、間違っているときに発揮する盲目的頑固さが

〝決断〟だったのだ。

そして彼は浪費をせず、むやみに人を殺すこともなく、極度の善意を表明した。

大きなデスクの前にうやうやしく立ちながら、プリッチャー大尉は陰鬱《いんうつ》にこうした思考をめぐらしていたが、その無表情な顔はそうしたことを何ひとつうかがわせなかった。彼は咳払いもせず、重心を移すこともなく、足を動かすこともなく、ただ待った。やがて、いそがしく欄外に注釈を書き加えていたペンがとまり、ぎっしりと印刷された書類が整然と積まれたひとつの山から同じくきれいに積みあげた隣の山に移されて、市長がゆっくりと痩《や》せた顔をあげた。

インドゥバー市長は整然とならんだデスクの上の品を乱さないよう、慎重な動きで両手を組んだ。

「情報局のハン・プリッチャー大尉だね」

プリッチャー大尉は軍隊儀礼を厳密に守って片膝《ひざ》を床すれすれまで曲げ、頭《こうべ》をたれたまま許可の言葉を待った。

「立ちたまえ、プリッチャー大尉！」

市長の声は温かく好意を感じさせる。

「きみを呼びだしたのは、上官よりきみの懲戒《ちょうかい》処分を求める訴えがあったからだ。そうした書類は手続き上いつもわたしのもとにくることになっている。ファウンデーションにおける出来事でわたしが関心をもたないものはひとつとしてない。きみの件に関しても、さらにくわしい情報を求めようと思ってね。驚かないでほしいのだが」

「いえ、驚いてはおりません。閣下が公明正大であることは世に知れわたっておりますから」

「そうかね。そうかね」

市長の声は嬉しそうだ。色のついたコンタクトレンズが光を受けて、両眼が乾いた固いきらめきを放つ。彼は細心の注意をはらいながら、金具で閉じた幾冊かのフォルダを扇形《おうぎ》にならべた。ファイルをひらくと、羊皮紙《ようひし》のような紙がぱりぱり鋭い音をたてる。市長は長い指で文字をたどりながら話しはじめた。

「大尉、ここにきみの記録がある――詳細なものだよ。きみは四十三歳。十七年間、士官として勤務している。生まれはロリス。両親はアナクレオン人。子供時代の大きな病歴はなし。一度、心筋……いや、これはさほど重要ではないな……入隊前の学歴、科学アカデミーにてハイパーエンジンを専攻。学業成績……ふむ、きわめて優秀だな、おめでとう……ファウンデーション紀元二九三年一〇二日、下士官として入隊」

市長は最初のフォルダを片づけながら、一瞬視線をあげ、つぎのフォルダをひらいた。

「いいかね、わたしの管理下に偶然などというものは存在しない。秩序だよ、きみ！　規律だよ」

そして芳香を漂わせるピンクのゼリー状の球体を口もとにもっていった。これはどうしてもやめることのできない、彼の唯一の悪癖《あくへき》だと聞いている。そういえば市長のデスクには、必ずといっていいほどあらゆる場所に備えつけられている、煙草の吸殻を処理する核フラッシュ装置がない。市長は煙草を吸わないのだ。

当然ながら、市長の客も喫煙するわけにはいかない。

市長の間延《まの》びした声が、規則的に、不鮮明に、ぶつぶつとつづいた——ときおり、穏やかな小声のまま、まったく無意味な称賛や叱責《しっせき》の言葉がまじる。

そして市長はゆっくりと、ファイルをもとどおりに、きっちりとひとつの山に積みなおし、きびきびとした口調で切りだした。

「さて、大尉。きみの記録は独特だ。能力は傑出《けっしゅつ》しているし、仕事ぶりは疑問の余地なくすばらしい。注目すべきは、任務中に二度負傷していること、また、任務を超えた勇敢な行為によりメリット勲章《くんしょう》を授けられていることだ。これらの事実は軽々《かるがる》しく見過ごすべきものではない」

プリッチャー大尉は無表情を崩さない。なおも直立不動の姿勢を保っている。軍隊儀礼は、ありがたくも市長への謁見を認められた者に着席を許さない——もっとも、この部屋に椅子が一脚《きゃく》、市長が腰かけているものしかないのだから、改めて強調するまでもないだろう。軍隊儀礼はまた、直接の質問に対する必要な返答以外の発言をも禁じている。

市長がのしかかるような厳しい視線で大尉を見つめ、声がきつく重くなった。

「しかしながらきみはこの十年昇進しておらず、きみの上官たちからはくり返し幾度も、きみは強情で頑迷《がんめい》であるという報告が提出されている。つねに反抗的で、上官に対して適切な態度をとらず、同僚と友好的な関係を築くことに関心をもたず、さらには根っからのトラブルメイカーである、となｏ　きみはこれらについてどう釈明するかね」

「閣下、わたしはおのれが正しいと思った行動をとっております。国家のためになしたわたしの功績、およびそれにともなう負傷は、わたしが正しいと判断したことが国家の利益に通じていることを証明しております」

「軍人らしい主張ではあるが、危険な思考でもある。それについてはあとで話そう。何よりもきみは、わたしの法定代理人の署名がある命令書を前にして、三度も任務を拒否したことで告発されている。それに関してはどう釈明するね」

「閣下、それらの任務は、緊急時でありながら、もっとも重要な問題が看過《かんか》されていたという点において、その意味を失っておりました」

「ふむ、きみの考える問題がもっとも重要であると、いったい誰が言ったのだね。また、たとえそうだとしても、それが看過されていると、誰が言ったのだね」

「閣下、わたしにとってきわめて明白なのであります。わたしの経験と知識が——そのどちらも上官たちは評価していますが——明らかにしております」

「だがね、大尉、情報局政策をあつかましくも私見によって決定することで、きみは上官の職務を侵害している。それがわからないのかね」

「閣下、わたしが第一に仕えるべきは国家であり、上官ではありません」

「それはちがう。きみの上官にも上官がいる。それはわたし自身であり、わたしは国家だ。いいかね。きみはさっき、わたしの公明正大さは世に知れわたっていると言った。きみもそれには納得しているはずだな。今回の事態を招いた規律違反がどのようなものか、きみ自身の言葉で説明したまえ」

「閣下、わたしはこの一年半、惑星カルガンで引退した貿易商として暮らしておりました。与えられた指示は、カルガンにおけるファウンデーションの活動を指揮し、カルガン総帥の、とりわけ外交政策を調査する組織を完成させることでした」

「それはわかっているとも。つづけたまえ」

「閣下、わたしは報告書において、カルガンおよびその支配下にある星系の戦略的位置がいかに重要であるかを力説しております。総帥の野心、財力、領土拡張の決意、ファウンデーションに対する基本的な友好姿勢――もしくは中立的な態度などについて、報告してまいりました」

「報告書は読んでいる。つづけたまえ」

「閣下、わたしは二カ月前にカルガンを離れました。そのとき、戦争勃発《ぼっぱつ》の兆《きざ》しはまったくありませんでした。いかなる攻撃を受けようと撃退するに充分な、ありあまるほどの武力が備わっていると思われました。ところが一カ月前、まったく無名の幸運の戦士が、戦わずしてカルガンを征服したのです。それまでカルガンの総帥であった男は、明らかにもはや生きてはいないでしょう。裏切りがあったという噂は流れておりません。ただ、この不思議な策略家――この、ミュールという男の力と才について語られているばかりです」

「この、誰だと?」市長は腹を立てたように身をのりだした。

「閣下、その男は〝ミュール〟と呼ばれております。彼については事実上ほとんど何もわかっていないのですが、わたしはさまざまな情報の断片をかき集め、もっとも信頼できそうなものを選別いたしました。その男は、生まれも家柄も卑《いや》しく、父親は不明、母親は出産時に死亡。浮浪児として育ちました。教育は、惑星をわたり歩きながら宇宙の裏路地で得たもの。〝騾馬《ミュール》／頑固者〟という以外の名をもたず、それも、おのれでおのれにつけたもので、とほうもない体力と、執拗なまでの頑固さをあらわしているのだといわれております」

「軍事力はいかほどなのだ。体格などどうでもよい」

「閣下、巨大艦隊を従えているともいわれていますが、それは、カルガンが不可解な状況で征服されたことから生まれた噂なのかもしれません。彼が征服した領土は、明確にどこからどこまでと規定できるわけではありませんが、それほど広いものではありません。ですが、ともかくこの男に関しては、是非とも調査の必要があるのです」

「ふうむ、なるほどな！」

市長は深いもの思いに沈みこみ、ゆっくりとペンを二十四回動かして、メモパッドのいちばん上の白紙に六つの正方形を六角形にならべて描き、それからその紙を剝《は》ぎとって丁寧に三つ折りにし、右側にある紙処理スロットにすべりこませた。メモ用紙は音もなく原子核崩壊を起こしてきれいに消滅した。

「では、大尉。聞かせてくれたまえ。きみが拒否したもうひとつの選択肢はなんだったのかね。きみはいま、何を調査〝すべき〟であるかを語った。調査するよう〝命じられた〟のはなんだったのだね」

「閣下、宇宙には税を支払おうとしない鼠穴《ねずみあな》があります」

「ああ、なるほどな。きみは気づいていないだろうし、教えられてもいないだろうが、税を支払わないその者たちは、昔の野蛮な貿易商の子孫なのだよ。ファウンデーションの血統を自称しながら、ファウンデーションの文化を嘲笑《あざわら》う無政府主義者、謀叛人《むほんにん》、社会的狂信者どもだ。きみは気づいていないだろうし、教えられてもいないだろうが、そうした宇宙の鼠穴はひとつではなく、われわれが知っているよりはるかに多く存在している。それらはたがいに共謀しているのみならず、ファウンデーション全域にいまもなお存在する犯罪者どもとも共謀している。なんと、ここテルミヌスにもそのような輩《やから》がいるのだぞ！」

市長の炎は一瞬燃えあがったものの、すぐさま鎮火した。

「きみは気づいていないだろうがね、大尉」

「閣下、わたしはそうした事情をすべて知らされております。ですが、わたしは国家のしもべとして忠実に働かなくてはなりません――〝真実〟のために働く者こそが、もっとも忠実であるといえましょう。これら昔の貿易商の残党どもにどれほどの政治的意味があろうと――旧帝国の欠片《かけら》を継承した総帥どもは力をもっております。貿易商は武器も資産ももたず、統合すらされていません。そしてわたしは子供の遣《つか》いに出される徴税官ではありません」

「プリッチャー大尉、きみは軍人であり、銃を数えていればいい。このような不服従を起こすまできみを放任したのは失敗だった。気をつけたまえ。わたしの公明正大さは単なる弱さではない。帝国時代の将軍も、現代の総帥も、等しくわれわれに対して無力であることはすでに証明されている。ファウンデーションの行く末を予言したセルダンの科学は、きみが信じているように、個人の英雄行為に立脚してはいない。歴史の社会的・経済的趨勢《すうせい》に基礎をおいているのだ。わたしたちはすでに、四度の危機を無事に切り抜けてきたではないか」

「閣下、確かにそのとおりであります。しかしながら、セルダンの科学を知る者はただひとり——セルダンのみです。わたしたちには、ただ信じることしかできません。わたしが入念に教えられたところによりますと、はじめの三度の危機のさい、ファウンデーションには賢明な指導者がいて、危機の特質を見抜き、適切な予防措置《そち》をとったということでした。もし彼らがいなかったら——はたして、どうなっていたでしょう」

「そうだ、大尉、だがきみは四度めの危機を忘れている。当時ファウンデーションには名の残るような指導者がおらず、しかも、誰にもまして有能な敵、何よりも重厚な装備、最高に強大な軍隊と直面した。にもかかわらず、われわれは歴史の必然によって勝利をおさめたではないか」

「閣下、確かにそれは事実であります。ですが、閣下がお話しになった歴史は、一年にわたる絶望的な戦いが終わったあとに、はじめて必然となったものです。わたしたちが手に入れた必然的勝利は、五百の艦と五十万の人命の犠牲の上になりたっています。閣下、セルダン計画は、みずから助くる者を助けるのです」

インドゥバー市長は眉をひそめた。辛抱強く説明することにうんざりしてしまったのだ。

目下《めした》の者に丁寧に接するのは誤りではないかとふいに思い当たった。いつまでも議論し、論争を深め、論証にふけってもよい、と勘《かん》違いを誘うだけではないか。

「しかしながらだ、大尉」市長は改まった声で言った。「セルダンは総帥に対する勝利は保証している。そしてわたしはこの多忙な時期に力を分散させたくない。きみが無視してのけたこの貿易商どもは、そもそもはファウンデーションに属していたのであるから、彼らとの戦いは内乱となる。内乱に関しては、セルダン計画はなんの保証も与えていない――彼らもわたしたちも、双方がファウンデーションなのだからな。したがって、彼らは服従させねばならない。それをきみに命じる」

「閣下――」

「大尉、わたしはきみに答えを求めているのではない。命令しているのだ。従いたまえ。これ以上わたし、もしくはわたしの意志を代行する者に対して、いかなる形であれ討論をもちかけるならば叛逆と見なす。さがれ」

ハン・プリッチャー大尉はふたたび膝をつき、それからゆっくりとあとずさって退出した。

ファウンデーション史上世襲によってその地位を継いだふたりめの市長、インドゥバー三世は、心の平静をとりもどし、左手に整然と積まれた山からまたつぎの書類をとりあげた。警察隊制服の縁《ふち》取りにつかうメタルフォームの量を減らせば、どれだけの予算が節約できるかという報告書だ。市長は余分なコンマを削除し、スペルの間違いを訂正し、欄外に三つの注釈を加え、右側の整然とした書類の山にのせた。それからまた左手の整然とした山からつぎの書類をとりあげ――

情報局大尉ハン・プリッチャーが宿舎にもどると、個人用通信カプセルが待ち受けていた。それは短い命令書で、〝緊急〟のスタンプに赤いアンダーラインがひいてある。そして署名として、頭文字の〝I〟だけが記されていた。

その命令書は、これまでにない強い語調で、〝ヘイヴンと呼ばれる叛乱惑星〟におもむくことを指示していた。

ハン・プリッチャー大尉はひとり乗り小型快速艇に乗りこみ、無言のままおちつきはらって進路をカルガンに設定した。そしてその夜、みずからの意志を貫いた男は、悠然と安眠をむさぼったのだった。

13　中尉と道化

カルガンがミュールの軍によって陥落したことが七千パーセクの彼方《かなた》で反響を起こし、老貿易商の好奇心を、頑固な大尉の不安を、小心な市長の困惑をかきたてたとしても――カルガンそのものに住む人々の心には、何も起こさず、何もかきたてることはなかった。

空間的距離と同様、時間的にも距離があるほうが物事に焦点を定めやすいというのは、人類にとって不変の教訓である。ちなみに、この教訓がつねに生かされているかどうかは記録されていない。

カルガンは——カルガンだった。銀河系のこの象限《しょうげん》の中で、カルガンだけは、帝国が崩壊し、スタンネル王朝の支配が終焉《しゅうえん》を迎え、偉大なるものがばらばらになり、平和が消え失《う》せたことを知らないようだった。

カルガンは贅《ぜい》を尽くした惑星である。人類の大殿堂が崩壊したいまもなお、快楽の作り手、黄金の買い手、娯楽の売り手としての地位を変わらず維持している。

カルガンは苛《か》酷《こく》な歴史の変動に巻きこまれたことがない。どのような征服者とて、これほどまでに潤沢《じゅんたく》に現金があふれる世界を、破壊したり深刻な打撃を与えたりしようとは考えないだろう。それがこの惑星を守ってきたのだ。

そのカルガンもついに、ある総帥の軍司令部となり、穏やかさの中に戦《いくさ》の緊迫感が感じられるようになった。

管理されたジャングルに、快適に整えられた海岸に、華やかで活気あふれる市街に、国外からの傭兵や強制徴募《ちょうぼ》された市民の足音が響きわたった。当星郡《せいぐん》の諸惑星は軍備を整え、歴史上はじめて、賄賂《わいろ》ではなく戦艦に金を投じた。その星郡支配者は明らかに、おのれのものを守り、ついでに他者のものをも手に入れんとする熱意と決意をあらわにしていた。

総帥は銀河系の英傑《えいけつ》であり、戦争と平和の旗手《きしゅ》であり、帝国の建設者であり、王朝の始祖《しそ》であった。

ところが、馬鹿げた通称をもったわけのわからない人間が、彼を——彼の軍を——そして芽吹《めぶ》きはじめた彼の帝国を、征服したのである。一戦もまじえることなく。

カルガンは以前の姿をとりもどした。軍服を着た市民たちはそそくさともとの生活にもどり、異国のプロの戦争屋たちは新しい軍隊にすんなりと溶けこんでいった。

ふたたびこれまでと同じように、ジャングルではけっして人の生命を奪うことのない養殖動物を相手に手のこんだ豪華な狩猟がおこなわれ、上空では〝大鳥《グレートバード》〟のみに死をもたらす鳥狩りの快速艇が飛びかっている。

都市では、たったの半クレジットで誰にでも扉をひらく壮大で幻想的なスカイパレスから、莫大《ばくだい》な富をもつ通人《つうじん》のみが入場を許される、人に知られず目立つこともない秘密の館《やかた》まで、銀河系全域からやってきた逃避者たちが、財力に応じてさまざまな快楽にふけっている。

大洪水のような観光客の中では、トランとベイタは一滴のしずくにすらならない。ふたりはイースト半島の巨大な一般格納庫に船を預け、中産階級むけの観光地、インランド・シーにむかった——そこならば、合法的でそれなりに上品な娯楽が提供されているし、人混みも耐えられないほどではない。

ベイタはまぶしい陽光を避けてサングラスをかけ、暑気《しょき》をふせぐために薄手の白いローブを羽織っている。わずかにピンクがかりはするものの、ほとんど日焼けしない腕で両膝をかかえ、長々と寝そべる夫をぼんやりと見つめる。白くまぶしい日光のもとで、彼の身体《からだ》はまるできらめいているようだ。

「焼きすぎちゃ駄目よ」

はじめはそう言っていたのだが、トランは死にかけた赤い星の出身だった。三年をファウンデーションですごしたにもかかわらず、彼にとって陽光は、やはり贅沢品なのだ。この四日間、日焼けどめを施《ほどこ》した彼の肌は、海水パンツ以外、いかなる衣服の粗《あら》い布にも触れていない。

ベイタは砂の上でぴったりと彼によりそい、小声で言葉をかわした。

のんびりとくつろいだ顔から、どこか憂鬱《ゆううつ》そうな声が漂ってくる。

「うん、確かにぼくたちは五里霧中だよ。だいたい、やつはどこにいるんだ。そもそも何者なんだ。この狂った世界では、やつのことは何ひとつ語られない。もしかしたら、そんなやつは存在しないのかもしれないな」

「存在はしてるわよ」ベイタはくちびるを動かさずに答えた。「とってもいいの、それだけのことよ。伯父さまの言ってたとおりだわ。彼、使えるわよ——時間さえあればね」

短い間をあけて、トランはささやき返した。

「ぼくが何をしてたか知ってるかい、ベイ。日に照らされたまま白昼夢を見てたんだ。夢の中ではすべてがきっちりと、気持ちよく解決していくんだ」声が消え入りそうになり、またもとにもどった。「ベイ、大学でアマン教授が話していたこと、おぼえてるかい。ファウンデーションは絶対に負けない、でもそれは、ファウンデーションの〝支配者〟が負けないということじゃない。ファウンデーションの真《しん》の歴史は、サルヴァー・ハーディンが百科事典《エンサイクロ》編纂者《ペディスト》を蹴りだして、テルミヌス初代市長として支配権を握ったときからはじまったんだ。

そしてつぎの世紀には、ホバー・マロウが、同じくらい大胆なやり方で権力を手に入れた。つまり、支配者がこれまで二度、敗れているんだ。だから、ファウンデーションの支配者を倒すことは不可能じゃない。だったら、それをやるのがぼくたちであったっておかしくはないだろう？」

「トリー、それは本に載っている大昔の議論よ。せっかくの夢想をもったいないことに使ったわね」

「そうかな。まあ、最後まで聞いてくれよ。ヘイヴンとはなんだろう。ファウンデーションの一部じゃないか。いわゆる外部プロレタリアートの一部にすぎない。もしぼくたちが勝利をおさめたとしたら、負けるのはいまの支配者たちであって、やっぱりそれはファウンデーションの勝利になるんじゃないか」

「〝できる〟と〝実行する〟は同じじゃないわよ。無意味なおしゃべりね」

トランは身をよじった。

「おい、ベイ、きみはいつだってひねくれている。ぼくはいい気分になってるんだから、わざわざ難癖《なんくせ》をつけなくたっていいだろう。そんなことを言うなら、ぼくはこのまま寝てしまうよ」

だがベイタはぐいと首をのばし、ふいに——なんの脈絡もなく——小さな笑い声をあげ、サングラスをはずし、小手《こて》をかざして浜辺を見おろした。

トランは視線をあげ、それから上半身をひねるように起こして彼女の視線をたどった。

彼女が見つめているのは、両足を宙にあげて逆立ちをしたまま動きまわり、周囲の人々を面白がらせているひょろ長い姿だった。柔軟な関節を曲げたり折ったりして投げ銭《せん》をもらう、海岸に群がる大道芸人のひとりだ。

海岸警備員が彼にむかって、立ち去れと手をふった。驚いたことにその道化は、逆立ちのまま片手でみごとにバランスをとりながら、親指を鼻にあててひらひらと指を動かしてみせた。警備員は威嚇《いかく》するように前進したが、腹を蹴られてあとずさった。道化はそのまま流れるように両足で立ち、逃げていった。泡を噴いている警備員は、群衆に邪魔をされてあとを追うことができなかった。

道化はぶらぶらと浜辺を歩いていく。多くの人とすれちがい、しばしばためらいながら、それでも一度も足をとめない。最初の見物人は散り散りになり、警備員も姿を消した。

「おかしな人ね」ベイタは面白がっている。

トランはおざなりに相槌《あいづち》をうった。

道化が近づいてきたので、その姿がはっきり見えるようになった。先端がとがってやたらと大きな鼻が、痩せた顔の真ん中に陣取っている。衣装によっていっそう目立つひょろ長い四肢《しし》と蜘蛛《くも》のような身体は、軽々と優雅に動くものの、でたらめに組みあわされたような印象がぬぐい去れない。

見れば笑わずにはいられない姿だ。

とつぜん視線に気づいたのだろう、道化はふたりの前を通りすぎてから立ちどまり、くるりとむきを変えて近づいてきた。大きな茶色の目がじっとベイタを見つめる。

ベイタは狼狽《ろうばい》した。

道化がにっこり笑ったが、大きく鼻のつきだした顔がいっそう悲しげになっただけだった。その口から、みごとに練《ね》りあげられたやわらかな中央星域の言葉があふれた。

「よき聖霊の与えたもう知恵を使って申すならば、こちらのレディはこの世のものではありますまい——つねなる心あらば、いったい誰が夢を現実と違《たが》えましょう。ですがわたくしは正気を捨て、魔法により魅了されたこの目を信じたく存じます」

ベイタ自身の目も大きく見ひらかれた。

「まあ！」

トランは笑った。

「おいおい、ベイ、きみは魔女だったのか。いまの言葉には五クレジットの値打ちがあるな。はらってやれよ」

だが道化はぴょんと前にとびだした。

「いえいえ、レディ、誤解してくださいますな。わたくしは金がほしくてこのようなことを申しているのではございませぬ。すべてはその輝く眼《まなこ》と麗《うるわ》しき顔《かんばせ》の御《おん》ためでございます」

「あら、ありがとう」それからトランにむかって、「とんでもないわね。きっと酔っぱらってるのよ」

「眼《まなこ》と顔《かんばせ》だけではございませぬ」道化の戯言《たわごと》はなおもつづき、熱狂の度合いを増しながらつぎつぎとあふれこぼれた。「清らかにして健《すこ》やかな――そして慈愛あふれるお心ばえのためでございます」

トランは立ちあがり、この四日間ずっと片腕にひっかけていただけの白いローブをとって、するりと身につけた。

「何がほしいんだ。彼女を困らせるのはやめて、ぼくに言いたまえ」

道化は驚いたように一歩あとずさり、細い身体を縮こめた。

「害なすつもりなど毛頭《もうとう》ございません。わたくしはこの地ははじめてで、また人々は、わたくしは頭がいかれていると申します。ですがわたくしには人の顔を読むことができます。こちらのレディの美しいお顔の背後には、慈悲深いお心が――あえて申しあげれば、わたくしのこの苦境を救ってくださるだろうお心が、見えるのでございます」

「その苦境とやらは五クレジットで片づくんじゃないのか」トランは冷やかに言って、硬貨をさしだした。

道化はそれを受けとろうとしなかった。

「わたしに話させてよ、トリー」ベイタはそして、小声ですばやくつけ加えた。「あの馬鹿げた話し方は気にしちゃ駄目よ。この人の故郷ではそういう言葉を使っているの。この人にとってはきっと、わたしたちの話し方だって同じくらい奇妙に聞こえているはずよ」

そして改めて道化にむかってたずねた。

「何に困っているの？　警備員のことを心配しているんじゃないわよね。もうあなたを困らせたりしないわよ」

「おお、ちがいます、警備員ではありません。警備員など、足もとで埃《ほこり》をたてるそよ風にすぎません。わたくしが逃げてきたのはべつの者。いくつもの惑星を吹きとばし、たがいにぶつけあわせる嵐のような者でございます。わたくしは一週間前に逃げだし、街路で眠り、人混みの中にまぎれてまいりました。助けを求めて多くの顔を見てまいりました。いまここに、それを見つけたのでございます」そして両眼に不安を浮かべたまま、その最後の言葉を、よりやわらかな切望のこもる声でくり返した。「いまここに、それを見つけたのでございます」

「そうね」ベイタは諭《さと》すように語りかけた。「わたしも助けてあげたいとは思うけれど、でも正直な話、惑星を吹きとばすような嵐から守ってあげることはできないわ。ほんとうのところ、わたしにできるのは――」

そのとき、興奮した野太い声が三人に襲いかかった。

「やあ、こいつだ、薄汚いごろつきめ――」

さっきの海岸警備員だ。顔を真っ赤に染め、歯をむきだして、走ってくる。低出力のスタンガンで狙いをつけている。

「そこのふたり、そいつを取り押さえてくれ。逃がさんでくれ」

警備員のどっしりとした手が道化の細い肩にかかった。道化の口から弱々しい悲鳴が絞りだされる。

「こいつが何をしたんだ」トランはたずねた。

「何をしたかだと？　何をしたかだと？　そいつは傑作だ！」警備員はベルトにぶらさげたポシェットに手をつっこんで紫のハンカチをとりだし、むきだしの首をふきながら面白そうに言った。「こいつが何をしたか教えてやろう。逃げたのさ。カルガンじゅうに通達が出ている。その馬鹿でかい鼻を地面にくっつけたりしないで、両足でちゃんと歩いていたら、おれだってもっとはやく気づけたんだ」

そして彼は上機嫌で乱暴に獲物を揺すぶった。

「逃げたって、どこから？」ベイタはにっこりと笑いながらたずねた。

人だかりができはじめた。目を丸くしてぺちゃくちゃしゃべっている。見物人の増加に比例して、警備員の自意識もはねあがっていく。警備員は声を高め、皮肉っぽく熱弁をふるった。

「どこから逃げたかだって？　いやいや、あんたたちだってミュールのことは聞いたことがあるだろう」

見物の話し声がやんだ。ベイタはふいに、氷のような冷気が胃の腑《ふ》にしたたり落ちるのを感じた。道化はただひたすら彼女を見つめている――警備員のたくましい手につかまれ、なおもふるえている。

「そして」警備員は重々《おもおも》しくつづけた。「このいまいましいぼろ切れ野郎が何者かといえば、ご領主さまお抱えの宮廷道化師だ。それが逃げだしやがって」捕虜を大きくふりまわし、「認めるだろう、道化師め」

恐怖に青ざめた顔が答えだった。ベイタがトランの耳にささやきかけた。

トランはいかにも友好的な態度で警備員に歩み寄った。

「すまないけれど、ちょっとその手を離してやってくれないか。きみがつかまえているその道化は、ぼくたちに芸を見せてくれていたんだが、まだ代金分を踊り終わっていないんでね」

「そうだ!」警備員はふいに重大なことを思いだしたように声を高めた。「賞金が出てるんだったな――」

「そいつが手配中の道化だと証明されれば賞金はきみのものだ。それまでは手をひいていてくれないか。きみは観光客の邪魔をしている。それはきみにとって、まずいことなんじゃないか」

「だがあんたはご領主さまの邪魔をしている。それはあんたにとって、まずいことになるぞ」警備員はもう一度道化を揺すぶった。「お客人に金を返せ、このハイエナめ」

トランの手がすばやく動いて、警備員のスタンガンを奪いとった。危うく警備員の指を半分ひきちぎりそうな勢いだった。警備員が怒りと苦痛でわめきたてる。トランは乱暴に警備員を押しやった。その隙《すき》に、自由になった道化がトランの背後にいそいで逃げこんだ。

見わたすかぎりびっしりと集まった野次馬《やじうま》は、だが事の成り行きにしだいに関心を失いつつあった。首をのばしてうかがおうとする者もあるが、多くはその場を離れ、散らばりはじめている。

そのときざわめきが起こり、遠くから乱暴に命令する声が聞こえてきた。自然と人波が割れ、無造作に電気鞭《むち》を構えた男がふたり、大股に近づいてきた。紫の上着に、稲妻の下で砕ける惑星を描いた紋章が描かれている。

そのうしろから、中尉の軍服をきた浅黒い巨漢がやってくる。肌も髪も黒く、渋面《じゅうめん》も険悪だ。

浅黒い男は不気味なほど穏やかな口調で話した。わざわざ大声をあげずとも意志を通せると知っているのだ。

「通報したのはおまえか」

警備員は痛めた手を押さえたまま、苦痛にゆがんだ顔でもごもご答えた。

「賞金を請求いたします、中尉殿。そしてわたしはその若い男を告発します――」

「賞金はやる」中尉は彼のほうに目もむけず、短く部下に命じた。「つかまえろ」

道化は引き裂かんばかりの力でトランのロープをつかんでいる。

トランは声を高めた。ふるえていなければいいのだけれど。

「すまないな、中尉。この男はぼくのものだ」

軍人たちはまばたきもせずその言葉を聞き流している。ひとりが無造作に鞭をふりあげたが、中尉のひと言でそれをおろした。

浅黒い中尉はぐいと進みでて、ごつい体格でトランの前に立ちはだかった。

「おまえは何者か」

「ファウンデーション市民だ」彼の答えが響きわたった。

効果は覿面《てきめん》だった——少なくとも群衆に対してはそうだった。鬱積《うっせき》したような静寂を破ってすさまじいざわめきが起こった。ミュールの名も恐怖を呼び起こしはするものの、つまるところ新興の勢力にすぎず、古くから存在し、帝国を打ち破ったファウンデーションの名、非情な圧政で銀河系の象限を支配しているファウンデーションに対する恐怖ほど、深く人々の心に食いこんではいないのだ。

中尉は顔色も変えずにたずねた。

「おまえは背後にいるその男が何者か、知っているのか」

「あなた方の統治者の宮廷から逃げてきた者だと言われた。だがぼくにわかっているのは、彼がぼくの友人であるということだけだ。連れていきたければ、彼がその逃亡者だという確かな証拠を見せてほしい」

群衆がはりつめたため息を漏らす。だが中尉はそれをやりすごした。

「ファウンデーション市民であるという身分証はあるか」

「船に」

「おまえは自分の行動が違法であることを認識しているか。射殺されてもしかたのないものだぞ」

「確かにそうなのだろう。だがその場合、あなたはファウンデーション市民を射殺することになる。代償として、あなたの身体は八つ裂きにされ、ファウンデーションに送られるだろう。これまで何人もの総帥がしてきた処置だ」

それもまた事実である。中尉はくちびるを湿《しめ》した。

「おまえの名は」

トランは優位に乗じて言った。

「それ以上の質問にはぼくの船で答えよう。格納庫に行けばスペース番号がわかる。登録名はベイタ号だ」

「どうあってもその逃亡者をひきわたすつもりはないのか」

「ミュール本人にならわたしてもいい。あるじを連れてきたまえ」

会話はいつのまにかささやくような小声になっている。中尉がくるりとむきを変え、押し殺した獰猛《どうもう》な声で部下に命じた。

「野次馬どもを追い散らせ！」

電気鞭がふりあげられ、ふりおろされる。悲鳴があがり、群衆はわっと散らばっていった。もの思いにふけりながら格納庫にもどる途中、トランはふとわれに返り、一度だけ独《ひと》り言のようにつぶやいた。

「ほんとうに、ベイ、なんて目にあったんだろう！　怖かった――」

「そうね」彼女の声はまだふるえていて、目にはいまも尊敬に近いものが浮かんでいた。

「なんだかあなたらしくなかったけれど」

「うん、ぼく自身にも何が起こったのかよくわかってないんだ。気がついたら、使い方もよくわからないスタンガンをもってあそこに立って、中尉に言い返してたんだよ。自分でも何をしたのかよくわからない」

そして彼は、海岸地区から出ていく短距離飛行艇の中で、ミュールの道化が丸くなって眠っている通路のむこうのシートを見つめ、嫌悪をこめて吐きだした。

「こんなにたいへんな思いをしたのは、生まれてはじめてだよ」


中尉は守備隊大佐の前にうやうやしく直立した。大佐が彼に目をむけて言った。

「ご苦労。おまえの役目はこれで終わりだ」

だが中尉はすぐにはひきさがらず、暗い声で答えた。

「ですが、ミュールは群衆の前で顔をつぶされました。敬意の念を回復するために、懲罰《ちょうばつ》措置をとるべきではないでしょうか」

「その措置はすでにとってある」

中尉はむきを変えながら、激しい怒りをこめて言った。

「命令は命令ですから、自分は喜んで従います。ですが、スタンガンを構えたあの男の前に立って、とんでもない無礼を我慢するなんて。こんなにたいへんな思いをしたのは、生まれてはじめてであります」

14　ミュータント

カルガンの〈格納庫〉は、外星から訪れる膨大《ぼうだい》な数の船を収容すると同時に、膨大な数の観光客に滞在場所を提供する必要から生まれた独特の施設である。この問題を鮮やかに解決した聡明な男はすぐさま億万長者となり、その後継者たちは、生まれもしくは財力によって、当然のようにカルガンの最高富裕層に属している。

〈格納庫〉は数マイル平方にわたって延々とひろがっていて、そして、〈格納庫〉という言葉はまったくその実体をあらわしていない。それは基本的には、船のための、そう、ホテルなのだ。前金《まえきん》を支払えば停泊スペースが割り当てられ、そこからいつでも好きなときに宇宙にむけて飛び立つことができる。旅行者はそれまでどおり船で寝起きすることになるが、別料金を支払えば通常のホテルでのように食料や医薬品の補給ができるし、船そのものの簡単な整備も受けられ、またもちろん、カルガン国内への交通手段もごく安価で提供されている。

その結果として。旅行者は格納料金とホテル料金がひとつにまとめられるため節約ができる。一時的に土地を貸すことでオーナーの懐《ふところ》には大金がころがりこむ。政府は巨額の税をとりたてられる。みんながハッピー。損をする者など誰ひとりいない。単純な話だ！

〈格納庫〉のおびただしい翼部《よくぶ》をつなぐ大通路の端で、いま物陰を歩いている男は、こうしたシステムの新奇性や有用性についていろいろと考えたこともあったが、それは暇なときにふけるべき思考であり——明らかにいまはそのような場合ではない。

高さも幅もさまざまな船が、整然と区画された幾列ものスペースにずらりとそびえたっている。男は一瞥もくれず、つぎつぎとそうした列を通りすぎていった。男はプロなのだ。〈格納庫〉の登録記録を調べ、この翼部ではないかという曖昧な情報しか得られなかったとはいえ——ひとつの翼部に数百の船が停泊しているのだ——専門知識を使えばその数百をひとつに絞りこむことができる。

静寂の中にかすかなため息が響く。男は立ちどまり、ひとつの列の奥に足を進めた。それはまるでそれぞれのスペースに傲然《ごうぜん》とそびえたつ金属製モンスターににらみおろされながら、地べたを這《は》いまわる虫のようだった。

あちこちの舷窓《げんそう》から光が漏れているのは、観光客用に企画された娯楽から、より単純で——より個人的な楽しみに、はやばやもどってきた連中がいることを示している。

男が立ちどまった。微笑できるものなら微笑していただろう。もちろん、彼の複雑な脳髄は、表《おもて》に出さないだけで、微笑と同じ現象を起こしてはいたけれども。

男は見るからにスピードの出そうな流線形の船の前で足をとめた。この独特のデザインをさがしていたのだ。ありきたりの型ではない。この時代、銀河系のこの象限で見られる船の大半は、ファウンデーションのデザインを真似たものか、ファウンデーションの技術者に依頼して建造されたものだ。だがこの船は特別だった。これはまさしくファウンデーション船なのだ。外殻に、ファウンデーション船のみが装備できる防御スクリーン節点の突起がある節点《せってん》の突起《とっき》があることからもわかるし、ほかにもいくつかの特徴が認められる。防御スクリーン

男はためらわなかった。

ずらりとならんだ各船には、プライヴァシーを尊重して経営者が設置した電子バリアがはられている。だが、男はそんなものもまったく問題にせず、特殊な中和力を自在にふるって、警報を作動させることなく易々《やすやす》とバリアをひらいた。

男はそれから、メイン・エアロックの脇にある小さなフォトセルに手のひらをあてた。ごく低い、心地よいとすらいえるブザー音が居間に響き、船内の人間はそのときはじめて、外部からの侵入者があることを知ったのだった。

男が順調に捜索を進めているあいだ、トランとベイタは、ベイタ号の金属壁の内側でセキュリティに対するなんともいえない心もとなさを感じていた。ミュールの道化――痩せこけた身体に似合わず、マグニフィコ・ギガンティクス、〝壮大なる巨人〟という堂々たる名前をもっていた――は、背中を丸めてテーブルにつき、目の前の食べ物をむさぼっている。

悲しげな茶色い目が皿から離れるのは、キッチン兼食料庫を歩きまわるベイタの動きを追うときだけだ。

「力なき者の感謝など、なんの価値もございませんが」彼はつぶやいた。「ですがおふたかたには感謝いたしております。わたくしはこの一週間、ほんのわずかなものしか口にしておりませぬ――このようにか細い身体ながら、食欲は不似合いなほど大きいのでございます」

「だったらどんどん食べて！」ベイタはにっこり笑って勧《すす》めた。「感謝なんかしたって時間の無駄よ。中央銀河系の諺《ことわざ》で、何か感謝をもじったものがあったんじゃなかったかしらね」

「いかにも、レディ、ございますとも。かつてある賢者が、『空虚な言葉の中に消失しない感謝こそが、最上かつもっとも有効な感謝である』と申したとか。ですが、レディ、悲しいかな、わたくしは空虚な言葉の塊《かたまり》なのでございます。空虚な言葉がミュールの御意《ぎょい》にかなったので、宮廷服やたいそうな名前を賜ることができました――わたくしはもとはただのボボと申しましたが、それはミュールのお気に召さなかったのでございます。ですが、空虚な言葉が御意にかなわぬときは、哀れな骨に打擲《ちょうちゃく》と鞭打ちを食らわねばなりませんでした」

トランが操縦室から出てきた。

「いまは待つしかないよ、ベイ。ファウンデーションの船はファウンデーションの領土であることを、ミュールが理解してくれるのを期待しよう」

かつてボボであったマグニフィコ・ギガンティクスが、目を大きく見ひらいてさけんだ。

「偉大なるかなファウンデーション！　その前では非情なるミュールの下僕《げぼく》どもも恐れおののくでありましょう」

「あなたもファウンデーションのことを聞いたことがあるの？」ベイタは小さな笑みを浮かべてたずねた。

「聞いたことのない者などおりましょうか」マグニフィコの声が、もったいぶったささやきとなる。「偉大なる魔法の世界、惑星を焼き尽くす炎と、強大なる力の秘密をもつ世界と言われております。いかなる徒人《ただびと》も――宇宙の廃品回収者であれ、わたくしのような卑しき者であれ、『わたしはファウンデーション市民である』と宣言できる者は、銀河系最高位の貴族ですら入手不可能な栄誉と尊敬を、おのずから獲得しているのでございます」

「さあさあ、マグニフィコ」ベイタは促《うなが》した。「演説ばかりしていたら、いつまでたっても食べ終わらないわよ。ほら、香料入りミルク、飲むでしょ。おいしいわよ」

彼女はピッチャーをテーブルにのせ、トランに合図をして、ともに部屋を出た。

「ねえ、トリー、これからどうするの――あの人」と、キッチンのほうを示す。

「何が言いたいのかな」

「もしミュールがきたら、ひきわたすつもり？」

「ほかにどうしようもないだろう」

声にも、湿った巻き毛をひたいからはらいのけるしぐさにも、困惑がこもっている。彼はいらだたしげにつづけた。

「この惑星にくるまで、ぼくは漠然《ばくぜん》としたことしか考えてなかったんだ。ミュールをさがしだして、それから仕事にとりかかればいいってね――それも〝仕事〟ってだけで、はっきりしたことは何もわかっていなかった」

「そうね、トリー。わたしはミュールに会えるなんてあまり期待はしていなかったけれど、でもこの戦争騒ぎについて直接的な情報が何かつかめるだろうから、それを恒星間陰謀にくわしい人に伝えればいいと思っていたのよ。わたしは物語に出てくるようなスパイじゃないんだもの」

「ぼくも似たようなもんだな、ベイ」彼は腕を組んで眉をひそめた。「なんてことになっちまったんだ！　こんな奇妙な事件に出くわさなかったら、ミュールなんて人間が実在するかどうかだって、けっしてわからなかったろうに。きみはどう思う？　彼、ほんとうに道化をひきとりにくるかな」

ベイタは彼を見あげた。

「それを望んでいるのかどうか、自分でもわからないのよ。何を言ったらいいのか、何をしたらいいのかも。あなたは？」

そのとき、船内ブザーが途切れ途切れに鳴り響いた。

「ミュールだわ！」ベイタが声に出さず、口だけを動かして告げる。

マグニフィコがドア口に立って目を見ひらき、泣きそうな声でたずねた。

「ミュールでしょうか」

「中にいれるしかないな」トランはつぶやいた。

スイッチを押してエアロックをひらいた。来訪者をいれて外殻扉が閉まる。スキャナに映る人影はひとりだ。

「ひとりだけだ」トランは見るからに安堵しながらも、通話機にかがみこんで語りかける声はいまにもふるえそうだった。「誰だ」

「わたしを中にいれて、自分で確かめればいい」受信機からかすかな声が聞こえる。

「言っておくが、当船はファウンデーション船籍をもち、したがって恒星間協定によりファウンデーション領土となる」

「了解！」

「知っている」

「武器をもたずにはいれ。でなければ撃つ。こちらはしっかりと武装している」

トランは内扉をひらいて、ブラスターのスイッチをいれ、発射ボタンの上に親指を漂《ただよ》わせた。足音が聞こえ、ドアがひらいた。マグニフィコがさけんだ。

「ミュールではありません。ふつうの人です」

その〝人〟は、真面目な態度で道化にむかって頭をさげた。

「いかにも、わたしはミュールではない」そして両手をひらき、「武器はもっていないし、友好的な目的でやってきた。そんなにかりかりせず、ブラスターをおさめてくれないか。手がふるえている。それではわたしも安心できない」

「何者だ」トランはぶっきらぼうにたずねた。

「それはわたしがきみにたずねるべき問いだ」来訪者は冷やかに返した。「身分を詐称《さしょう》しているのは、わたしではなくきみのほうだろう」

「どういうことだ」

「きみはファウンデーション市民だと主張しているが、当惑星には現在、認可された貿易商はひとりもいない」

「そんなことはない。なぜあなたにわかる」

「わたしがファウンデーション市民だからだ。証明書類ももっている。きみの書類はどこにある？」

「出ていってもらおうか」

「よしたまえ。身分詐称ではあれ、ファウンデーションのやり方を少しでも心得ていたら、定められた時間までにわたしが船に生還しなければ、最寄《もよ》りのファウンデーション司令部に連絡がいくことも知っているだろう——だから実際問題として、きみの武器はさしたる意味をもたない」

ためらいがちな沈黙が流れ、やがてベイタが静かに言った。

「ブラスターをしまって、トラン。いまの言葉を信じましょう。この人、嘘は言ってないわ」

「ありがとう」来訪者が礼を述べた。

トランはかたわらの椅子にブラスターをおいて促した。

「では説明してもらおうか」

来訪者は立ったままだ。腕と脚が長く、手足は大きい。固く平らな板のような顔。一度も笑ったことがないのではないかとすら思える。だが、その目に酷薄さはない。

「ニュースは、とりわけ信じがたいニュースは、すぐさまひろまる。今日、ミュールの部下がファウンデーションからきた旅行者ふたりにさんざんな目にあわされたことを知らない者は、カルガンにひとりもいない。おもな情報は夕刻前に耳にはいっていたのだが、さっきも言ったように、この惑星にはいま現在、わたし以外にファウンデーションの旅行者はいない。われわれはそうしたことを把握している」

「〝われわれ〟とは誰のことだ」

「〝われわれ〟とは――〝われわれ〟だ！　わたしもそのひとりだ！　わたしはきみが格納庫にいることを知っていた――きみ自身がそう言っていたからね。登録を調べるのも、船を見つけるのも、わたしにはたやすいことだった」そこでふいにベイタをふり返り、「きみはファウンデーションの人間だ――あそこで生まれた、そうだろう？」

「あら、そうなの？」

「きみは民主革新党――いわゆる〝地下組織〟と呼ばれるもののメンバーだ。きみの名前は記憶していないが、顔はおぼえている。ごく最近ファウンデーションを離れた。もっと重要なメンバーだったら、そう簡単には出国できなかっただろうが」

ベイタは肩をすくめた。

「よくご存じね」

「知っている。きみは男とともに逃亡した。それが彼か」

「だったらどうだというの。何か意味がある？」

「いや。わたしはただ相互理解を徹底したいだけだ。きみがいそいで出国した週の合い言葉は、『セルダン、ハーディン、自由』だった。きみの地区のリーダーはポーフィラト・ハートだ」

「どこで聞いてきたのよ」ベイタはふいに語調を荒らげた。「彼、逮捕されたの?」

トランがとめようとしたが、彼女はそれをふりはらって前に進みでた。ファウンデーションの男は静かに答えた。

「逮捕されてはいない。地下組織は広範囲に、奇妙なところにまでひろがっているということだ。わたしは情報局のハン・プリッチャー大尉。そして、わたしもまたある地区のリーダーなのだ――そこで使っている名前は言わずにおくが」彼はそこで言葉をとめ、やがてつづけた。「いや、べつに信じてくれなくともかまわない。われわれのような立場では、過剰な疑惑のほうが、逆よりもよい。だが前置はこのくらいにしておこう」

「そうだな、そのほうがいい」トランは言った。

「すわってもいいか。ああ、ありがとう」プリッチャー大尉は長い脚を組み、片腕を椅子の背にだらりとかけた。「はじめに言っておくが、きみたちが――どういうつもりで今回の事件と関わったのか、わたしにはわかっていない。この船はファウンデーションを発進してここにきたわけではない。独立貿易商の世界からではないかと思ってはいるがね。いずれにしても、それはどうでもいいことだ。だが好奇心からたずねたい。きみたちはあの男を――きわめて強引に保護した道化を、どうしようというのだ。生命をかけて守ってやっているようだが」

「話せない」

「ふむ。まあ、話してもらえるとは思っていない。だがもし、ミュール本人が角笛《つのぶえ》と太鼓《たいこ》と電子オルガンのファンファーレとともに登場するのを待っているなら——まあ心配はいらない。ミュールがそんな行動に出ることはない」

「どういうこと？」

トランとベイタは同時に声をあげた。じっと耳をそばだてていたのだろう、片隅にうずくまっていたマグニフィコが、ふいに安堵《あんど》をほとばしらせた。

「そうなのだ。わたしもいろいろと接触を試みてきた。あの男は人前に出ない。素人《しろうと》のきみたちよりも徹底したやり方でだ。だがどれもうまくいかなかった。あの男は人前に出ない。写真もなく、容姿に関する情報もまったく漏れてこない。会えるのは選《え》り抜きの側近だけだ」

「それで、ぼくたちに関心をもったとでも言いたいのか」トランはたずねた。

「いや。鍵となるのはその道化だ。あの男を見たことのある数少ない人間のひとりだからな。わたしはその道化がほしい。重要な証拠になるかもしれない——とにかく、銀河にかけて、何かがなくてはならないのだ。ファウンデーションを目覚めさせるために」

「ファウンデーションを目覚めさせるため？」ふいにベイタが鋭い口調で割りこんできた。「何に対しての目覚めなの？　そしてあなたはどういう立場にいるの？　謀叛《むほん》をたくらむ民主主義者？　それとも秘密警察の煽動者《せんどうしゃ》？」

大尉の表情が険《けわ》しくなる。

「ファウンデーション全体が脅威にさらされたときは、民主主義者も圧政者もともに滅びるんだよ、革命家のマダム。現在の圧政者どもをより強大な圧政者から救おうではないか。そしてそのあとで、改めてやつらを倒すのだ」

「あなたの言う、より強大な圧政者って誰のこと？」ベイタが語気《ごき》荒くたずねる。

「ミュールだ！　わずかではあるが、わたしはやつのことを調べたのだ。もう少しずさんに行動していたら、幾度も死を迎えていたところだ。道化を部屋から出してくれないか。内密の話がある」

「マグニフィコ」

ベイタが声をかけて身ぶりで示すと、道化は静かに部屋を出ていった。

大尉の声は重々しく熱意にあふれてはいるものの、ひどく小さかった。トランとベイタは彼に顔を近づけた。

「ミュールはじつに巧妙な策士《さくし》だ──指導者として姿を見せ、魅力をふりまいて人々を惹《ひ》きつけることの利点に気づいていないはずはない。それをしないということは、しかるべき理由があるのだろう。おそらく、姿を見せることで何かが──けっして明らかにしてはならない非常に重要な何かが、明らかになってしまうからにちがいない」

彼は手をふって質問を退《しりぞ》け、さらに早口でつづけた。

「わたしはそれをさぐろうと、やつの出生地を訪れ、そこの住民にいろいろとたずねてまわった。やつについて知る人々は長く生きることができない。すでにもうわずかしか残っていなかったよ。彼らは三十年前に生まれた赤ん坊のことをおぼえていた──母親の死と──奇妙な少年時代のこともね。ミュールは人類ではなかったのだ！」

耳を傾けていたふたりは、わけがわからないまま恐怖をおぼえ、たじろいだ。完全には、もしくは明確には理解できないながらも、そこに秘められた脅威は圧倒的だ。大尉はつづけた。

「やつは突然変異体《ミユータント》なのだ。それも、その後の経歴から判断するに、非常に優秀なものだ。やつの力がどのようなものか、小説に出てくるいわゆる〝超人〟なのかどうか、それはわからない。だがまったく無名の存在からこの二年でのしあがり、カルガンを征服したことを考えれば明らかだろう。いかにも危険ではないか。はたしてセルダン計画は、生物学的特性における予想不能な遺伝子変異も計算に組みこんでいるだろうか」

ベイタはゆっくりと告げた。

「信じられないわ。何かの複雑きわまりないトリックよ。超人だっていうなら、どうしてミュールの部下はわたしたちを殺さなかったのよ。充分その機会があったのに」

「言っただろう、やつの変異がどの程度のものなのか、わたしにはわからないのだ。もしかしたら、まだファウンデーションに対抗する準備が整っていないのかもしれない。準備ができるまで相手を刺激しないよう努めるのは、最高の知恵の証《あかし》とも考えられる。では、あの道化と話をさせてくれ」

大尉はふるえているマグニフィコとむきあった。道化は明らかに、目の前の強面《こわもて》な大男を信用していない。大尉はゆっくりとたずねはじめた。

「おまえはその目でミュールを見たことがあるか」

「それはもう何度となく。腕の重みをこの身で感じたこともございます」

「むろんそうだろう。どのような容姿か、説明できるか」

「思いだすだけでも恐ろしゅうございます。まさしく筋骨隆々たるお方で、比べればあなたさまですら、葦《あし》のようでございましょう。髪は燃えさかる炎の真紅。まっすぐにのばされた腕は、わたくしが全力をこめようと、全体重をかけようと、髪ひと筋分すらひきおろすことができませぬ」マグニフィコは痩せた身体を崩れるように丸め、両の手足を包みこんだ。

「将軍さま方を楽しませるため、もしくはご自身が楽しむため、しばしばわたくしのベルトに指一本をひっかけるだけで恐ろしい高さまで宙づりにし、詩を朗読させます。すべて即興《そっきょう》で、すべて完全な韻《いん》を踏んで、二十連を吟《ぎん》じてはじめておろしてもらえるのですが、しくじれば最初からやりなおしでございます。あのお方は比類なき力をおもちで、残忍にその力をふるいます――そしてあのお方の目は、誰ひとり見ることがかなわぬのでございます」

「なんだと？　最後の言葉はどういうことだ」

「あのお方は不思議な眼鏡をかけておいでなのでございます。レンズは不透明なのに、人力をはるかに超えた魔法でものを見ることができるといわれております。また」と、そこでいっそう声を低め、謎めかした口調で、「あのお方の目を見ることは、死を見ることだともいわれております。あのお方は目で人を殺すのだと」

マグニフィコの視線が、自分を見つめる顔から顔へとすばやく移っていく。そしてふるえる声で告げた。

「まことです。誓って、まことでございます」

ベイタはゆっくりと息を吸った。

「あなたのお話が正しかったみたいね、大尉。それで、どうすればいいのかしら」

「そうだな。状況を考えてみよう。ここの支払いはすませているな。格納庫の天井バリアはひらいているか」

「いつでも出発できるわ」

「では出発したまえ。ミュールはファウンデーションを敵にまわしたいとは考えていないかもしれない。だが、マグニフィコの逃亡を許せば恐ろしい危険を招きかねない。そもそも、この哀れな道化を追うのに大騒ぎをしていたわけも、それで納得がいくというものだ。そうなると、上空で船が待ち構えているかもしれない。きみたちが宇宙で行方不明になっても、誰にも気づかれることはないだろうからな」

「あなたの言うとおりだな」トランが暗い声をあげた。

「しかしながら、この船にはシールドがあるし、やつらのどの船よりもはやく飛べるはずだ。大気圏を脱出したらすぐさま、慣性航行で円軌道をとって反対側の半球にはいり、それから最大加速で外にむかって進路を定めればいい」

「そうね」ベイタは冷やかに言った。「だけど大尉、ファウンデーションにもどって、そのあとはどうするの？」

「そのときはむろん、きみたちは協力的なカルガン市民だ。そうだろう？　それを否定する証拠をわたしは何ひとつもっていない」

話はそこで終わった。トランはコントロールパネルにむかった。ほとんど感じられないほどの震動が起こった。

カルガンの裏側にまわりこみ、最初の恒星間ジャンプができるほどの距離をとったところではじめて、プリッチャー大尉がわずかに緊張を解いた——彼らの出発をさまたげようとするミュールの船は一隻《せき》もなかったのである。

「ぼくたちがマグニフィコを連れだすのを容認したみたいだな」トランが言った。「あなたのお説にとっては、いささかまずいかもしれないけれど」

「もしかすると、やつはわれわれが道化を連れ去ることを望んでいるのかもしれない」大尉が反論した。「だとすると、ファウンデーションにとっていささかまずいことになる」

最終ジャンプが終わり、ファウンデーションへの慣性航行にはいったとき、最初のウルトラウェイヴ・ニュースが届いた。

その中にひとつ、ごく簡単に触れられただけの話題があった。ある惑星の総帥が——淡々と語るアナウンサーはその名をあげなかった——宮廷の一員が力づくで誘拐された件で、ファウンデーションに正式な抗議を申し入れてきたというのだ。アナウンサーはそのまま、スポーツ・ニュースに移っていった。

プリッチャー大尉が冷静に言った。

「つまるところ、やつのほうが一枚上手《うわて》だったということか」それから考えこむように、

「やつはすでにファウンデーション攻撃の準備を整えていた。そして、この事件を開戦の口実にするつもりなのだ。われわれにとって事態はいっそう困難になった。われわれとしては、準備が整わないうちに行動に移らなくてはならないだろう」

15　心理学者

〝純粋科学〟として知られる学問分野にたずさわる者がファウンデーションにおいてもっとも自由な存在であるという事実には、理由がある。この一世紀半のあいだに物質的な力を大量にふるうようになったとはいえ、ファウンデーションはいまもなお、そのすぐれた科学力ゆえに優位な立場を維持し、存続しつづけていられるのである。そのような世界において、〈科学者〉にはある種の特権が付与される。〈科学者〉は必要とされており、〈科学者〉自身もまたそのことを知っている。

同様に、エブリング・ミスが――彼を知る者はこの名に敬称をつけたりはしない――ファウンデーションの〝純粋科学〟の中でもっとも自由な存在であるという事実にもまた、理由があった。科学が尊敬される世界において、彼はまぎれもなく――正真正銘カッコつきの――〈科学者〉だった。彼は必要とされており、彼自身もまたそのことを知っていた。

というわけで、ほかの者たちがひざまずくべきときも彼はそれを拒《こば》んだうえ、その昔、おのが祖先は卑しき市長風情《ふぜい》に膝をついて挨拶することなどけっしてなかったと大声をあげるのだった。また、祖先の時代、市長は選挙によって選ばれたのだし、意のままに解任することもできたのだから、なんにせよ世襲の地位につくような輩《やから》は生まれながらの愚者《ぐしゃ》なのだと、公言してはばからなかった。

というわけで、エブリング・ミスはインドゥバーに謁見の栄誉を賜ろうと決めたとき、請願書を出して許可がおりるのを待つという通常の厳格なルールに従うことをせず、二着の礼服のうちみっともなくないほうのジャケットをひっかけ、あり得ないほど奇妙なデザインの古い帽子を斜めにかぶり、さらには禁じられている葉巻に火をつけて、ふたりの衛兵が泣きそうになりながら苦情を申したてるのを押しのけて、市長宮にのりこんだのだった。

庭園にいた市長閣下は、いさめようとする大声と、それに応《こた》える不明瞭な罵詈雑言《ばりぞうごん》が近づいてくるのを耳にして、はじめてこの侵入者に気づいた。

インドゥバーはゆっくりと移植ごてをおろし、ゆっくりと立ちあがり、ゆっくりと顔をしかめた。インドゥバーは毎日昼すぎの二時間、仕事を離れて休憩をとり、天気が許すかぎり庭園ですごすことにしている。ここ彼の庭園では、黄色と赤の花が規則正しく四角形や三角形をなし、それぞれの頂点には紫がおかれ、それらを緑がきっちりと縁取っている。ここ彼の庭園では、何人《なんぴと》たりとも彼の邪魔をしてはならないのだ——なんぴとたりとも！

インドゥバーは土で汚れた手袋を脱ぎながら、庭園の小さな扉にむかった。

「いったい何事だね」当然の問いである。

そしてそれは、人類が生まれて以来信じられないほどさまざまな人間がこうした機会に口にしてきた、まさしく的確な問いであり、的確な言葉でもあった。だが、威厳を出すためという以外の目的でこの問いが発せられた記録は、ひとつも残っていない。

しかしながら、今回は文字どおりの答えが得られた。ミスが、ぼろぼろのマントをつかむ衛兵をこぶしでふりはらいながら、咆哮《ほうこう》とともに身体ごと突っこんできたのだ。

インドゥバーは不快げに顔をしかめながら、もったいぶった態度で衛兵をさがらせた。ミスはかがみこんで残骸のような帽子をひろいあげ、中にたまった土を四分の一ばかりはたき落として小脇にかかえた。

「いいか、インドゥバー、悪趣味極《きわ》まるあんたの取り巻きどもに、立派なマント一着分の代金を請求するぞ。こいつはまだまだ着られたんだからな」そして芝居がかったしぐさで息を吐き、ひたいをぬぐった。

市長は不快げに身体をこわばらせ、五フィート二インチの短軀《たんく》のてっぺんから、尊大に言い放った。

「ミス、きみの謁見願いは届いていない。したがって、謁見予定もない」

エブリング・ミスはいかにも驚いた、信じられんといった顔で、市長を見おろした。

「なん・て・こった、インドゥバー、昨日わたしの書面を受けとらなかったのか。一昨日《おととい》、紫の制服をきた従僕《じゅうぼく》にわたしたんだぞ。直接届けてもよかったんだが、あんたはやたらと形式張るのが好きだからな」

「形式張るだと！」インドゥバーは憤然と視線をあげ、激烈な口調で反論した。「適切な秩序というものを知らんのかね。今後は必ず、正式な謁見請願書を三通作成し、しかるべき役所に提出したまえ。そして、手続きに従って謁見許可の通知が届くまで待つのだ。それから適切な服装で――適切な服装だぞ、いいな――適切な敬意をもって、やってくるがいい。ではさがりたまえ」

「この服装のどこが悪い」ミスは怒りをこめて言い返した。「悪趣味極まるあんたの部下どもが爪をたてるまでは、わたしの一張羅《いっちょうら》だったんだぞ。伝えるべきことを伝えたらさっさと消えてやる。なん・て・こった。セルダン危機に関することでなけりゃ、いますぐ消えているところだ」

「セルダン危機だと！」インドゥバーははじめて関心を示した。

ミスは事実、偉大な心理学者だ――民主主義者で礼儀知らずで規則破りではあるが、それでもれっきとした心理学者なのだ。そのミスが、無造作に花を一輪むしりとって期待するように鼻《び》孔《こう》に近づけ、それから鼻に皺をよせて投げ捨てた。インドゥバーは不安にかられ、ふいに胸に刺すような痛みをおぼえながらも、それを言葉にすることができなかった。

「ついてきたまえ」インドゥバーは冷ややかに言った。「この庭園では深刻な話はできない」

大きなデスクの底上げした椅子に腰をおろし、ピンク色の地肌をほとんど隠せていないミスの薄い髪を見おろして、いくらか気分がよくなった。ミスが無意識のうちにあたりを見まわして存在しない椅子をさがし、居心地悪そうにもぞもぞと立ったままでいるのを見ていると、さらに気分がよくなった。スイッチを慎重に押し、それに応えて制服姿の下役がころがりこんできて、頭をさげながら金具で綴《と》じた分厚い書類をデスクにおいたときは、もう最高の気分になっていた。

「さて」ふたたび主導権を握って、インドゥバーは口をひらいた。「予定外の会見をできるだけ短く切りあげるために、最小限の語数で用件を述べたまえ」

エブリング・ミスはのんびりとたずねた。

「わたしがこのところ何をしていたか、知っているかね」

「きみに関する報告書がここにある」市長は満足そうに答えた。「正式認可済みの要約が添えてある。わたしの理解するところによると、きみは心理歴史学における数学を研究している。その目的はハリ・セルダンの仕事の再現。最終的には、予定された未来の歴史コースをさがしあてて、ファウンデーションのために役立てようというわけだな」

「いかにもそのとおり」ミスがあっさりと認めた。「最初にファウンデーションを設立したとき、セルダンは賢明にも、移住させる科学者の中に心理学者を加えなかった——だからファウンデーションはいつも、何もわからぬまま歴史の必然的コースをたどってきた。わたしは時間廟堂《びょうどう》で発見された大量の手がかりを基盤に、研究をおこなってきたんだ」

「それはわたしも知っている、ミス。くり返すのは時間の無駄だ」

「くり返しているのではない」ミスはがなった。「わたしがいまから話すことは、報告書のどこにも載っておらん」

「報告書に載っていないとはどういうことだ」インドゥバーは愚かしくたずねた。「いったいぜんたい――」

「なん・て・こった！　わたしの好きにしゃべらせてくれ、腹立たしいちびすけめが。ひと言ごとにけちをつけて質問するのをやめてくれ。さもないと、ここをとびだして、そこいらじゅうをひっかきまわしてやるからな。いいか、悪趣味極まる愚か者め、ファウンデーションは間違いなくこれからも存続していくだろうが、わたしがいまここを出ていったら――あんたはそれで終わりだぞ」

そして帽子を床にたたきつけ――土があたりに飛び散った――大きなデスクがのっている壇に駆けあがると、乱暴に書類を押しのけてデスクの端にでんと腰をおろした。

インドゥバーは衛兵を呼ぼうか、それともデスクにとりつけたブラスターを使おうかと、必死になって思考をめぐらした。だがミスが上からぎらぎらとにらみつけてくるため、身をすくめてじっとしているしかない。

「ミス博士」弱々しいながらも形式張って口をひらいた。「きみはそもそも――」

「黙りたまえ」ミスは猛然と怒鳴りつけた。「そして聞くんだ。ここにあるこれが」と、データを綴じた金具をばんとたたき、「わたしの報告書だというなら――そんなものは捨ててしまえ。わたしの書く報告書はどれも、二十数人の役人の手を通過してあんたのところまであがってくる。そしてさらに二十人以上のあいだでまわされるんだ。あんたがべつに秘密にしたいと思ってないんならそれもいいだろう。だがわたしが今日ここにきたのは、極秘事項を伝えるためだ。極秘も極秘、わたしの下で働いている連中にも教えてはおらん。もちろん、仕事をしたのは連中だが、みな関連のないばらばらな作業をしただけで——わたしがそれをつなぎあわせた。あんたも時間廟堂がどういうものかは知っているだろう」

インドゥバーはうなずいたが、ミスは状況をおおいに楽しむように言葉をつづけた。

「ふむ、いずれにしても話してやろうじゃないか。わたしはこの悪趣味極まる状況について、とんで・も・ないほど長いあいだ、考えをめぐらしてきたんだからな。あんたのごときつまらんいかさま野郎の考えていることくらいお見通しだ。五百人の武装兵を呼び入れる小さなスイッチのすぐそばに手をおいているだろう。それでわたしを片づけようというんだな。それでいながら、わたしが何を知っているのか心配でたまらない——セルダン危機を恐れている。言っておくが、デスクの上の何かにさわったら、誰かがはいってくる前に悪趣味極まるその頭をぶっとばしてやるからな。あんたと山賊親父と宙賊祖父《じい》さんは、あまりにも長いあいだファウンデーションの生き血を吸ってきた、もう充分だ」

「これは叛逆だ」インドゥバーがまくしたてた。

「むろんそうだとも」ミスは悦に入っている。「だがどうするね。ともかく時間廟堂の話をしてやろう。あの時間廟堂は、われわれが苦境に陥《おちい》ったときの助けとなるよう、ハリ・セルダンがそもそものはじめに設置したものだ。危機のたびに、セルダンの用意した映像があらわれて——説明する。これまで四度の危機があり——四つの映像が出現した。最初に出現したのは第一の危機の真っ最中だった。二回めは、第二の危機がみごとに回避され、新展開を迎えた直後だった。どちらのときも、われらの祖先は廟堂で彼の話を聞いた。三度めと四度めのときは、セルダンを訪ねる者はいなかった――おそらく、その必要がなかったんだろう。だが最新の研究により――そこにある報告書には載っていないからな――いずれにせよセルダンは、適切な時機に出現したことがわかっている。いいか」

彼は返事を待たなかった。ぼろぼろの吸殻になった葉巻を捨て、新しいものをとりだして火をつける。そして荒っぽく煙を吐きだした。

「表向き、わたしは心理歴史学という科学を再構築しようとしてきた。とはいえそいつはひとりでなし得ることじゃないし、一世紀やそこらでできることでもない。だがわたしはより単純な原理を発展させ、それを使って時間廟堂の研究をおこなった。その成果のひとつに、ハリ・セルダンがつぎに出現するかなり正確な日時予測もふくまれている。その日付を教えてやろう。言い換えるならば、第五のセルダン危機がいつ頂点に達するかの日付だ」

「いつだというのだね」インドゥバーは緊張してたずねた。

ミスはいかにも機嫌よく、まったく無頓着《むとんちやく》に爆弾を落とした。

「四カ月後だ。悪趣味極まるが、四カ月、マイナス二日」

「四カ月だと」インドゥバーの語調が彼らしくもなく激した。「あり得ん」

「あり得んかね。そいつは驚きだ」

「四カ月だと。それがどういうことか、わかっているのか。四カ月のうちに危機が頂点に達するなら、それはもう何年も前からはじまっていたことになるのだぞ」

「それがどうした。プロセスはすべて昼日中《ひるひなか》に展開せねばならんとでもいう自然法則があるのか」

「だが何も起ころうとはしていない。何ひとつ切迫してなどいないではないか」インドゥバーは不安のあまりいまにも両手をよじらんばかりだ。それから、とつぜん発作のように獰猛さを発揮してさけんだ。「デスクからおりてくれ！　整理が行き届かないこんな状況で、何が考えられるというんだ」

ミスはびっくりしてのそのそと足をおろし、脇にのいた。

インドゥバーは熱に浮かされたようにデスクの上のものを正しく配置しなおし、早口につづけた。

「こんなふうにここへやってくる権利はきみにはない。仮説ならば――」

「仮説ではない」

「わたしは仮説だと言っている。理論と証拠をそろえて提出すれば、歴史科学局に送られる。そこで適切に処理され、分析結果がわたしのもとに届けられる。そうすればもちろん、適切な手段が講じられる。だがきみは、ただわたしをわずらわせているだけではないか。ああ、これだ」

彼は銀色をおびた透明な紙をとりあげ、かたわらの太った心理学者にふってみせた。

「これはわたし自身が作成している――毎週だぞ――進行中の対外問題一覧だ。聞くがいい――モレスとの通商条約、締結完了。リオネッセとの交渉、継続中。ボンデの祝祭だかなんだかに代表団を派遣。カルガンから何か苦情がきていたので検討すると返答。アスペルタにおける商取引の不正に対して苦情を申し立て、調査の約束をとりつける——などなどだ」

市長は暗号で書かれたリストに視線をすべらせ、それからその紙を、しかるべき整理棚のしかるべきフォルダのしかるべき場所に、注意深くおさめた。

「よいかね、ミス。ここにあるものはすべて、ただひたすら秩序と平和を——」

はるか彼方の奥にある扉がひらき、まさしく現実生活を体現している、いかにも簡素な身《み》形《なり》の男がはいってきた。

インドゥバーは腰を浮かせた。あまりにも多くの事件がたてつづけに起こると、現実とは思えなくて奇妙なめまいに襲われてしまう。いまもそうだ。とつぜんミスが乱入してきていらだちをぶつけまくったと思ったら、少なくとも規則を理解しているはずの秘書までもが、まったく不穏当にも、予告なく彼の平安を破って侵入してきた。

秘書が膝をついた。

「何事だ!」インドゥバーは鋭い声をあげた。

秘書は床にむかって奏上《そうじょう》した。

「閣下のご命令にそむいてカルガンより帰還したハン・プリッチャー情報局大尉は、さきのご指示——指令X二〇‐五一三に従って、収監され処刑を待っております。同行者も尋問のため勾留《こうりゅう》しております。詳細報告書を提出いたしました」

インドゥバーは立腹《りっぷく》した。

「詳細報告書は受けとっている。だからどうした！」

「閣下、プリッチャー大尉は具体性を欠きながらも、カルガン新総帥が抱く危険な計画について報告しております。閣下のさきのご指示——指令X二〇‐六五一に従って、正式の聴取はおこなわれておりませんが、彼の所見は記録され、詳細報告書に記載されております」

インドゥバーは怒鳴った。

「詳細報告書は受けとっている。だからどうしたというのだ！」

「閣下、十五分前にサリニア辺境地域より報告がありました。カルガン籍の船団が許可なくファウンデーション領域に侵入いたしました。船団は武装しており、戦闘が勃発《ぼっぱつ》しております」

秘書はふたつ折りにならんばかりだ。インドゥバーは立ち尽くしている。エブリング・ミスはぶるっと身体をふるわせ、足音荒く秘書に歩みよって、その肩をばんとたたいた。

「いいか、そのプリッチャー大尉とやらを釈放して、ここに連れてくるんだ。さあ、行け」

秘書が退室し、ミスは市長をふり返った。

「何か行動を起こしたほうがいいんじゃないか、インドゥバー。四カ月だぞ、わかっているな」

インドゥバーはどんよりと虚ろな目で立ち尽くしたままだ。生命を感じさせるものといえば一本の指だけで——目の前のなめらかなデスクに、すばやくでたらめに、三角形を描きつづけていた。

16　会議

母星ファウンデーションへの不信のみによってつながりを維持している二十七の独立貿易商惑星は、存在の小ささゆえにプライドを肥大させ、それぞれが孤立しているがゆえに頑迷《がんめい》で、絶えざる危機に怒りを燃やしている。そんな彼らが集まって会議をひらくには、どれほど忍耐強い者でもうんざりして心がくじけそうなささいな問題について、あらかじめいくつもの交渉をおこなう必要があった。

投票方法や代表選定方法――惑星ごとか、人口比によるか――といった詳細を前もって決定するだけでは足りない――これらは政治的に重要な問題なのだから。会議や会食における席次を決めるだけでは足りない――これらは社交に関する重要問題なのだから。

そして会議がひらかれる場所の選定――これはもう地元愛がかかった重大問題である。紆《う》余《よ》曲折の交渉の結果、最終的に、惑星ラドレが選出された。中心に位置しているのだから、論理的にここが最適だろうと、はじめから幾人かの時事評論家が示唆《しさ》していた惑星である。

ラドレは小さな惑星で、軍事力においては二十七惑星のうち最弱である。それもまた、ラドレが選択された理由のひとつとなった。

ラドレは、銀河系に数多く存在しながら、めったに人類が居住することのない、帯《おび》状世界だ。すなわち、両半球が極暑《ごくしょ》および極寒《ごっかん》にさらされているため、帯状の薄暮地帯《トワイライトゾーン》にしか住むことができないのだ。

訪れたことのない者にはあまり楽しそうに思えないだろうが、ときにはそれがまったく逆の効果を生む場合もあり――ラドレ・シティはまさしくそうした場所のひとつだった。ラドレ・シティは、冬の半球の端にそびえて恐ろしい氷をくいとめている険《けわ》しい山脈のふもと、なだらかな斜面にひろがっている。夏半球からは暖かく乾燥した空気が、山脈からは水が流れこんでくる。そのあいだにはさまれた町は、永遠の六月の、永遠の朝に浮かぶ、とこしえの庭園である。

家屋はすべて花園に囲まれ、穏やかな天候を享受《きょうじゅ》している。すべての庭が園芸用促成栽培地で、外貨を獲得するための高級植物が夢のように咲き誇っている。ラドレはいまでは、典型的な交易世界というよりも、むしろ一次産業世界になりつつある。

というわけで、ラドレ・シティは恐ろしい惑星の中のささやかなエデンともいうべき、穏やかでありながら贅沢な町で――それもまた、この地が選ばれた要因のひとつだった。残る二十六の貿易世界から、異国の――代表者、奥方、秘書、報道陣、船、乗組員などがつぎつぎと押し寄せ、ラドレの人口は倍増した。おかげでラドレの資源は、いまにも底をつきそうだ。彼らはほしいままに食らい、ほしいままに飲み、そして一睡《いっすい》もしなかったのである。

だがそうした浮かれ騒ぎをつづけながらも、ほとんどの者は、眠るように静かな戦いの中で銀河系全体がゆっくりと炎を燃やしていることに気づいていた。それらの人々は三つの種類にわけられた。第一に、もっとも多いのが、ほとんど何も知らないまま自信に満ちあふれている者たち――

たとえば、帽子にヘイヴンの花形章をつけた、この若い宇宙船パイロットだ。目の前にグラスを掲げ、むかいの席でかすかな微笑を浮かべたラドレ娘の視線をとらえようとしている。

「戦闘ゾーンを突っ切ってここまできたんだぜ――もちろん、わざわざそのルートを選んだのさ。一光分くらい慣性航行でさ、ホルレゴルを通過して――」

「ホルレゴルだって?」テーブルのホスト役である脚の長いラドレ人が言った。「先週、ミュールがさんざんぶちのめされたところだな」

「ミュールがさんざんぶちのめされたなんて、いったいどこで聞いたんだ」パイロットが横柄《おうへい》にたずねた。

「ファウンデーション・ラジオだ」

「へえ。ところが現実はだ、ミュールがホルレゴルを占拠したんだ。おれの船はもう少しであいつの護送艦隊につっこむところだった。やつら、あそこから発進したんだな。ぶちのめされたほうがとどまって、ぶちのめしたほうがあわてて逃げてったんじゃ、話があわないよな」

誰かが甲高《かんだか》い曖昧な声で言った。

「そんなふうに言うもんじゃない。ファウンデーションはいつだって逆境に耐えるんだ。見てろよ。とにかくじっとすわって見てるんだ。ファウンデーションはいつだって、反撃の時期ってもんを心得ている。そしてくるべきときがきたら——ドカンだ！」くぐもった声の主はそう結論し、とろんとした顔でにやりと笑った。

「どっちにしてもだ」少しの間をおいて、ヘイヴンからきたパイロットが言った。「さっきも言ったろ、おれたちはミュールの艦隊を見たんだ。いい船だった。いい船だったんだよ。要するに——新艦だったんだ」

「新艦だって？」ラドレ人は考えこんだ。「自分たちで造船してるってのか」

そして頭上の枝から一枚の葉をちぎり、上品に匂いを嗅《か》ぎ、噛んだ。傷ついた組織から緑の液がこぼれ、ミントの香りがひろがった。

「やつらは自家製の艦隊でファウンデーションを打ち負かした——きみはつまり、そう言いたいのか。馬鹿な」

「見たんだよ。そしておれは、彗星《すいせい》と船の区別くらいはちゃんとつけられる」

ラドレ人がぐいと身をのりだした。

「いいか、よく聞け。ちゃんと考えるんだ。戦争は勝手に起こったりしない。そしてこっちには抜け目のない連中がいて物事をきりまわしている。連中はやるべきことをちゃんと心得ている」

さっきの酔っぱらいがふいに大声をあげた。

「ファウンデーションから目を離すんじゃないぞ。最後の瞬間まで待ち構えて——そしてドカンだ！」そして口をあけた間抜け面《づら》で娘にむかってにやりと笑った。

娘はそっと身体を遠ざけた。ラドレ人は話しつづけている。

「たとえばだ、きみはたぶん、そのミュールというやつが万事とりしきっていると考えているんだろう。それがちがうんだな」一本の指を水平にふって、「わたしが聞いた話では、それも上のほうから聞いたんだが、やつはわれわれの仲間なんだ。われわれが金をはらって雇い、たぶんその船もわれわれがつくったものだ。現実的に考えてみたまえ――われわれのやったことに決まっているじゃないか。そうさ。長期的に見れば、あの男にファウンデーションを打ち負かすことはできない。だが揺すぶるくらいならできる。そしてそのときこそ――われわれの出番なのさ」

「クレヴ、あなたはその話しかできないの？」娘が言った。「いつだって戦争。うんざりだわ」

「話題を変えようじゃないか。ご婦人を退屈させちゃいけない」ヘイヴンのパイロットが、紳士然《ぜん》として言った。

酔っぱらいがマグをうちつけてリズムをとりながら、彼の言葉をくり返した。できあがったばかりのカップル数組が笑いながら悠然とテーブルを離れ、同じようなカップルが幾組か背後のサンハウスからあらわれた。

話題は雑多なあたりさわりのないものに変わり、会話はよりいっそう意味を失い――

そして二番めに多いのが、もう少し事情に通じ、もう少し自信に欠けた者たちだ。

片腕のフランはそうしたひとりだ。筋骨たくましい彼はヘイヴンの正式代表で、贅沢な毎日を送っている。そしていまは、せっせと新しい友情を——女とは可能なかぎり、男とは必要なときにのみ——育《はぐく》んでいる。

いま彼は、丘の頂上に立つ新しい友人の家のサン・プラットフォームで、ゆったりとくつろいでいる。こんなふうにくつろげたのは、ラドレにきてはじめてのことだ——結局、そんな機会は二度しかもてなかったのだが。その新しい友人はイウォ・リオンというラドレ人で、フランとみごとに意気投合した。イウォの家は混みあった住宅街から離れ、花の香《かおり》と虫の羽音《はおと》の海のただなかにぽつんと立っている。サン・プラットフォームは四十五度に傾斜した芝地だ。フランはいまその上で身体をのばし、とっぷりと陽光にひたっている。

「ヘイヴンにはこんなものはないいな」

彼の言葉に、イウォが眠そうに答えた。

「冬半球は見たかい。ここから二十マイルのところで、酸素が水のように流れている」

「馬鹿を言うな」

「ほんとうさ」

「それじゃ、おれも話してやろう——。その昔、腕がちゃんとついていたころ、おれはあちこち飛びまわっていた——あんたは信じてくれないかもしれんが、だがな」——それにつづく話はずいぶん長く、そしてイウォは信じなかった。

イウォがあくびをしながら言った。

「もう時代がちがうんだよ、ほんとうにさ」

「ああ、そういうことだ」葉巻に火をつけ、「だがそれはもう言わんでおこう。息子の話はしたっけかな。昔気質《かたぎ》なやつでな。いい貿易商になるだろうよ。何から何まで親父そっくりなんだ。何から何まで、まあ、結婚したってことだけをのぞいてな」

「法的契約を結んだってことか、女の子と?」

「そのとおりさ。おれにゃ無意味にしか思えんがね。ハネムーンだって言って、カルガンに行ったんだ」

「カルガン? カ、カ、カルガン、ガ、ンだって? 銀河にかけて、いつのことだ」

フランは大きな笑みを浮かべ、ゆっくりと意味ありげに答えた。

「ミュールがファウンデーションに宣戦布告する直前さ」

「それはそれは」

フランは首を動かして、もっと近づくようイウォを促した。そしてかすれた声で言った。

「他言しないと約束してくれるなら、話してやろう。息子はある目的をもってカルガンに送りこまれたんだ。その目的が何か、いま明かすわけにはいかんが、現状を見れば、まあだいたいの見当はつくだろう。いずれにしても、息子はまさしくその仕事にうってつけだった。おれたち貿易商には何か騒ぎが必要だったからな」狡猾《こうかつ》そうな笑みを浮かべ、「そして、いまそれが起こっている。どうやってそれを起こしたかは言わんがね。だが——息子がカルガンに行った、そしてミュールが艦隊を送りだした。というわけさ」

イウォは見るからに感銘を受けている。こんどは彼が秘密を打ち明ける番だった。

「それはよかった。だがきみも知っているだろう。われわれには五百の船があって、いつでもしかるべきときにとびだしていけるよう、準備しているというぞ」

フランは尊大に答えた。

「たぶん、船の数はそれ以上さ。これこそほんものの戦略というやつだ。おれはそういうのが大好きなんだ」ぼりぼりと腹を掻《か》き、「だが、ミュールは頭のいいやつだってことも忘れてはいかんな。ホルレゴルでの一件が気にかかる」

「彼は十隻の船を失ったと聞いている」

「ああ。だがまだ百隻は残っている。だからファウンデーションは撤退せざるを得なかった。あの暴君どもが倒されるのはありがたいが、こんな早々にというのは気に入らんな」と首をふる。

「わたしが疑問に思うのは、ミュールがどこから艦隊を手に入れたかだ。われわれが彼のために船を造ってやっているという噂がひろまっている」

「われわれ？　貿易商がってことか。へイヴンには独立惑星の中でも最大の造船所がある。そこではおれたち自身以外の誰のためにも船を造っちゃいない。あんた、どこかの惑星が独自に、同盟も結ばず、ミュールのために艦隊をつくってやったなんて考えてるのか。そいつは……おとぎ話ってもんだろう」

「それじゃ、やつはどこで艦隊を手に入れたんだ」

フランは肩をすくめた。

「自分でつくったんだろうさ。だが、それはそれで気にかかるな」

フランは太陽にむかってまばたきした。そして磨《みが》かれたなめらかな木製フットレストの上で爪先を丸め、ゆっくりと眠りに落ちていった。穏やかな息づかいが虫の羽音とまじりあった。

そして最後が、ごく少数ながら、かなりの事実を知り、それゆえまったく自信をもてずにいる者たちだ。

そのひとりがランデュである。全貿易商会議の五日め、彼がセントラル・ホールにはいっていくと、約束していたふたりが待っていた。五百の座席は空《から》で、これからも埋まる予定はなかった。

ランデュは腰をおろす間も惜しんで早口に告げた。

「わたしたち三人は、独立貿易商世界における軍事力の半分を代表している」

「そうだ」イスのマンジンが答えた。「同僚とわたしは、すでにその問題について協議をすませている」

「では真剣に、だがてっとりばやく話をすまそう。微妙な駆け引きはごめんだ。われわれの立場は事実上悪化している」

「つまり――」ムネモンのオヴァル・グリが促す。

「この一時間で事態が進展してしまったからな。はじめからたどってみよう。まず、現在のこの状況はわれわれ自身が招いたものではない。そして、制御可能かどうか、きわめて疑わしい。そもそもわれわれが取引をもちかけた相手はミュールではなく、何人かの総帥だった。その中にカルガンの前の総帥もいたわけだが、ミュールはわれわれにとって最悪のタイミングで彼を打ち破ってしまった」

「そうだ。だがこのミュールという男なら、充分そいつの代わりとなる」とマンジン。「粗《あら》探《さが》しをしてけちをつけるつもりはない」

「詳細のすべてを知れば、そうは言っていられないぞ」

ランデュは身をのりだし、手のひらを上にむけてテーブルにのせた。その意味は明らかだ。

「一カ月前、わたしは甥《おい》とその妻をカルガンに送りこんだ」

「甥だって！」オヴァル・グリが驚きの声をあげた。「あの若者があなたの甥だとは知らなかった」

「目的は？　これか？」マンジンが淡々とたずね、空中高く親指ですべてをくるみこむ円を描いた。

「いや。ファウンデーションに対するミュールの開戦だと言いたいのなら、それはちがう。それは高望みがすぎるというものだ。甥は何も知らない――われわれの組織のことも、われわれの目的もな。あれには、わたしはヘイヴンにおける愛国団体の一メンバーだと言ってあるだけだ。カルガンでも、ごくあたりまえの観察をしてきてくれとしか指示していない。じつのところ、どうしてそんなことをしたの、かわたし自身にもよくわからない。まあとにかく、ミュールに興味があったのだな。彼はきわめて不可思議な人物だ——だがそれは言われ尽くしたことだ、わたしももう言うまい。それともうひとつ、ファウンデーションで暮らしたことがあり、ファウンデーションの地下組織と接触をもっていて、将来われわれにとって役に立つだろう若者にとって、興味深くかつ有益な経験になると思ったのだ。なんといっても——」

オヴァルの長い顔全体に垂直の皺が幾本もより、大きな歯がのぞいた。

「ならば、あなたもこの結果にはさぞ驚いたことだろうな。その甥という若者が、ミュールの配下の者をファウンデーションの名のもとに誘拐し、ミュールに開戦理由《カスス・ベリ》を与えたことを知らぬ貿易商世界はひとつとしてない。銀河にかけて、ランデュ、作り話もほどほどにしたまえ。あなたがそれに一枚嚙んでいないなどと、誰が信じるものか。じつにみごとな手並みだった」

ランデュは白い頭をふった。

「わたしの手柄《てがら》ではない。甥が意図的にしたことでもないがね。あれはいまファウンデーションにとらわれている。みごとな手並みがどんな結末を迎えるか、生きて見届けることはできまいよ。さっき甥からの連絡があった。ひそかにもちだされた個人用カプセルが、戦闘宙域を抜けてヘイヴンまで届けられ、そこからさらにここまでやってきたというわけだ。その旅に一カ月がかかっている」

「それで——?」

ランデュはテーブルの上で手のひらを返し、ぐっと体重をかけながら悲しげに言った。

「われわれはカルガンの前の総帥と同じ運命をたどることになりそうだ。ミュールはミュータントなのだ！」

一瞬、あたりが不安に包まれた。鼓動もわずかにはやくなったようだ。もしかすると、ランデュがそう思っただけかもしれないが。

口をひらいたマンジンの声は、なおもおちついていた。

「なぜそうとわかる？」

「甥がそう言ったからだ。あれはカルガンに行っていた」

「だが、どういうミュータントなのだ。ミュータントといってもさまざまだろう」

ランデュはこみあげるいらだちを無理やり押し殺した。

「そう、ミュータントもさまざまだよ、マンジン。あらゆる種類のミュータントがいる。だがミュールのようなやつはほかにいない。いったいどのようなミュータントに可能だというのだ。まったくの無名から身を起こし、軍を集め、噂によると五マイルの小惑星に基地を築き、そこからひとつの惑星を占拠し、つづいて星系を、星域を支配下におさめ――そしてファウンデーションを攻撃し、ホルレゴルを敗北させたのだぞ。それもすべて、わずか二、三年でだ！」

オヴァル・グリが肩をすくめた。

「ではあなたは、ミュールがファウンデーションにも勝利をおさめると考えているのだな」

「わからない。もしそうなったらどうする」

「すまないが、わたしにはとてもそこまでは考えられない。ファウンデーションに勝つことなどできるわけがない。われわれには……その、きわめて経験の浅い若者の言葉以外、信頼に値《あたい》する新しい事実というものはないのだ。その問題はしばらくおいておこうではないか。ミュールは破竹《はちく》の勢いで勝ち進んでいるが、われわれはいままで、どちらかといえば楽観していた。今後、これまで以上の勢いを見せるのでないかぎり、その姿勢を変える必要はないのではないかね。どうだろう」

ランデュは蜘蛛の巣のようにからみあった議論に絶望して顔をしかめた。そしてふたりにむかって言った。

「ミュールとはまだ接触できないのか」

「まだだ」ふたりが答える。

「だが、確かに接触を試みてはいるのだな。ミュールと接触できないかぎり、われわれの会議にあまり意味がないのもまた確かなことだ。みなこれまでのところ、思考よりも酒に、行動よりも色事《いろごと》に熱心だ――これは今日のラドレ・トリビューン紙の社説からの引用だがね――それもすべて、ミュールと接触できないがためだ。よいか、われわれはいざという瞬間に戦闘に突入してファウンデーションを掌握《しょうあく》すべく、千隻近い船を待機させている。いま、その目標を変えるべきなのではないか。その千隻をむけるべき相手は――ミュールなのではないか」

「暴君インドゥバーとファウンデーションの吸血鬼どもに味方して、ということかね」マンジンが静かな毒をしたたらせながらたずねる。

ランデュはもどかしげに片手をあげた。

「余計な形容詞はいらない。わたしはただ〝ミュールに対して〟と言ったのだ。それが誰のためになろうとかまわない」

オヴァル・グリが立ちあがった。

「ランデュ、わたしはいっさい関与しないからな。どうしても政治的自殺がしたいなら、今夜それを全会議で提議するがいい」

彼はそれだけを言って退室し、マンジンも無言でそのあとを追った。ひとり残されたランデュは、いつまでも解答のない思考にふけっていた。

そしてその夜の全会議において、彼は何も発言しなかった。

だが翌朝、オヴァル・グリが彼の部屋にとびこんできたのだった。かろうじて服を着てはいるが、髭《ひげ》も剃《そ》っていないし髪も梳《と》かしていない。

ランデュは驚きのあまりパイプを落としそうになりながら、片づけのすんでいない朝食のテーブルごしに、そのオヴァル・グリを見つめた。

オヴァルは耳障りな声で単刀直入に告げた。

「ムネモンが宇宙空間から不意打ちで爆撃されたんだ」

ランデュはすっと目を細くした。

「ファウンデーションか」

「ミュールだ！」オヴァルはさけんだ。「ミュールなんだ！」そして早口につづけた。「正当な理由もなく、意図的な攻撃をしかけてきた。船の大半は合同艦隊に加わってムネモンを離れていた。惑星警備に残っていたわずかな船ではとても太刀打《たちう》ちできず、撃滅された。やつら、まだ着陸はしていない。もしかしたらおりてこないかもしれない。報告では、むこうも半分が撃破されたようだからな——だがこれは間違いなく戦争だ——教えてくれ、ヘイヴンはこの事態にどう立ち向かうつもりだ」

「ヘイヴンはもちろん、連盟憲章の精神に則《のっと》って行動する。だがわかっているだろう。ミュールはヘイヴンにも攻撃をしかけてくるぞ」

「ミュールってやつは狂人だ。宇宙すべてを破壊するつもりなのか」彼はよろめくように腰をおろし、ランデュの手首をつかんだ。「わずかな生存者から報告があった。ミュールは……敵は、新たな武器を所持している。核フィールド抑制装置だ」

「なんだって？」

「われわれの船がほとんどやられたのは、核兵器が作動しなかったからだ。事故でもサボタージュでもない。ミュールの兵器だったんだ。その効果は完全なものではなくて、働いたり働かなかったり断続的だった。中和することもできた。報告書はあまりくわしくはなかったのだが。だがわかるだろう、そんな武器があったら戦争そのものの性質が変わってしまう。われわれの艦隊すべてが時代後れになってしまう」

ランデュはひどく年老いた気分になった。絶望のあまり、顔の筋肉がだらりと力を失った。「怪物はわれらすべてを食らい尽くすほど大きくなってしまったようだ。それでもわれわれは戦わなくてはならない」

17　ヴィジソナー

エブリング・ミスの家は、テルミヌス・シティ郊外のそれほど仰々しくはない一画《いっかく》にあり、ファウンデーションのインテリや文学者、そしてごくふつうの読書愛好家たちのあいだにひろく知れわたっている。そしてその注目すべき特徴は、判断する人間が資料として何を読んだかによってさまざまに異なった。思慮深い伝記作家にとっては「非学問的現実からの逃避の象徴」であり、新聞の社交欄担当記者は「雑然と散らかった恐るべき男性性のあらわれ」についてまくしたて、大学の博士は簡単に「学者ぶってはいるが系統立っていない」と切り捨て、大学と無縁な友人は「いつでも酒が飲めて、ソファに足をのせてくつろげる場所」と評し、軽薄なニューズウィークリーのキャスターは「罰当《ばち》たりな左翼の禿《は》げ頭エブリング・ミスの、無骨《ぶこつ》で地に足をおろした現実的な住居」と語る。

そのときベイタの意見を聞く耳はなく、さらには直接ほんものを目にしているという優位にありながら、彼女にとってその家は〝だらしない〟というひと言に尽きた。

最初の数日をのぞき、拘禁《こうきん》生活はそれほど苦にならなかった。心理学者の家で——おそらくはひそかに監視されつつ——待たされているこの半時間に比べれば、はるかに楽だった。少なくとも、留置場ではトランもいっしょだったのだから——

マグニフィコの長い鼻が、彼女以上にひどく緊張してうなだれていなければ、ストレスで疲労困憊《こんぱい》していたかもしれないが。

身体を丸めていれば隠れられるとでも考えているのか、マグニフィコは椅子にすわったまま、とがったあごの下でパイプのように細長い両脚を抱きかかえている。ベイタは思わず手をのばし、大丈夫だからと力づけてやった。マグニフィコは一瞬びくりとし、それから微笑を浮かべた。

「レディ、わたくしの身体はわたくしの心の知ることを受けつけず、いまだ他者の手は打擲《ちょうちゃく》を加えるものと考えているようでございます」

「心配しなくても大丈夫よ、マグニフィコ。わたしがいるわ。誰にもあなたを傷つけさせたりしないわ」

道化の視線が斜めに動いて彼女をとらえ、すぐさまそらされた。

「ですがはじめのうち、わたくしはレディからも——ご親切なレディのご夫君からも、引き離されていました。レディはお笑いになるかもしれません。ですがわたくしは、友を失ってとてもさびしゅうございました」

「笑ったりしないわ。わたしもさびしかったもの」

道化はぱっと顔を輝かせ、さらに強く膝を抱きしめた。

「レディは、いまからお会いになる方とは、初対面なのでございますよね」

「そうよ。でも、とても有名な人なの。ニュースで見たこともあるし、いろいろな話も聞いているわ。きっといい人よ、マグニフィコ、わたしたちを傷つけたりしないわ」

「さようでございますか」道化は不安そうに身じろぎした。「そうかもしれませんが、レディ、わたくしは一度あの方に尋問されました。あまりにも声が大きくぶっきらぼうで、わたくし、ふるえあがってしまいました。聞いたことのない言葉ばかり使って質問なさるため、答えが咽喉《のど》にひっかかってしまいました。その昔、わたくしの無知を馬鹿にして、それは心臓が気管をふさいで言葉をつまらせるからだと笑った作家がおりましたが、その言葉を信じたくなるほどでございました」

「でもいまはちがうわ。わたしたちはふたりで、むこうはひとりよ。それに、その人だってわたしたちふたりを怖がらせることなんてできないわ」

「ええ、レディ、そのとおりでございます」

どこかでドアがばたんとあいて、とどろくような大声が家の中にはいってきた。その声はこの部屋の前で凝縮し、猛烈な勢いで「消え失せろ！」と怒鳴った。ひらいたドアごしに、制服姿の衛兵がふたり、あわててひきさがるのがちらりと見えた。

エブリング・ミスは仏頂面《ぶっちょうづら》ではいってくると、丁寧に包んだ荷物を床におろし、ずかずかと歩み寄って遠慮のない強さでベイタの手を握った。ベイタも男のように力をこめて握り返した。ミスは道化にむきなおり、びっくりしたように二度見をして、また彼女をじっと見つめた。

「結婚してるのかね」

「ええ。法に則って正式に」

ミスは言葉をとめ、それからたずねた。

「それで、幸せかね」

「いまのところは」

ミスは肩をすくめ、またマグニフィコにむきなおって包みをほどいた。

「小僧、これが何かわかるかね」

マグニフィコは椅子からとびださんばかりになって、鍵盤《けんばん》がたくさんならんだその楽器を受けとった。無数のスイッチをいじっていたかと思うと、喜びのあまりとつぜん後方宙返りをして、危うく近くの家具を壊しそうになる。

「ヴィジソナーです」彼はかすれた声をあげた。「それも、死者の胸からでも喜びを絞りだせそうな名器です」

マグニフィコは長い指でゆっくりと静かに楽器を撫《な》でた。流れるような動きでスイッチを軽く押したり、鍵盤に指をあてたりしている。彼らの前、ちょうど目が届く範囲の空中が、やわらかな薔薇《ばら》色に輝きはじめた。

エブリング・ミスが言った。

「よしよし、おまえはこうした楽器を演奏できると言っていたからな。やってみるがいい。だがまず調律したほうがいいぞ。そいつは博物館からもってきたんだ」それからかたわらのベイタにむかって、「わたしの知る限り、これを正しく演奏できる者はファウンデーションにひとりもおらん」

そして彼はベイタに身を寄せ、早口で言った。

「この道化はあんたがいなければ話をせん。手伝ってくれるかね」

ベイタはうなずいた。

「よし！　こいつの心は恐怖で凝《こ》り固まっている。とても精神探査に耐えられんだろう。それを使わずこいつから何かをひきだすには、心の底から安心させてやらねばならん。わかるかね」

ベイタはもう一度うなずいた。

「このヴィジソナーはその第一段階だ。こいつはこれを弾《ひ》けると言っていた。どれほどこの楽器を好み愛しているか、さっきの反応を見ればわかろうというものだ。だから演奏がみごとであろうとつたなかろうと、興味深く聴《き》いてやってくれ。わたしがあんたの友達で、信頼しているという態度を示してほしい。そして何よりも、わたしのやり方にならって行動してほしい」

ベイタはすばやく視線をむけた。マグニフィコはソファの片隅にうずくまって、手際よく楽器内部を調整している。すっかり夢中になっている。

ミスはつづけて、いかにもあたりまえの会話をするようにベイタにたずねた。

「ヴィジソナーを聴いたことはあるかね」

「一度だけ」ベイタもまたさりげない口調で答えた。「稀少楽器のコンサートで。あまり面白いとは思わなかったけれど」

「それはたぶん、演奏者がまずかったんだろう。いい弾き手ってやつはほんとうに少ない。複雑で難解な身体的操作が必要なわけではないが――それをいうなら、複数段鍵盤ピアノのほうがたいへんだ――だが、ある種の闊達《かったつ》自在な精神構造がなくてはならない」声を低くして、「つまり、あの生ける骸骨《がいこつ》は期待以上の演奏をするのではないかとも思える。たいていの場合、すぐれた演奏家というやつは、それ以外のことに関してはまったく役立たずなもんなんだ。そうした奇妙な事例があるからこそ、心理学は面白いのだがね」

ミスは明らかに、軽い会話をつづけようと努力している。

「あのでこぼこだらけのしろものがどんなふうに作用するか、知っているかね。今回のために調べてみたんだがね、いまのところわかったのは、こいつの放射するエネルギーは、視神経に触れることなく脳の視覚中枢に直接働きかけるということだけだった。自然な状態ではけっして、そんな形でものが知覚されることはない。考えてみれば驚くべきことではないか。聴覚は問題ない。ごくあたりまえに、鼓膜《こまく》とか内耳《ないじ》器官を通して伝わってくる。だが――しっ！　用意ができたようだ。明かりを落としてくれ。暗いほうが効果があがる」

照明が消えた。マグニフィコは小さな点に、エブリング・ミスは重々《おもおも》しく呼吸する大きな塊《かたまり》になった。気がつくとベイタは、不安にかられて目を凝らしていた。はじめはどういうことはなかった。空気中に細く甲高い震音が響き、揺れ動きながらたどたどしく音階をあがっていく。それは静止し、落下し、消えたかと思うと実体を得、カーテンを引き裂かんばかりの轟音《ごうおん》となって炸裂《さくれつ》した。

リズミカルな音が流れる中に、さまざまに色彩を変える光の玉があらわれた。空中で爆発し、形のないしずくが飛び散る。高所で渦を巻き、折れ曲がりねじれるテープとなってさまざまな模様を描きながら降ってきたと思うと、固まって、それぞれ色の異なるいくつもの小球となる——ベイタも理解しはじめた。

目をつぶれば色彩がより鮮明になるようだ。色彩の小さな動きすべてが、音の小さなパターンと連結している。それぞれの色に名前をつけることはできない。最後に彼女は気づいた。球だと思ったものは球ではなく、小さな人間の形をしていた。

小さな人の姿。しじゅう形を変える小さな炎が、無数に踊り、ゆらめき、視野から去り、またどこからともなくもどってくる。ぶつかりあってはまじりあい、新たな色をつくりだす。

ベイタはなぜか、夜中に痛くなるまで固く目蓋《まぶた》を閉じ、辛抱強く目を凝らしていると見えてくる、色の染みを思いだした。光点が色を変えながらポルカにあわせて行進したり、収縮して同心円をつくったり、形のない塊になってふるえたりする。それらすべてがどんどんひろがり、さらにさまざまに変化し——そして、そのひとつひとつの点が小さな人の姿をしているのだ。

それが対《つい》になって彼女のほうに飛んでくる。ベイタは息をのんで両手をあげたが、光点はみごとに反転し、つぎの瞬間、彼女はめくるめく吹雪《ふぶき》の中心にいた。冷光《れいこう》が肩をすべり、輝くスキーのように腕をつたい、こわばった指からとびだして、ゆっくりときらめく中空に焦点を結んで集まる。そのあいだもずっと、百もの楽器の音が奔流《ほんりゅう》のようにあふれつづけ、やがて彼女は音と光の区別がつかなくなってしまった。

エブリング・ミスも同じものを見ているのだろうか。そうでないなら、彼は何を見ているのだろう。疑問は消え、やがて――

ふたたびじっと見つめる。小さな人の形――ほんとうに人の形？――心が追いつかないほどすばやく身体を曲げたり回転したりしているあれは、ほんとうに燃える髪をした小さな女だろうか――そんな小さな人の姿が、星の形に集まって、ぐるぐるまわって――音楽はかすかな笑い声のようで――耳の内側ではじまる女の子たちの笑い声のようで。

星が集まって、たがいに光を放ちながら、ゆっくりと何かの形をつくりあげていく――そしてその下から、とつぜんにょっきりとお城があらわれた。煉瓦《れんが》のひとつひとつが色彩をもち、それぞれの色が小さな光で、それぞれが鋭いきらめきを放ちながら移り変わる模様を描きだす。誘われるように視線を上にむけると、宝石をちりばめた二十の光塔《ミナレット》があった。

華やかな絨毯《じゅうたん》がふいにあらわれ、渦巻きひらめきながら実体のない蜘蛛の巣をつむぎあげて、すべての空間を包みこむ。そこから、まばゆい光線が上空にむかってつきだし、ひろがって木々となり、たとえようのない音楽を奏《かな》でて歌う。

ベイタはそれらにとりまかれてすわっていた。周囲に音楽があふれ、すばやく、感傷的に、飛びまわる。手をのばして繊細な木に触れた。棘《とげ》状の花のようなものがふわりと落ち、ちりちりと綺麗な音をたてながら消えていく。

二十のシンバルを打ち鳴らしたように音楽がとどろく。目の前の空間が炎をあげて燃えあがり、それから滝のように、見えない階段をすべってベイタの膝に流れ落ちた。あふれこぼれたそれが奔流となって、腰のあたりに火花を散らしていく。膝の上には虹の橋がかかり、その上にいくつもの小さな人影が――

お城と庭園と橋の上の小さな男女が、視野よりもさらにひろがり、彼女を中心に集まってふくれあがるおごそかな弦楽器の調べの中を漂い――

そして、はっと怯えたような休止があり、ためらいがちに息を吸いこむ動きとともに、すべてがすみやかに崩れ去った。色彩はばらばらになりながら、ふたたび集まって球をつくると、収縮し、浮かびあがって消滅した。

あとにはただ闇だけが残されていた。

重い足がペダルをさぐって踏み、照明がともった。なんの変哲もない、つまらない太陽光だ。何度もまばたきをしていると、消えてしまったものを惜しむかのように涙がにじんできた。エブリング・ミスは目を丸くし、口をぽかんとあけたまま、まだぼんやりとしている。

マグニフィコだけが、ただひとり生命をもっているかのように、うっとりと小声で歌いながら愛《いと》しそうにヴィジソナーを撫でまわしている。彼があえぐように言った。

「レディ。まさしくこれは魔法の楽器でございます。バランスも反応も、繊細さも安定性も、これ以上は望めない逸品《いっぴん》でございます。これがあれば、わたくしにも奇跡が起こせるかもしれません。わたくしの曲はいかがでございましたか」

「あなたの曲だったの？」ベイタは息をのんでたずねた。「あなたが自分でつくったの？」

畏敬《いけい》に打たれたような彼女を見て、マグニフィコの細い顔は、巨大な鼻の先まで真っ赤に染まった。

「わたくし自身の作曲でございます、レディ。ミュールのお気には召さなかったようですが、自分で楽しむために何度も演奏してまいりました。わたくしは若いころ、一度だけお城を見たことがございまして──大カーニヴァルのときに、遠くからですけれども。宝石をちりばめた、まことに美しい、巨大な建物でございました。そこには、夢にも想像したことのないような豪華絢爛《けんらん》な人々がいて──そのすばらしさときたら、それ以後は一度も、ミュールに仕えているときですら、見たことがないほどでした。心の貧《まず》しさがさまたげとなり、わたくしの曲では、とてもとてもそれをそのままに描写することはかないませんが。わたくしはこの曲を『天国の思い出』と呼んでおります」

その会話のただなかで、ミスがぶるっと身体をふるわせてわれに返った。

「さてさて、マグニフィコ。おまえはほかの人々にもいまのような演奏を聞かせたいと思わんかね」

一瞬、道化は身をひいた。その身体がふるえている。

「ほかの人々ですって?」

「何千もの人々だ」ミスはさけんだ。「ファウンデーションの大ホールでな。おのれでおのれの身を立て、みなから尊敬され、金持ちになり、そして……そして――」彼の想像力はそこで尽きた。「まあ、そういったことだ。どうだ。どう思う」

「ですが、わたくしがどうしてそのようなものになれましょう。わたくしは、世界の偉大なるものとはまるで無縁な、卑しい道化にすぎませぬのに」

心理学者はくちびるをつきだし、手の甲でひたいをこすった。

「だがその演奏だ。市長や貿易商組合の前であんな演奏ができたら、世界を掌握できるぞ。どうだ、やってみんかね」

道化はすばやくベイタに視線を流した。

「レディもいっしょにきてくださるのでしょうか」

ベイタは笑った。

「もちろんよ、馬鹿ね。あなたがお金持ちで有名になろうっていうのに、放りだしたりするわけがないでしょ」

「財産も名声も、すべてレディのものでございます」彼は熱く語った。「銀河系の富すべてをもってしても、わたくしがレディから受けたご親切の恩返しには足りませぬ」

「だが」ミスが無造作に言った。「だがまずは、わたしを助けてくれんかね――」

「どういうことでございましょうか」

心理学者は言葉をとめ、それから微笑した。

「ちょっとした表層探査機をためさせてほしいのだよ。なんの害にもならん。おまえの脳の、ほんの外殻に触れるだけだ」

マグニフィコの目にすさまじいまでの恐怖が燃えあがった。

「探査機は駄目です。探査機が使われるのを見たことがございます。精神を吸いつくして、空っぽになった頭蓋骨だけが残るのです。ミュールはそれを叛逆者に使っていました。心のなくなった脱《ぬ》け殻は、街路をさまよったあげく、慈悲の心でもって殺されるのです」

そしてマグニフィコは片手をつきだしてミスを押しやった。

「それは精神探査機だろう」ミスは辛抱強く説明した。「それだとて、正しい使い方をしていれば人を害することはない。わたしが言っているのは表層探査機で、赤ん坊だって傷つけるもんじゃない」

「そうよ、マグニフィコ」ベイタも言葉を添えた。「これはミュールを打ち破って遠ざけておくためのものよ。それをすませてしまえば、あなたとわたしは一生、お金持ちの有名人になれるわ」

マグニフィコがふるえる手をさしのべた。

「では、わたくしの手を握っていてくださいますか」

ベイタは両手でそれを握りしめた。道化は目を大きく見ひらいて、ぴかぴかの端末プレートが近づいてくるのを見つめていた。

エブリング・ミスは、インドゥバー市長の私室で、豪華すぎる椅子に傲然《ごうぜん》とおさまっていた。示された破格の好意に、いつものようにまったく感謝の意をあらわすことなく、おちつかなげにもじもじしている小柄な市長を冷然とながめながら、葉巻の吸殻を投げ捨て、欠片《かけら》をぺっと吐きだした。

「ところで、インドゥバー、マロウ・ホールでのつぎのコンサートの演目をさがしているなら、あの電子楽器屋連中なんぞ、もといた溝《どぶ》に放りこんで、あの奇天烈《きてれつ》な小僧にヴィジソナーを演奏させろ。インドゥバー——まさしく、この世のものとは思えんぞ」

インドゥバーは不機嫌に答えた。

「音楽談義を聞くために呼んだのではない。ミュールはどうなった。それを聞かせてくれ。ミュールはどうなっているのだ」

「ミュールか。ふむ、では話そう——表層探査機をためしてみたのだが、あまり成果はなかった。あの小僧が死ぬほど怖がるんで、精神探査機は使えない。抵抗が強すぎるため、接触したとたんに精神のヒューズがぶっとんでしまうだろう。だがわかったことはある。その指先をかつかつするのをやめてくれんかね——

まず、ミュールの肉体的強靭《きょうじん》さは、いうほどのものではあるまい。それはもちろん強いことに間違いはないだろうが、あの小僧の語るおとぎ話のほとんどは、恐怖によってすさまじくふくれあがっている。また、ミュールは奇妙な眼鏡をかけていて、それをはずすと人を殺せるという。明らかになんらかの精神的超常能力をもっているな」

「それくらいは、前からわかっていたことだ」市長がむっつりと言った。

「それが探査機によって確認されたんだ。わたしはそこから数学的に研究しているのだがね」

「その研究とやらにはどれくらいかかるのだ。きみの長ったらしい饒舌《じょうぜつ》を聞いていると耳がおかしくなる」

「一カ月もすれば、あんたの役に立ちそうなことが何かつかめるだろう。もちろん、うまくいかんかもしれんがな。だがそれがどうだというんだね。もしミュールがセルダン計画と無縁な事象だとすれば、わたしたちにはチャンスなどほとんどないんだぞ。悪趣味極まるくらいわずかだ」

インドゥバーは猛烈な勢いで心理学者に噛みついた。

「さあ、それで証拠をつかんだぞ、叛逆者め。嘘をつけ！　きさまはファウンデーションじゅうに敗北主義の噂を撒き散らしてパニックを引き起こし、わたしの仕事を二倍困難にしようとしているあの犯罪者どもの一味なのだろう」

「わたしが？　わたしがかね」ゆっくりと怒りがこみあげてきた。

インドゥバーはさらに毒づいた。

「なぜならば、宇宙塵雲《じんうん》にかけて、ファウンデーションが勝利するからだ。ファウンデーションは必ず勝利すると決まっているのだ」

「ホルレゴルを失ってもかね」

「失ったのではない。きみもあんな噂を信じているのかね。われわれは数で圧倒されたうえ、裏切り者が出たのだ」

「誰が裏切ったというんだ」ミスは軽蔑をこめてたずねた。

「あのどぶさらいの虱《しらみ》たかりの民主主義者どもだ」インドゥバーが怒鳴り返した。「わたしはずっと前から、わが国の艦隊が民主主義者どもにむしばまれていることに気づいていた。ほとんどは駆除できたが、残っているやつらのせいで、激戦の真っ最中に二十隻がとつぜん降伏してしまった。それだけの数だ、おかげで敗北したように見えただけだ。

それはそうと、口が悪くて単純なる愛国者で素朴な男らしさの権化《ごんげ》たるきみにたずねるが、きみは民主主義者どもとどのような関係にあるのだね」

エブリング・ミスは肩をすくめて受け流した。

「妄言《もうげん》だな、わからんのか。それ以後の撤退と、シウェナの半分を失ったことはどうなんだ。それも民主主義者どものしわざなのか」

「いや、それは民主主義者とは関係がない」小男はとつぜん笑みを浮かべた。「退却は――ファウンデーションはいつだって、必然ともいえる歴史の流れが味方となるまで、退却してきたではないか。すでに結果は出ている。民主主義者の地下組織と呼ばれる輩どもは、政府への協力と忠誠を約束するとの声明を発表した。見せかけだけで、より深刻な裏切りをごまかしているだけかもしれん。だがうまく利用してやるよ。這いまわる叛逆者どもが何を企《たくら》もうと、その事実が知れわたるだけでもそれなりの効果は得られる。さらによいことに――」

「さらによいことか、それはなんだ、インドゥバー」

「自分で考えてみるのだな。二日前、いわゆる独立貿易商協会と呼ばれる者どもが、ミュールに宣戦布告した。それによって、ファウンデーション艦隊は一挙に千隻増強された。ミュールはやりすぎたのだな。やつはわれわれが分裂し、たがいに争っていると見たのだろうが、やつの攻撃という外圧を受けて、われわれは団結し力を増した。ミュールは必ず負ける。それが必然なのだ――いつものようにな」

ミスはなおも疑念を放出した。

「それじゃあんたは、セルダンは偶発的なミュータントの発生まで計画に組み入れていたと言うのか」

「ミュータントだと！　謀叛人の大尉や辺境の若造や錯乱した曲芸道化師がくだらんことを言いださなければ、きみにせよわたしにせよ、やつが人間でないなどと考えはしなかったはずだ。そしてきみは、何よりも決定的な証拠を忘れている――きみ自身が言ったことだぞ」

「わたし自身が？」その瞬間ミスははっと息をのんだ。

「きみ自身が言ったのではないか」市長が嘲笑する。「九週間後に時間廟堂がひらくとな。それはどうなのだね。廟堂は危機にさいしてひらく。もしこのミュールの攻撃が危機でないなら、〝真の〟危機はどこにあるのだ。廟堂はなんのためにひらくのだね。答えるがいい、脂肪の塊め」

心理学者は肩をすくめた。

「いいだろう。あんたがそれで満足なんだったらな。ところで、ちょっとした頼みがある。もしものときのために……セルダン爺《じい》さんが演説をして、ほんとうに事態がまずいことになっていたときのために、開扉《かいひ》にわたしも出席させてくれんか」

「いいとも。だから出ていけ。そして残る九週間、わたしの前に顔を出すな」

「悪趣味極まるほど喜んでそうしてやるよ、しなびた化け物め」

ミスはもごもごとつぶやきながら、退室した。

18　ファウンデーション陥落

時間廟堂は、さまざま意味において、なんともいいようのない雰囲気を漂わせている。老朽化ではない。照明は明るく、空調も万全。壁の色彩は鮮やかで、幾列もの固定座席はすわり心地がよく、永久にでも使用できるよう設計されている。古びた気配はいっさいなく、三世紀の時間も明らかな痕跡《こんせき》をとどめていない。畏怖《いふ》や敬意を呼び起こそうという意図は感じられない。設備は簡素なありふれたものにすぎず――じつのところ、ほとんどないといってもいいくらいだ。

だが、こうした否定的要素をすべてよせあつめ、合計を処理したあとに、何かが残る。そのおもとは、部屋の半分を占める中身が空っぽのガラスのブースだ。三世紀のあいだに四度、ハリ・セルダンの生きているような画像がそこに腰かけて話した。そのうちの二度は、聴衆はひとりもいなかった。

三世紀、九世代のあいだ、宇宙帝国の繁栄を見てきたかの老人は、おのが姿を映し——そしてなお、はるかな子孫の住む銀河系を、当のはるかな子孫たちよりもはるかによく理解していた。

空っぽのブースは辛抱強く待っている。

最初にやってきたのは市長インドゥバー三世だった。儀式用地上車で、不安げに静まり返った街路を走ってきた。彼とともに、廟堂備《そな》えつけのものよりも背が高く、横幅も広い専用の椅子が到着し、最前列に据えつけられる。彼は目の前の空っぽのガラス以外の、すべてを威圧していた。

左側のもったいぶった役人が、うやうやしく頭をさげた。

「閣下、今夜の閣下の公式声明を最大広範囲にまで送信するサブエーテル放送の準備が完了いたしました」

「よろしい。同時に、時間廟堂に関する星間特別番組は継続しろ。もちろん、この問題に関していかなる予測も推測もしてはならん。民衆の反応は依然として良好か」

「申し分なく。近頃流布《るふ》していた悪質な噂は鳴りをひそめ、安定と信頼がひろがっております」

「よろしい!」市長は手をふって役人をさがらせ、手のこんだ襟巻《えりま》きを整えなおした。

正午まであと二十分！

市長支持者の中でも特別に選ばれた一団——各大貿易組織の代表者たち——が、財力や市長の寵愛度《ちょうあい》に応じた壮麗さで、三々五々姿をあらわした。ひとりひとり市長の前に進みでて挨拶をし、ありがたいお言葉をかけられて、指定された席につく。

そうしたいかにも堅苦しい儀式のさなかに、いかにも場違いなヘイヴンのランデュがどこからともなくあらわれ、前触れなく市長の席に近づいていった。

「閣下！」小声で呼びかけ、一礼する。

インドゥバーは眉をひそめた。

「きみには出席許可を与えておらんはずだが」

「一週間前から要請を出しております」

「遺憾《いかん》であるが、セルダン出現を前に政務が山積して——」

「閣下、それはわたしも遺憾に存じます。ですが、独立貿易商の艦を分割してファウンデーション艦隊に配属せよという命令を撤回していただきたいのです」

話をさえぎられた怒りに、インドゥバーの顔が赤く染まった。

「いまは議論をするときではない」

「閣下、いましかないのです」ランデュは小声ながら懸命に訴えた。「独立貿易商世界の代表として、そのような指示には従えないと申しあげます。セルダンがこの問題を解決してくれる前に撤回していただきたい。緊急事態が終結してからでは遅すぎます。それから和解しようとしても、われわれの同盟関係は破綻《はたん》するでしょう」

インドゥバーは冷やかにランデュを見つめた。

「わかっているのかね、わたしはファウンデーション軍総司令官だぞ。わたしには軍事政策の決定権がある」

「それはわかっております。ですがこのままでは不都合なのです」

「不都合などない。この緊急事態において、きみの仲間に独立した艦隊をもたせるのは危険だ。行動が分断されると敵の思う壺《つぼ》にはまる。われわれは、政治的にも軍事的にも、統一されておらねばならんのだ」

ランデュは咽喉《のど》の筋肉がこわばるのを感じた。礼儀を投げ捨てて言葉をつづける。

「セルダンの話が聞ければもう大丈夫だと、わたしたちの意志を無視するのか。一カ月前、テレルでわれわれの艦隊がミュール軍を破ったとき、あなたは穏やかで妥協を知っていた。思いだすがいい、ファウンデーション艦隊は公開戦闘で五度の敗北を喫《きっ》した。あなた方に勝利をもたらしたのは、独立貿易商艦隊のほうなのだぞ」

インドゥバーが険悪な顔で眉をひそめた。

「大使、テルミヌスはもはやきみを歓迎しない。今夕にも帰還したまえ。さらに言っておくが、テルミヌスの破壊的民主主義勢力ときみとの関連の調査は、今後も続行する」

「わたしが去れば」ランデュは答えた。「わが軍の艦隊も、ともに帰還する。民主主義者のことなど知らない。わたしが知っているのは、ファウンデーション艦隊がミュールに降伏したのは、民主主義者なのかどうかは知らないが、乗員ではなく高級将校の裏切りによるものだということだ。ファウンデーションの戦艦二十隻はホルレゴルで、少将の命令により、敗北の徴候もないうちに無傷のまま投降した。その少将はあなたの側近で――わたしの甥がカルガンから到着したときの審理でも議長を務めていた。ほかにも何件か、同様の事例がわかっている。われわれとしては、裏切りを働くかもしれない者に艦と乗員をまかせるような危険を冒すわけにはいかない」

「ここを出るにあたってきみには監視をつける」

テルミヌスの支配者たちが無言で投げつけてくる侮蔑《ぶべつ》の視線を浴びたまま、ランデュは市長のそばを離れた。

十二時まであと十分！

ベイタとトランが後方の席にすわっている。ふたりが立ちあがって、通りすぎようとするランデュを手招きした。

ランデュは穏やかに微笑した。

「きていたのか。いったいどうやってはいりこんだのだ」

「マグニフィコのおかげだよ」トランはにやりと笑った。「インドゥバーがマグニフィコに、時間廟堂を題材にしたヴィジソナーの曲をつくるよう言ってきたんだ。もちろん、市長を主人公にしてね。マグニフィコはぼくたちといっしょでないと出席しないと言い張って、どうしても説得できなかった。エブリング・ミスもいっしょだよ。というか、いっしょだったんだけれど、どこかに行ってしまったな」そこでとつぜん真面目な顔で心配そうに、「何かあったのか、伯父《おじ》さん。顔色がよくない」

ランデュはうなずいた。

「ああ、そうだろうな。まずいことになった、トラン。ミュールが片づいたら、つぎはわたしたちの番になりそうだ」

白い服を着た姿勢のよい男が近づいてきて、堅苦しく頭をさげた。

ベイタが黒い目に笑みを浮かべながら手をさしのべた。

「プリッチャー大尉！　それじゃ、宇宙勤務にもどることになったの？」

大尉は彼女の手をとって、さらに深く一礼した。

「そうではない。わたしがここにはいれたのは、ミス博士のおかげなのだと思う。だがそれも一時的なものだ。明日には監獄にもどる。ところで、いま何時だろう」

十二時まであと三分！

マグニフィコは惨《みじ》めさと悲嘆と憂鬱《ゆううつ》の権化のようだった。いつものように、姿を消してしまおうとするかのように身体を丸めて縮こまっている。長い鼻は鼻孔のあたりでゆがみ、たれさがった大きな目を不安げにきょときょとさせている。

手をつかまれたので、ベイタは彼の方に身をかがめた。マグニフィコがささやいた。

「レディ、もしかして、ここにおいでのお偉い皆さま方が、その……わたくしがヴィジソナーを演奏するとき、聴きにおいでになるのでしょうか」

「そうよ、この人たちみんながね」ベイタは断言し、そっと彼を揺すぶった。「そしてきっと、みんながみんな、あなたは銀河系一のすばらしい演奏家だ、こんなすてきなコンサートははじめてだって思うのよ。だからしゃんとして、まっすぐすわってなさい。威厳をもって」

そして、ふざけてしかめっ面《つら》をつくると、彼は弱々しく微笑して、細長い肢体《したい》をのろのろとのばした。


正午――

――ガラスのブースはもはや空《から》ではない。

おそらく、その出現の瞬間を目撃したものはいないだろう。一瞬前には存在せず、つぎの瞬間には存在する。完全な断絶だ。

ブースの中で、しなびた老人が車椅子にすわっていた。皺だらけの顔で目が炯々《けいけい》と輝き、流れだしたその声はまさしく生命力にあふれている。膝の上に伏せた本がのっている。声が静かに告げた。

「わたしはハリ・セルダンだ」

その声は雷鳴のように強烈に静寂を切り裂いた。

「わたしはハリ・セルダンだ。いまここに誰かいるのか、わたしには知ることができない。だがそれは重要ではない。〈プラン〉の失敗については、いまのところまだほとんど心配していない。はじめの三世紀、九十四・二パーセントの確率で逸脱は生じないのだから」

彼は言葉をとめて微笑し、それから穏やかに言葉をつづけた。

「ところで、もし立っている人がいるなら、どうぞすわってくれたまえ。煙草を吸いたい人がいるなら遠慮なく。わたしの肉体はここに実在していないのだから。儀式張ったことは不要だ。

では、いま現在の問題について語ろう。ファウンデーションははじめて内戦の危機に直面している。もしくは、その直前の段階にある。いままで、外からの攻撃に対しては適切な処理がおこなわれてきた。心理歴史学の厳密な法則に従えば、それは必然である。現在発生しているのは、あまりにも無規律なファウンデーションの外郭《がいかく》集団と、あまりにも権威主義的な中央政府の対立だ。これもまた必要とされる段階であり、結果は明白である」

高貴なる聴衆たちの威儀《いぎ》が崩れはじめている。インドゥバーはなかば腰を浮かせている。

ベイタは困惑して身をのりだした。偉大なるセルダンはいったい何を言っているのだろう。幾語か聞き逃してしまった——

「——というわけで、この妥協はふたつの点から必要とされる。独立貿易商の叛乱は自信過剰に陥っている政府に新たな不安要素を導入する。競争と努力を尊《たっと》ぶ気運がふたたび高まる。たとえ敗北しようと、健全な民主主義が——」

いまやあちこちで声があがりはじめた。つぶやきからしだいに大きくなる声には、パニックがまじりはじめている。

ベイタはトランの耳もとでささやいた。

「どうしてミュールの話をしないのかしら。貿易商は叛乱なんか起こしていないのに」

トランが肩をすくめた。

車椅子の男は、しだいに高まる混乱の中で快活に話しつづけている。

「――より強固な連立政府の誕生。それが、ファウンデーションに生じた内乱より生まれる、必然にして有益な成果である。諸君らが勢力をひろげるにあたって障害となるものは、いまや旧帝国の残滓《ざんし》のみとなった。だがいずれにせよ、これからの数年、それは問題にならない。もちろん、わたしはつぎに訪れる問題がどのようなものであるかを教えるわけには――」

すさまじい喧噪《けんそう》の中で、セルダンのくちびるはなおも動いているが、もはやその声は聞こえない。

エブリング・ミスがランデュの横で真っ赤な顔をして怒鳴っている。

「セルダンは狂っている。間違った危機について語っている。あんたたち貿易商は内乱を計画していたのか」

「確かに計画はあった。だがミュールの出現で中止になったのだ」ランデュが小声で答えた。

「それじゃ、ミュールはセルダンの心理歴史学において予期せざる付加要因だということになるぞ。おい、何がどうなってるんだ」

とつぜん、凍りつくような静寂が訪れ、ベイタはブースがふたたび空《から》になっていることに気づいた。壁の核照明光は消え、空調のゆるやかな気流もなくなっている。

どこかで甲高いサイレンが音階を上下している。ランデュのくちびるが言葉を形作った。

「奇襲だ」

エブリング・ミスが腕時計を耳もとにあて、ふいにさけんだ。

「とまっている。なん・て・こった！　この部屋に動いている時計はあるか」とどろくような大声だった。

二十の手首が二十の耳に押しつけられた。二十秒とたたないうちに、動いている時計はひとつもないことがわかった。

「それじゃ」ミスが陰気な声で恐ろしい結論をくだした。「誰かが時間廟堂の核エネルギーをとめたんだ――そして、ミュールが襲撃してきた」

インドゥバーが騒音に負けじと甲高い声でわめいた。

「席につけ！　ミュールは五十パーセクの彼方だ！」

「一週間前はそうだっただろうさ」ミスが怒鳴り返した。「だがいまは、このテルミヌスが爆撃されているんだ」

ベイタはすさまじい重圧がゆっくりとのしかかってくるのを感じた。それがじわじわと厚みと締めつけの力を増してくる。咽喉《のど》がつまり、呼吸するにも痛みがともなう。

外が騒がしいのは、群衆が集まりつつあるのだろう。扉がばたんとひらき、困惑しきった男がはいってきた。インドゥバーがあわただしく駆け寄る。男が早口で、ささやくように報告した。

「閣下。町では一台の乗り物も動いておらず、外界への通信ラインはすべて遮断されました。第十艦隊敗北の報告がはいっております。ミュールの艦隊は、すでに大気圏外までせまっております。司令部は――」

インドゥバーがくしゃりとつぶれ、床の上の塊となって動きをとめた。いまやホールの中で声をあげる者はひとりとしていない。外に押しよせる群衆も、恐怖に静まり返っている。冷ややかなパニックが不気味にたちこめている。

インドゥバーが抱き起こされ、ワインが口もとにあてられた。目がひらくよりもさきにくちびるが動き、言葉がつむぎだされた。

「降伏だ！」

ベイタはもう少しで泣きだしそうになった――悲しいからでも恥辱をおぼえたからでもなく、恐ろしいほど果てしのない絶望のためだ。エブリング・ミスが袖《そで》をひいた。

「おいで――」

そしてそのまま、ひっぱられるように椅子から立ちあがった。

「ここを出よう。あんたのその音楽家も連れてくるんだ」

丸々と太った学者のくちびるは、血の気《け》を失い、ふるえている。

「マグニフィコ」ベイタは静かに声をかけた。

道化が怯えてあとずさった。その目は虚《うつ》ろに焦点を失っている。

「ミュールが」彼はさけんだ。「ミュールがわたくしをつかまえにきます」

ベイタが触れようとすると、マグニフィコは両手をふりまわして暴《あば》れた。トランが身をのりだして殴りつけた。そして意識を失ったマグニフィコを、ジャガイモ袋のようにかついで運んでいった。

翌日、黒く醜《みにく》いミュールの戦艦がつぎつぎと惑星テルミヌスの宙港に着陸した。核エネルギー車がすべて停止しているため一台の車影もないテルミヌス・シティのメイン・ストリートを、見慣れぬ地上車に乗った攻撃司令官が走り抜けていった。

ファウンデーションの元有力者たちの前にセルダンがあらわれてよりきっかり二十四時間後、占領が宣言された。

ファウンデーションの惑星すべての中で、独立貿易商世界だけがいまだ抵抗をつづけている。ファウンデーション征服者ミュールの軍勢は、いまや彼らにむかおうとしていた。

19 探索のはじまり

孤独な惑星ヘイヴン——あと少し進めば何もない虚空に突入するという、銀河系の果ての星域にある唯一の恒星の、その唯一の惑星であるヘイヴンは、いま包囲されていた。
厳密に軍事的な意味において、まさしく包囲攻撃を受けていたのである。銀河系側の二十パーセク以上さきの宙域はすべて、ミュール前進基地の攻撃圏内にはいっている。衝撃的なファウンデーション陥落《かんらく》より四カ月、ヘイヴンの通信網は剃刀《かみそり》で切られた蜘蛛の巣のようにずたずたになってしまった。ヘイヴンの船は母星に集結し、いまではヘイヴンそのものが唯一の戦闘基地になっている。

そしてそれ以外の面においても、包囲戦はさらに緊迫度を増しつつあった。無力感と絶望が忍びこみ、屍衣《しい》のようにおおいかぶさって――

ベイタは重い足どりで、ミルク色のプラスティックを張ったテーブルのあいだを抜けて、床にピンクの波模様が描かれた職員食堂の通路を進んだ。適当に席を見つけ、肘掛けのない背の高い椅子におちつき、形ばかりの挨拶に機械的に返事をし、くたびれきった手の甲でくたびれきってちくちく痛む目をこすりながら、メニューに手をのばした。

幾種類もの養殖キノコ料理が麗々《れいれい》しく載っている。深い嫌悪感がこみあげた。ヘイヴンではすばらしい高級料理と見なされているが、ファウンデーション人の彼女の好みからするととうてい食用と思えないしろものだ。そのとき、近くからすすり泣きの声が聞こえ、顔をあげた。

そのときまで、テーブルの斜めむこうにすわる獅子っ鼻の不器量なブロンド娘ジュディは、ベイタにとって、さして興味のない〝名前を知っているだけの人間〟にすぎなかった。いまそのジュディが、いかにも悲痛そうに湿ったハンカチを噛みながら泣きじゃくり、それをこらえようと顔を真っ赤に腫《は》れあがらせている。不格好な放射線防護用のエプロンを肩のうしろにはねあげ、透明なフェイス・シールドはデザートの中にころがりこんでそのままになっている。

三人の若い娘が交替で、肩をたたいたり、髪を撫でたり、とりとめのないことをつぶやきかけたりしている。こういうときに必ずおこなわれるが、けっして効果をもたらすことのない慰《なぐさ》め方だ。ベイタは三人に近づいて小さな声でたずねた。

「どうしたの？」

ひとりがふり返って「知らない」というように軽く肩をすくめた。それから、それだけでは足りないと判断したのか、ベイタを脇にひっぱっていった。

「きっとたいへんな一日だったのよ。それに、夫のことが心配なんだと思うわ」

「パトロールで宇宙に出ているの？」

「そうよ」

ベイタは親しみをこめてジュディに手をさしのべた。

「ジュディ、今日はもう家に帰ったらどう？」

それまでのべたべたした優しいばかりの虚しい言葉とは対照的な、快活で事務的な口調だ。

ジュディがなかば怒ったように視線をあげた。

「でも、今週はもう、一度お休みをとっているから」

「二度休めばいいじゃない。このまま仕事をつづけたら、来週は三回休むことになるかもしれないわ――だったらいま家に帰ったほうが愛国的行為ってものよ。あなたたち、彼女と同じ部署で働いているの？　そう、だったら彼女のタイム・レコード、やっといてあげてね。でもその前に、ジュディ、化粧室に行って顔をなおしてらっしゃい。さあ！　いそいで！」

ベイタは自分の席にもどり、またメニューをとりあげた。安堵しながらも鬱々《うつうつ》とした気分が抜けない。ああした雰囲気は伝染する。神経が張りつめていると、めそめそ泣いている女がひとりいるだけで、職場全体がおかしくなる。

好みにあいそうもないと知りつつオーダーを決め、手もとのボタンを押して、メニューを所定のくぼみにもどした。

むかいの席にいた背の高い黒髪の娘が言った。

「あたしたちにできることって、泣くことくらいしかないんじゃない？」

彼女は驚くほどふっくらとしたくちびるをほとんど動かさず、その両端をわざとらしくもちあげて、近頃流行の最先端とされる気取った中途半端な笑みを浮かべている。

ベイタは目を伏せて、いまの言葉にこめられたあてこすりを吟味《ぎんみ》した。ありがたいことに、そのとき彼女のテーブルユニットのタイルが内側におりて、昼食があらわれた。これで気持ちを切り換えられる。カトラリーのラッピングを丁寧にはがし、慎重に扱いながら冷めるのを待った。

「ヘラ、あなたはほかに何かすることを考えられないの？」

「もちろん考えられるわよ！」

ヘラは答え、手慣れた無造作な動きで備えつけの小さなくぼみに煙草を投げ入れた。吸殻は浅い底に到達する前に、小さな閃光《せんこう》にとらえられて消滅した。

「そうね、たとえば」ヘラが手入れの行き届いたほっそりとした手をあごの下で組む。「ミュールとすばらしい協定を結んで、この馬鹿ばかしい状況を終わらせるってのはどうかしら。

でもあたしには、その……ミュールに占領されたとき、すばやく脱出する方法がないのよね」

ベイタは穏やかな顔のまま、明るくさりげない声で言った。

「あなたには、戦いに出ている兄弟や夫がいないのね」

「いないわ。だからって、ほかの人の兄弟や夫を犠牲にしていいって思ってるわけじゃないわよ」

「降伏したほうが、確実に犠牲は大きくなるわ」

「ファウンデーションは降伏したけど、平和でおちついてるじゃないの。だけどここでは、男たちはみんな出ていっちゃって、銀河系すべてがあたしたちに敵対してるんだわ」

ベイタは肩をすくめ、穏やかな声で言った。

「あなたの心を悩ませているのは、最後の問題ふたつのうち、はじめのほうみたいね」

そしてベイタは野菜料理にむきなおって食べはじめた。あたりが静まり返っているのを意識せずにはいられない。声の届く範囲にいる者たちは、誰ひとりベイタの皮肉に答えようとしなかった。

ベイタはつぎの客のためにユニットを片づけるボタンを押して、そそくさと席を立った。

三つむこうの席にすわった新入りの娘が、聞こえよがしにヘラにたずねた。

「いまの、誰？」

ヘラの表情豊かなくちびるが、こんどは冷やかにゆがんだ。

「調整官の姪《めい》よ。知らなかった？」

「へえ」新入り娘の視線が遠ざかっていく後ろ姿を追う。「そんな人がここで何をしてるの？」

「ただの工員よ。愛国者ぶりっこが流行《はや》ってるの、知らない？　なんでもかんでも民主主義。反吐《へど》が出るわ」

「だけど、ヘラ」右側のぽっちゃりとした娘が言った。「あの人、伯父さんの名前を出して威張《いば》ったこと、一度もないわよ。そっとしときなさいよ」

ヘラは無表情に視線を流しただけで隣の娘を無視し、新しい煙草に火をつけた。

新入り娘は、むかいの席にすわる明るい目をした経理課娘のおしゃべりに耳を傾けている。言葉がつぎつぎとあふれてくる。

「――それで、彼女、廟堂にいたんだって――ほんとうに、廟堂の中によ――セルダンが話をしたとき――それで、市長がかんかんに怒って泡を噴いて、暴動とか、そうした騒ぎが起こったの。彼女はミュールが着陸する前に脱出したんだけど、ものすごい手に汗握る脱出劇だったんだって――包囲網とかも突破しなきゃならないし。彼女、そういうことを書いた本を出さないかな。このごろ、そういう戦争物、ずいぶん流行《はや》ってるでしょ。それに彼女、ミュールの世界にいたこともあるって話よ――ほら、カルガンに――それから――」

時刻を告げるベルが甲高くなって、食堂からゆっくりと人が消えていった。経理課娘の話はなおもつづき、新入り娘は要所要所で目を見ひらきながら、「まあ、それ、ほんと？」と声をあげていた。

ベイタが帰宅したのは、真っ正直な労働者に眠りをもたらす暗闇をつくりだすべく、巨大な洞窟《どうくつ》照明が地区ごとに遮蔽《しゃへい》されて光度を落としはじめるころあいだった。

バターを塗ったパンを片手に、トランが出迎えてくれた。

「どこに行ってたの？」口の中に食べ物をつめたままたずね、それからもう少しはっきりとした声で、「夕食みたいなものをでっちあげておいたから。気に入らなくても文句は言うなよ」

だがベイタは目を見ひらいてじろじろと彼をながめた。

「トリー！　制服はどうしたのよ。私服で何をしているの」

「命令なんだよ、ベイ。ランデュはいまエブリング・ミスとこもっている。いったいどういうことなんだか、ぼくにはわからないけれど。ま、いざ出発となったらきみにもわかるよ」

「わたしも行くの？」思わず彼に歩み寄った。

彼はキスをしてから答えた。

「きっとそうなるよ。危険だろうけれど」

「危険じゃないことなんてないでしょ」

「ほんとにそのとおりだ。マグニフィコにも呼び出しがかかっている。だから彼も同行するんだろうな」

「つまり、エンジン工場でのコンサートは中止ってこと？」

「もちろんだ」

ベイタは隣の部屋にはいって、明らかに〝でっちあげた〟と看板のかかっていそうな夕食の前に腰をおろした。そして手際よくサンドイッチをふたつに切った。

「コンサートは残念だわ。工場の女の子たちはみんな楽しみにしていたのよ。それをいうなら、もちろんマグニフィコもだけれど」そこで首をふり、「彼、ほんとに不思議な人ね」

「母性本能が刺激されるってことなんだろ、ベイ。いつか子供が生まれたら、きみもマグニフィコのことなんか忘れるさ」

ベイタはサンドイッチを食べながら答えた。

「わたしの母性本能はあなたひとりで手一杯よ」

そこで彼女はサンドイッチをもった手をおろし、つぎの瞬間ひどく真面目な顔になった。

「トリー」

「なに？」

「トリー、わたし、市役所に行ったのよ――生産局に。だからこんなに遅くなったんだけれど」

「市役所になんの用があったんだ」

「そうね……」彼女は自信なくためらった。「鬱屈《うっくつ》がどんどん高まっているの。工場ではほんと、我慢できないほどだったわ。士気《しき》が――ぜんぜん感じられないのよ。女の子たちはたいした理由もないのにずっと泣いてばかりいる。泣いてない子たちは不機嫌で。おとなしくて目立たないような子たちまでむっつりしているの。わたしの部署の生産高は、わたしが働きはじめたときの四分の一に減っているし、工員名簿の全員がそろうことなんて一日だってないのよ」

「わかったよ。それで、生産局はどうなんだ。あそこで何をしてきたんだ」

「いくつかたずねたいことがあったのよ。それでね、トリー、いまじゃヘイヴン全体がそうなの。生産力が落ちて、治安は乱れ、政府への不満が高まっている。局長からして肩をすくめるだけなんだもの――控室《ひかえしつ》で一時間も待たされたあげく、調整官の姪だからってことでやっと会ってもらえたんだけれど――結局、自分にはどうしようもない、ですって。はっきり言って、どうでもいいと思ってるわね」

「おいおい、おちつけよ、ベイ」

「そうよ、どうでもいいと思ってるのよ」怒りが燃えあがる。「何かがおかしいわ。時間廟堂で、セルダンに見捨てられたときに襲ってきた、あのすさまじい絶望感と同じ。あなただって感じたでしょ」

「ああ、感じたよ」

「あれがもどってきたんだわ」彼女は猛烈な勢いでつづけた。「ミュールに抵抗するなんて、そもそも無理なのよ。たとえ物資が足りていたって、心が、精神が、意志がないんだもの――トリー、戦ったって無駄よ――」

トランの記憶にあるかぎり、ベイタは彼の前で泣いたことがない。いまも泣いてはいない。

ほんとうに泣いているわけではない。それでもトランは彼女の肩にそっと手をかけてささやいた。

「もう忘れろよ。きみの気持ちはわかるけれど。でもどうしようもないんだ――」

「そうよ、わたしたちにはどうしようもないのよ！　みんな言っているわ――わたしたちはただじっとすわって、ナイフが落ちてくるのを待つだけなんだって」

そして彼女はサンドイッチとお茶の残りにむきなおった。トランは静かに寝台を整えた。

外はもう深い闇に包まれていた。


ランデュは新たに任命されたヘイヴン都市連合の調整官――これは戦時中の役職だ――として、みずからの希望により、上階の部屋を割り当てられていた。窓の外に、シティの緑と一面の屋根を見わたすことができる。いま、薄れつつある洞窟照明の中で、シティが見わけのつかない影の中に沈んでいく。象徴について考える趣味はない。

ランデュはエブリング・ミスにむかって語った。

「洞窟照明が消えるとき、真っ正直な労働者は眠りにつく、ヘイヴンにはそういう諺《ことわざ》がある」

ミスの明るい小さな目は、もっぱら赤い液体が満たされた手の中のゴブレットにむけられている。

「あんた、近頃あまり眠れてないいんじゃないかね」

「ああ、そうだよ！　こんなに遅くに呼びだしてすまなかった。近頃では夜のほうが好ましく感じられるのだ。おかしいだろうか。ヘイヴンの住人は、明かりが消えれば眠るという習慣を厳しく守っている。わたし自身もそうだったのだが、いまはちがう――」

「それは逃げだな」ミスがきっぱりと言った。「昼間だと、あんたは人々に囲まれている。彼らの視線や期待を意識せずにはいられない。それに耐えられんのだろう。人々が眠っている時間帯なら自由になれる」

「ではあなたも同じなのか。みじめな敗北感を味わっているのか」

エブリング・ミスはゆっくりとうなずいた。

「ああ。これは集団精神疾患、悪趣味極まる群衆パニックだ。なん・て・こった。ランデュ、あんたはこれからどうなると思うね。いまわれわれの属している文明は、過去の伝説の英雄がすべてを計画していて、悪趣味極まるちっぽけな人生の細部まで面倒を見てくれるという、甘ったるい盲目的な信仰にひたっている。そこから導きだされる思考パターンは宗教的特性を帯びている。その意味がわかるか」

「いや、まったくわからない」

ミスは説明しようという意欲を失っている。いつだってそうなのだ。うなり声をあげて、指のあいだで回転させていた長い葉巻をじっと見つめながら言った。

「信仰には強烈な反動があるということだ。信仰というやつは、非常に大きな衝撃がなければ揺らぐことがない。だが、いざ揺らいでしまうと、精神が完全に崩壊してしまう。軽くても――ヒステリーとか病的な不安感だな。重症になると――狂気から自殺にいたる」

「セルダンがわれわれの期待に応えられない」ランデュは親指の爪を嚙んだ。「それはすなわち、われわれの支柱が消えることを意味する。われわれはあまりにも長期間その柱にしがみついていたため、筋肉が萎縮《いしゅく》しきって、それなしでは立っていることもできなくなってしまった」

「そういうことさ。譬《たと》えとしては下手くそだがね。だがそのとおりだよ」

「そしてあなたはどうなのだ、エブリング、あなたの筋肉は」

心理学者は深々と葉巻を吸い、ゆっくりと煙を吐きだした。

「錆《さ》びついちゃいるが、萎縮してはおらんな。職業柄《がら》、ちいとばかり思考の独立性を維持してきたからな」

「それで、解決策の見当はついているのか」

「いや。だが何かあるはずだ。確かにセルダンはミュールについて何も語らなかった。われわれの勝利を約束してもくれなかった。それでも、われわれの敗北を宣言したわけではない。彼はただ、このゲームに加わっていないだけなんだ。こいつはわたしたちのゲームだ。ミュールを負かすことは不可能じゃない」

「どうやって？」

「どんな相手であろうと負かす方法はただひとつ――弱点を思いきり攻撃するのさ。いいか、ランデュ、ミュールは超人じゃあない。やつを負かしさえすれば、誰にだってはっきりわかることだ。いまは未知の存在であるというだけなんだ。しかも伝説はどんどんふくれあがっていく。やつはミュータントだと言われている。いいだろう。だがそれがなんだっていうんだ。無知な連中にとっちゃ、ミュータントは〝超人〟を意味するかもしれん。だがそんなことは絶対にありゃせんのだ。

計算によると、銀河系では毎日、数百万のミュータントが生まれている。数百万のうち、一、二パーセントをのぞくすべてが、顕微鏡を使った化学的手段でしか探知できない極小の変異にすぎない。その一、二パーセントのマクロミュータント——すなわち、肉眼や通常の精神で探知できるミュータントのうち、一、二パーセントをのぞくすべては、歓楽街や研究所に送られるか、もしくはそのまま死んでいく。変異がよい方向にあらわれたごくごく少数のマクロミュータントは、それでも大半がただ珍《めずら》しいだけの無害な存在で、どこか一点が変わっているというにすぎず、それ以外のほとんどの面において正常——もしくは正常以下なんだ。わかるかね、ランデュ」

「ああ。だがミュールはどうなのだ」

「ミュールがミュータントなのだとしたら、やつは世界征服に使えるような特性——間違いなく精神的な特性をもっていると考えられる。だがほかの面で、何か弱点があるはずだ。それをつきとめるんだ。あからさまで致命的な弱点でなければ、やつもこれほど人目《ひとめ》を避けた秘密主義になるはずがない。もしやつがミュータントであるならばだがな」

「そうではない可能性があるのか」

「あるかもしれん。やつがミュータントだという根拠は、元ファウンデーション情報局に所属していたハン・プリッチャー大尉の証言によるものだ。大尉は、ミュールの——もしくはミュールと思われる人物の幼少時代を知っていると主張する連中のかすかな記憶から、そう結論づけた。まあ、ささやかな情報集めというわけだ。だが彼が発見したという証拠もまた、ミュールが故意にばらまいておいたものかもしれん。ミュータントの超人だという評判は、おおいにやつを助けているからな」

「興味深い話だ。あなたはいつからそんなことを考えていたのだ」

「ただの思いつきさ。信じてるわけじゃない。ひとつの可能性にすぎんよ。たとえばだ、ランデュ、ミュールは核エネルギー反応を抑制する放射線を所有しているが、同じように精神エネルギーを鈍化《どんか》させるものを発見していたと仮定してみよう。そうしたらどうなる。われわれがいま陥っている状態が——あのときファウンデーションを襲った状況が、説明されるんじゃないかね」

ランデュは言葉を発することもできないほどの陰鬱な気分にとらわれ、やっとのことでたずねた。

「ミュールの道化について、あなた自身がおこなっている調査はどうなのだ」

エブリング・ミスはそこでためらった。

「いまのところ成果はない。ファウンデーション陥落前、市長に威勢のいい話をしたんだがね。まあ、だいたいが市長を奮い立たせるためで、一部にはわたし自身を奮い立たせるためでもあったな。だがな、ランデュ。もしわたしの使う数学にそれなりの力があれば、道化だけからでも完全なミュールの分析をおこなうことができる。そうなればわれわれの勝利は確実だ。なんとも印象的な、あの不可思議な変則性を解明することもできるだろう」

「変則性とはどういうことだ」

「考えてもみろよ。ミュールはファウンデーション宙軍をみごとに打ち破りながら、それよりはるかに弱い独立貿易商艦隊を敗退せしめたことは一度もない。ファウンデーションは一撃で撃破されたが、独立貿易商艦隊はやつの全勢力を相手にもちこたえている。やつはムネモンで核エネルギー消去フィールドを使用した。思いがけない攻撃を受けてその戦闘では敗北したが、独立貿易商艦隊はフィールドに対抗する方法を見つけだした。ミュールは以後二度と、あれを使って勝利することはできなくなった。

　だがファウンデーション艦隊に対しては、その手口で何度も成功をおさめている。ファウンデーション自体に対しても効果をあげた。なぜだ？　いま現在の情報だけでは、どう考えても理屈が通らん。つまり、われわれがまだ気づいていない要因が何かあるはずなんだ」

「裏切りとか？」

「まったくくだらん戯言《たわごと》だ、ランデュ。悪趣味極まる妄言《もうげん》だ。ファウンデーションには勝利を信じておらん人間はひとりもいなかった。勝利するに決まっているのに、それを裏切るやつがいるものか」

　ランデュは湾曲した窓に歩み寄り、何も見えない外をぼんやりとながめた。

「だがわれわれは、いま敗北を確信している。たとえミュールが千もの弱点をもっていようと。たとえ彼が弱点だらけであろうと――」

ランデュはふり返らなかった。丸くなった背中と、背後で組まれ神経質に動いている両手の指が、彼の心中を物語っていた。

「エブリング、時間廟堂での事件のあと、わたしたちは簡単に脱出を果たした。ほかの者たちも同じようにできたはずなのに、現実に脱出したのはわずかだった。ほとんどの者はそうした行動をとらなかった。また、それなりの工夫とかなりの労力が必要ではあるが、消去フィールドに対抗する手段をとることもできたはずだ。ファウンデーション宙軍の艦隊は、ヘイヴンか近隣の惑星に逃げこんで、われわれのように戦いつづけることもできたはずだ。だがそれをしたのは一パーセントにも満たなかった。みな、敵に降伏した。

この地の者たちがあれほどあてにしてきたファウンデーション地下組織は、いまのところ、なんら目立った行動を起こしていない。そして大貿易商たちは、財産と利益を保証するという約束を得て、ミュールの側に寝返った」

「金持ち連中は、いつだってわれわれの敵なんだ」エブリング・ミスは頑固に主張した。

「彼らは財力だけではなく力ももっている。いいか、エブリング。われわれは、ミュールかその配下が、すでに独立貿易商の中でも有力な者たちと接触していると信じるだけの根拠を手にしている。二十七の貿易商世界のうち、少なくとも十の惑星がミュールに投降した。いまではさらに十の惑星が迷っている。このヘイヴンにも、ミュールの支配に不満を抱かないだろう人間はいる。経済的支配力を保てるなら、危機に瀕（ひん）した政治権力を放棄してもかまわないというのは、逆らいがたい誘惑なのだ」

「つまり、ヘイヴンではミュールと戦えないってのか」

「ヘイヴンは戦わないだろう」そしてランデュは、困惑のにじむ顔をまっすぐ心理学者にむけた。「ヘイヴンは降伏するべき時機を待っているのだ。あなたを呼びだしたのは、このことを話したかったからだ。ヘイヴンを去ってくれ」

エブリング・ミスは驚きのあまり、肉づきのよい頬をふくらませた。

「いまからかね」

ランデュは恐ろしい疲労に襲われていた。

「エブリング、あなたはファウンデーションにおける最高の心理学者だ。真《しん》の心理学の大家たちはセルダンの時代に消滅したが、あなたはいまわれわれの手にある最高の学者だ。あなたがミュールを打破する唯一の希望なのだ。だがここにいてはそれもかなわない。あなたは帝国の遺跡におもむかなくてはならない」

「トランターへ、か」

「そうだ。かつての帝国も、いまでは廃墟になってしまっている。だがその中心部にはまだ何か残っているはずだ。エブリング、あそこには記録がある。数理心理学について学べるかもしれない。そうすれば、道化の精神を分析することもできる。もちろん、道化も同行させる」

ミスは淡々と答えた。

「ミュールを怖がっているとはいえ、おとなしくついてくるかな。あんたの姪がいっしょならべつだろうが」

「わかっている。まさしくそのために、トランとベイタも同行させる。そして、エブリング、この旅にはもうひとつ、より重要な目的がある。三百年の昔、ハリ・セルダンは銀河系の両端にふたつのファウンデーションを設立した。ぜひとも、その第二ファウンデーションを発見してきてほしい」

20　陰謀者

市長宮——かつて市長宮だったものが、闇の中にぼんやりとにじんでいる。占領され戒厳令の出たシティは、静寂に包まれている。ファウンデーションの空には、レンズ状の大銀河系がぼんやりとしたミルク色の靄《もや》となってひろがり、孤立した星がいくつかまたたいているばかりだ。
ファウンデーションは三世紀をかけて、少数の科学者による私的プロジェクトから、銀河系の深部にまで触手のようにくいこんでいく貿易帝国に成長し、そしていまこの半年で、その頂点からひとつの被征服星域へと転落した。

ハン・プリッチャー大尉はその事実を拒否する。

重苦しいほど静まり返ったシティの夜。侵略者がのさばる宮殿は、それだけで充分にすべてを象徴しているが、舌の下に超小型核爆弾をしこんで宮殿外門のすぐ内側に立つハン・プリッチャー大尉は、けっしてその事実を理解しようとしない。

人影がするすると近づいてきて——大尉は頭をさげる。

低く押し殺した声がささやく。

「警報システムは以前と変わらない、大尉。進め！　探知されることはない」

大尉はひそかに低いアーチをくぐり、噴水ぞいの道を、かつてインドゥバーの庭園であった場所へとむかう。

時間廟堂のあの日から四カ月がすぎたが、あのときのことを思いだそうとすると、いまも彼の記憶は停止してしまう。断片的にひとつひとつのイメージがもどってくることはある。たいていは夜中、思いがけないときに。

とんでもなく見当違いの言葉を穏やかに語っていた老セルダン。騒然たる混乱。意識を失ったインドゥバーのやつれた顔と、場違いなほど派手な彼の衣装。すみやかに集まって、無言のまま、もはや避けることのできない降伏という言葉を待っていた、怯えきった群衆。ぐったりしたミュールの道化を肩にかついで、脇扉から脱出する若者トラン。

彼自身も、動かなくなった車を捨てて、どうにか脱出を果たした。

指導者もないまま、目的地もないまま、すでにシティを離れつつある群衆をかきわけて進んでいった。

それから、八十年のあいだ失敗をくり返して縮小しつづけていた民主主義地下運動のアジトを――かつてアジトであった場所を、片っ端から訪ねてまわった。

どれも空っぽだった。

翌日、黒い見知らぬ艦隊が空にあらわれ、近くの町の密集したビルのあいだにゆっくりと沈んでいくのが見えた。ふくれあがる無力感と絶望の中で溺《おぼ》れそうになった。

ハン・プリッチャー大尉は必死になって旅をつづけた。

三十日をかけて、およそ二百マイルを踏破《とうは》した。道端で水耕栽培工場作業員の新しい死体を見つけたので、その服を失敬して着替え、赤褐色の濃い髭を生やし――

そしてようやく、地下組織の残党を発見した。

それはニュートンという、かつては優雅な居住区だったがゆっくりとみすぼらしさを増しつつある町の、なんの変哲もなくずらりとならんだ家の一軒だった。目の小さい、しなやかでたくましいその男は、節《ふし》だらけの両こぶしをポケットにつっこんだまま、細くあけたドアの隙間《すきま》をふさいで微動だにしなかった。

「ミランからきた」大尉はつぶやくように名のった。

「ミランは今年ははやい」男はむっつりと合い言葉を返した。

「昨年ほどはやくはない」大尉は答えた。

「あんた、誰だ」男はその場に立ちふさがったまま、たずねた。

「あなたはフォックスではないのか」

「質問に質問で答えるのがあんたのやり方なのか」

大尉はわずかに長く息を吸って、それから静かに答えた。

「わたしはハン・プリッチャー、艦隊大尉で、民主地下組織のメンバーだ。中にいれてくれ」

フォックスが一歩脇にのいた。

「おれの本名はオルム・パレイだ」

男が手をさしだし、ふたりは握手をかわした。

手入れは行き届いているが、簡素な部屋だった。片隅に装飾の多いフィルムブックのプロジェクタがおいてあった。軍人である大尉の目はすぐさま、それが大口径ブラスターのカモフラージュであることを見抜いた。突きだしたレンズは入口に照準があっていて、もちろんリモート操作が可能なのだろう。

フォックスは髭面《ひげづら》の客の視線をたどり、固い笑みを浮かべた。

「ああ、そうだ。だがあれも、インドゥバーとおべっか使いの吸血鬼どもの時代に使ったものさ。あれじゃミュールに対抗することはできんだろう。ミュール相手じゃどうにもならん。あんた、腹は減っているか」

髭の下であごがこわばる。大尉はうなずいた。

「一分かかるが、それくらいは待ってくれ」フォックスは棚から缶をふたつとりだし、プリッチャー大尉の前においた。「指をのせて、温まったらあけてくれ。温度調節器の具合が悪いんだ。そんなこんなで戦争中だってことを思い知らされる――それとも、戦争だ、た、ってことを、かな」

早口で語られる彼の言葉は、内容こそ陽気だが、口調は陽気からほど遠い。そしてその目は冷静で思索的だ。彼は大尉のむかいに腰をおろして言った。

「何か怪しいそぶりがあったら、あんたがいますわっている場所には焼け焦《こ》げた跡だけが残る。わかっているな」

大尉は答えなかった。目の前の缶を押して、蓋《ふた》をあけた。

「シチューだ。すまんな、食料がとぼしいもんでね」フォックスがぶっきらぼうに言った。

「わかっている」大尉は答え、顔をあげず、いそいで食べた。

「あんたの顔は一度、見たことがある。思いだそうとしているんだが。どう考えても髭は生えていなかったな」

「三十日も剃っていない」それから大尉は語調を荒らげた。「いったいどういうつもりだ。わたしは正しい合い言葉を告げた。名前も教えた」

フォックスが片手をふった。

「ああ、あんたがプリッチャーだってことは疑ってないよ。だが合い言葉を知っていて、身分証をもっていて、確かにその本人であって、い、て――それでいてミュール側についている人間がごまんといるんだよ。レヴァウってやつを知ってるかい」

「ああ」

「やつはミュールに寝返った」

「なんだって、彼は――」

「そうなんだ。〝降伏しない男〟と呼ばれていたのにな」フォックスのくちびるは笑みを形づくったが、声は漏れず、笑いの気配もなかった。「それからウィリグ。やつもミュールの側についた！　ガーレとノス、あいつらもだ！　プリッチャーだってそうかもしれないじゃないか。どうしておれにわかる？」

大尉はただ首をふった。

「だがそれはどうでもいい」フォックスが穏やかにつづけた。「ノスが寝返った以上、やつらはおれの名前もつかんでいるはずだ――だから、あんたがほんものだとしたら、おれと接触したことで、おれ以上に新たな危険にさらされることになるぜ」

大尉は食事を終え、椅子の背にもたれた。

「では、ここに組織はないのだな。どこに行けば見つかるだろう。ファウンデーションは降伏したかもしれないが、わたしはまだ降伏していない」

「なるほどな。だがあんただって永遠にさまよってるわけにはいかんだろう。近頃じゃファウンデーションの人間は、隣の町に移動するにも許可証が必要なんだぜ。知っていたか。身分証もな。あんた、もってるのか。それに、旧宙軍の将校は全員、最寄りの占領軍司令部に出頭するよう命令が出ている。あんたも該当者だろう」

「そうだ」大尉は硬い声で答えた。「あなたはわたしが逃亡しているのは恐怖からだと思っているのか。わたしはミュールに征服された直後のカルガンにいた。旧総帥の将校は一カ月のうちにひとり残らず拘束された。自然発生的に叛乱の軍事リーダーになっていたからだ。どんな革命も、少なくとも宙軍の一部を手中におさめなければけっして成功できないというのは、地下運動では常識とされている。もちろんミュールも知っていただろう」

フォックスは考え深げにうなずいた。

「じつに論理的だ。ミュールは完璧をめざしているようだからな」

「わたしは最初の機会を見つけて軍服を脱ぎ捨てた。そして髭を生やした。同じ行動をとった者がほかにもいるかもしれない」

「あんた、結婚してるかい」

「妻は死んだ。子供はいない」

「じゃあ人質をとられる心配はないな」

「そうだ」

「おれが忠告したら、聞く気はあるかい」

「忠告があるのなら」

「ミュールがどんな政策をとるのか、何を目的としているのか、おれにはわからん。だがいまのところ、熟練した労働者が被害を受けたという話はない。賃金率はあがっている。あらゆる種類の核兵器の生産量が急激に増加している」

「そうか。攻撃態勢を維持するつもりなのだな」

「おれにはわからん。ミュールはじつに狡猾《こうかつ》だからな。ただ単に労働者を従わせようと甘い汁を吸わせているだけかもしれん。セルダンが心理歴史学によっても算出できなかったやつだ、おれなんかにわかるわけがない。だがあんたは労働者の身形《みなり》をしている。それで何かできるんじゃないか」

「わたしは熟練した労働者ではない」

「軍事課程で核エネルギー学を学んだだろう」

「もちろんだ」

「それで充分さ。この町には核フィールド・ベアリング社の工場がある。そこで経験者だと言ってみるんだな。インドゥバーのために工場を経営してたクソどもが、いまも同じ仕事をしている――ミュールのためにな。あれこれたずねたりはせんよ。私腹《しふく》を肥《こ》やすためにいくらでも労働者を必要としている。身分証ももらえる。そうしたら、社宅の部屋を申請できる。さあ、さっそくはじめるがいい」

というわけで、ファウンデーション艦隊のハン・プリッチャー大尉は、核フィールド・ベアリング社第四十五工場で働くシールド工、ロ・モロとなり、情報局軍人から〝陰謀者〟へと社会的階梯《かいてい》をすべり落ちた。そして数カ月後、インドゥバーの庭園だったものに忍びこむ任務を帯びることになったのである。

庭園で、プリッチャー大尉は手の中のラドメーターを調べる。内部警報フィールドはまだ作動している。彼は待った。口の中の核爆弾の設定時刻まであと三十分。そっと舌でそれをころがす。

ラドメーターの光が消えて、不穏な闇がおおいかぶさる。大尉はすばやく前進する。これまでのところ、すべては順調に運んでいる。

核爆弾の設定時刻が、彼自身の生命の終了時刻だ。そう考えてもまるで他人事だ。それは彼の死であり――ミュールの死でもある。

四カ月にわたる私的戦闘が、いまクライマックスを迎えようとしている。逃亡の旅にはじまり、ニュートンの工場を経てきた戦いの――

プリッチャー大尉は二カ月のあいだ、鉛《なまり》のエプロンとどっしりしたフェイス・シールドをつけて働き、その外見からはありとあらゆる軍人らしさが完全に削《そ》ぎ落とされた。彼は一介の労働者として賃金を受けとり、町で夜をすごし、けっして政治について語らなかった。

二カ月のあいだ、フォックスと会うこともなかった。

ある日、ひとりの男が彼のすわるベンチの前をよろよろと通りすぎていった。大尉のポケットに一枚の紙片が残された。それには『フォックス』と書かれていた。彼はその紙を核エネルギー炉に投げこんだ。エネルギー出力を一ミリマイクロボルト上昇させて、紙は見えない煙をあげて消滅した。そして彼は仕事にもどった。

その夜、彼はフォックスの家を訪れ、カードゲームをした。噂で聞いたことのある男がふたり、顔も名前も知っている男がひとり、いっしょだった。

ゲームに興《きょう》じ、チップをやりとりしながら、話をした。

「これは根本的な過《あやま》ちだ」大尉は言った。「あなた方は打ち砕かれた過去に生きている。この八十年、われわれの組織はただひたすら、正しい歴史的瞬間の訪れを待っていた。セルダンの心理歴史学によって目をふさがれていたのだ。その第一の主張は、個人は歴史をつくらない、ゆえに考慮にいれる必要はない。個人は複雑に入り組んだ社会的経済的要因によって圧殺され、単なる駒《こま》と化す、というものだった」そこで慎重にカードを整え、手の内を計算し、一枚のチップを場に出しながらつづけた。「なぜミュールを殺さないのだ」

「やつを殺してどうなる」左側の男が鋭い口調で言い返した。

「ほら、つまりはそういう態度だ」大尉は言って二枚の札を捨てた。「数千兆のうちの――ひとりにすぎない、というのだろう。ひとりの人間が死のうと、銀河系の回転がとまることはない。だがミュールは人間ではない、ミュータントだ。やつはすでにセルダン計画をくつがえしている。改めてその意味するところを分析してみようではないか。つまり、ひとりの人間が――ひとりのミュータントが、セルダンの心理歴史学すべてをくつがえしたのだ。彼が存在しなければ、ファウンデーションが崩壊することはなかった。では、彼の生《せい》が終われば、ファウンデーションが崩壊したままでいることもないのではないか。

民主主義者は八十年間、暗黙のうちに市長や貿易商と戦ってきたのだ。暗殺を試みるのもありだろう」

「どうやって」フォックスが冷やかに常識的な問いを発した。

大尉はゆっくりと答えた。

「三カ月のあいだ考えていたのだが、どうしても方法が見つからなかった。だがここにきて五分で思いついた」ピンクメロンのような大きな顔をほころばせている右手の男に視線をむけ、「あなたは以前、インドゥバー市長の侍従《じじゅう》だったたな。あなたが地下組織の一員だとは知らなかった」

「わたしもあなたがメンバーだとは知らなかったよ」

「あなたは侍従として、宮殿の警報装置を定期的にチェックしていただろう」

「ああ」

「いまあの宮殿にはミュールが住んでいる」

「そういわれているな——だがやつは征服者としては慎《つつし》み深く、演説もしないし、声明も出さないし、いかなる意味でも公《おおやけ》の場に姿をあらわすことがない」

「それはもう言い尽くされたことだ。べつになんの問題もない。必要なのは、元侍従であるあなただ」

カードがオープンになり、フォックスが賭け金を集めた。ゆっくりと新しいカードが配られる。侍従だった男が一枚ずつ自分のカードをとりあげた。

「すまないな、大尉。わたしは警報システムのチェックはしていたが、ありきたりの手順としてやっていただけで、システムそのものについては何も知らないんだ」

「それは想定内だ。だがあなたの頭脳は装置に関する記憶を鮮明にとどめているはずだ。精神探査機で——奥深くまで探れば」

侍従の赤ら顔が青ざめ、だらりと力を失った。ふいにこぶしを握りしめたため、手の中のカードがくしゃくしゃになる。

「精神探査機だって？」

「心配はいらない」大尉はきっぱりと言った。「使い方は心得ている。二、三日体力が落ちるかもしれないが、なんの害もない。たとえ何か支障があったとしても、それはあなたがなすべき賭けであり、支払うべき代価だ。われわれの仲間にはきっと、警報装置の記憶から周波数の構造を判定できる者がいるだろう。小型の時限爆弾をつくれる者もいるはずだ。わたしがそれをミュールのもとに運ぶ」

一同はテーブルの上でひたいを集めた。

大尉はつづけた。

「ある夜、テルミヌス・シティの宮殿近くで暴動が発生する。ほんものの戦闘ではなく、ちょっとした騒ぎを起こして――逃げる。宮殿警備兵の注意がそちらにむけられているあいだ……いや、気をそらすだけでもいい――」

その日から一カ月、準備は進められ、ファウンデーション艦隊のハン・プリッチャー大尉は、陰謀者からさらに社会的階梯をさげて〝暗殺者〟となった。

暗殺者プリッチャー大尉はいま、おのが心理作戦に暗い満足をおぼえつつ、宮殿内にはいりこんでいる。警備が外部に集中するということはすなわち、内部の警備兵はわずかしかいないということだ。そして事実、いまはひとりもいない。

見取り図は頭にはいっている。一点の染みのように、音もなく、カーペットを敷きつめた斜路《しゃろ》をあがっていく。そのてっぺんで壁に貼りつき、待った。

目の前に閉ざされた私室の小さなドアがある。そのドアのむこうに、負けるはずのないものを敗北せしめたミュータントがいる。はやすぎた――爆発までまだ十分ある。

五分がすぎた。だが世界はあいもかわらず静まり返ったままだ。ミュールの生命もあと五分――そして、プリッチャー大尉の生命も――

とつぜんの衝動にかられて前に進みでた。いまさら失敗はあり得ない。爆発とともに宮殿も消える――宮殿全体が消失する。一枚のドアなど、十ヤードの距離など、問題にならない。

だが大尉は、ともに死を迎えるミュールという男を見たくなったのだ。

これが最後だと、無礼を承知でがんがんドアをたたき――

ドアがあいて、目のくらむような光があふれた。

プリッチャー大尉はよろめき、踏みとどまった。小さな部屋の真ん中、吊りさげられた金魚鉢《ばち》の前に、しかつめらしい男が立っている。男が穏やかに顔をあげた。

軍服はくすんだ黒。何気ないしぐさでガラスをたたくと、鉢が揺れ、羽のようなひれをもったオレンジと朱色の魚が狂ったように逃げまどう。

「はいりたまえ、大尉！」男が言った。

ふるえる舌の裏側で、小さな金属球が不気味にふくらんでいく――むろん、そんなことが物理的にあり得ないことはわかっている。いずれにしてもあと一分。

軍服の男が言った。

「その馬鹿げた錠剤を吐きだして、話をしたまえ。それは爆発しない」

問題の一分がすぎ、大尉は呆然《ぼうぜん》としながらのろのろと下をむき、銀色の球体を手のひらに吐きだした。そして力まかせに壁にたたきつけた。球体は小さく鋭い金属音をたてて、きらめきながらはねかえった。何も起こらなかった。

軍服の男が肩をすくめた。

「つまりはまあ、そういうことだ。いずれにしても、大尉、そいつは役目を果たすことができなかったよ。わたしはミュールではない。ミュールの総督で満足してもらわねばな」

「なぜわかったのだ」大尉はかすれた声でつぶやいた。

「文句なら有能な防諜システムに言うがいい。わたしはささやかなきみの組織のメンバー全員の名も、きみたちの計画の全容も、すべて把握している――」

「なのに、ここにいたるまで放置していたのか」

「なぜいけない？　きみとその仲間数人を見つけることが、わたしにとって今回最大の目標だったのだ。とりわけきみをだな。そのつもりになれば、何カ月か前、ニュートンのベアリング工場で働いているところをつかまえることもできたが、このほうがずっといいではないか。この計画にしても、きみ自身がおおまかな筋書きを考えだしていなければ、わたしの配下の誰かが似たようなものをきみのために提案することになっていた。いずれにせよ、なかなかにドラマティックで、いささか皮肉な結末を迎えることができた」

大尉は目を怒らせた。

「確かにそのとおりだ。で、これですべて終わりなのか」

「はじまったばかりだよ。まあ、すわりたまえ、大尉。英雄的行為は、愚かな感動したがり屋どもに譲ってやりたまえ。大尉、きみはじつに有能だ。わたしが入手した情報によると、きみはファウンデーションにおいてミュールの能力を認識した最初の人間だという。そしてそれ以後、大胆にもミュールの生《お》い立ちに関心を抱いた。きみはまた、ミュールの道化を連れ去った連中のひとりだ。ちなみに、その道化はまだ見つかっていないがね。それに関してはいずれ、それなりの報復がなされるだろう。当然ながら、ミュールはきみの能力を認めた。そして彼は、敵の有能さを恐れる人間ではない。その敵を新たな友として迎えることができるかぎりにおいてね」

「そんなことを目論《もくろ》んでいたのか。冗談ではない！」

「むろん冗談ではないさ。それこそが今夜のこの喜劇の目的だったのだからな。きみは頭が切れる。それでも、ミュールに対するささやかな陰謀は滑稽《こっけい》な失敗に終わった。陰謀などという名にも値しない計画だ。きみは勝ち目のない戦闘で艦艇を無駄に失うような軍事教育を受けてきたのかな」

「わたしはまだ、勝ち目がないと認めてはいない」

「では認めたまえ」総督は穏やかにつづけた。「ミュールはファウンデーションを征服した。ファウンデーションはいま急速に、彼のより大きな目的をかなえるための兵器工場に変貌しつつある」

「より大きな目的とはなんだ」

「全銀河系の征服だよ。ばらばらになったすべての惑星を統合して、新しい帝国を樹立する。愚鈍《ぐどん》な愛国者のきみにもわかるだろう。きみたちのセルダンが七百年先の未来に見ていた夢を、いますぐ実現しようというのだ。その実現に、きみも加わることができるのだよ」

「もちろん加わることはできるだろう。だがけっして加わりはしない」

「いま現在、抵抗をつづけている独立貿易商世界は三つだけだ」総督はさらに説得をつづけた。「それももう長くはもたない。彼らが残存する最後のファウンデーション軍となる。それでもきみは強情を貫くというのか」

「そうだ」

「だがそれは無理だな。自主的な参加表明がもっとも望ましいのだが、まあいたしかたあるまい。残念ながら、いまミュールはここにはいない。いつものように、貿易商の抵抗勢力との戦いを指揮している。だがわれわれとの連絡はつねに維持している。それほど長く待つ必要はないだろう」

「待つとは何をだ」

「きみの転向をだよ」

「ミュールもいずれ、彼の力をもってしてもわたしを転向させることなどできはしないと知るだろう」大尉は冷やかに宣言した。

「それはないな。わたしですら彼に屈したのだから。わたしがわからないか。そう、きみはカルガンにいたのだから、わたしを見たことがあるはずだよ。片眼鏡をかけ、毛皮の縁取りのついた真紅のローブを着て、山高帽をかぶっていた――」

驚愕のあまり、大尉は全身をこわばらせた。

「カルガンの総帥か」

「そうだよ。そしていまは忠実なるミュールの総督だ。わかっただろう。ミュールの説得力は絶大なのだよ」

21 幕間劇：宇宙にて

封鎖線は無事に突破した。無限にひろがる大宇宙では、いかなる宙軍も見落としなく完全な監視をつづけることなどできない。一隻の船と腕のいいパイロットと、そしてほどほどの幸運があれば、いくらでも抜け道はある。

トランは冷静に腹を据えて、ひとつの恒星のそばからつぎの恒星のそばへと、いやがる宇宙船を操《あやつ》っていった。巨大質量近辺での恒星間ジャンプは不安定で困難だが、敵の探知装置が完全に――もしくはほとんど、役に立たなくなるのだ。

敵の包囲を抜けたことで、いかなるサブエーテル通信も遮断される閉鎖空間からも脱出できた。トランは三カ月ぶりに外界との接触をとりもどし、孤絶感から解放された。

一週間のあいだ、敵のニュース放送は、ファウンデーションの支配がいかに順調に進んでいるかという細々《こまごま》としたつまらない自画自賛ばかりを流していた。その一週間で、トランの装甲交易船はあわただしいジャンプをくり返し、外縁星域から銀河系中心部へとはいりこんでいった。

エブリング・ミスに呼ばれ、操縦室で星図を調べていたトランは、まばたきをしながら顔をあげた。

「どうしたんですか」

たずねながら、狭い中央ルームにおりていく——ここを居間として使うと、ベイタが宣言したスペースだ。

「もしかすると困ったことになるかもしれん」ミスが首をふった。「ミュールの報道官が特別放送をするというんだ。あんたも聞きたいんじゃないかと思ってね」

「ああ、聞きたいですね。ベイタは？」

「キッチンでテーブルの用意をしたりメニューを選んだり——つまらん仕事に精を出しているよ」

トランは、マグニフィコが寝台に使っている簡易ベッドに腰をおろして待った。ミュールの〝特別放送〟と呼ばれるものはどれも単調で似たりよったりだ。まず軍楽が流れ、バターを塗ったようになめらかにしゃべるアナウンサーが、つまらないニュースをうんざりするほどつぎつぎとまくしたてていく。そして、間。それからトランペットが鳴り響き、興奮が高まってクライマックスとなる。

トランはじっと我慢して耳を傾けた。ミスはぶつぶつと何かをつぶやいている。

ニュースキャスターが型にはまった従軍記者特有の用語を使って、金属が溶け肉体が吹き飛ぶ宇宙戦闘を感動的な言葉におきかえてしゃべりつづける。

「サミン中将率いる高速巡航艦隊は、本日、イスより発進した機動艦隊に痛烈な打撃を与えて撃退しました――」

慎重に無表情を装《よそお》ったアナウンサーの顔が消え、漆黒の宇宙空間が映しだされた。それを切り裂くように、死闘をくりひろげる艦隊が虚空に軌跡を描いて猛スピードでとびまわっている。音のない轟音にかぶさってアナウンスの声がつづく――

「この戦闘におけるもっともめざましい戦闘は、主力戦ではないものの、ノヴァ級の敵艦三隻に対する重巡航艦クラスター号によるもので――」

映像が切り替わってズームアップになる。一隻の巨大艦が閃光を発する。狂ったように攻撃をしかけてきた敵艦の一隻が、憤怒《ふんぬ》の光をあげてカメラの焦点からはずれたと思うと、ふたたび反転し、猛然とつっかかる。クラスター号はやみくもに船首をさげて斜めからの攻撃に耐える。攻撃艦はねじれた航跡を描きながらはじきとばされていった。

アナウンサーは最後の攻撃と最後の艦の破壊までを、淡々としたなめらかな口調で語りつづけた。

そこでまた間があき、同じような映像と解説でムネモンでの戦闘が紹介された。そこではさらにヒットエンドランによる上陸作戦がくわしく語られ、破壊された町の情景と、疲れ切った捕虜の群れが映しだされたと思うと――画面はふたたび暗くなった。

ムネモンはもう長くもたないだろう。

ふたたび間があき――今回は予想どおり、きしるような金管楽器の音が響いた。画面が明るくなると、兵士がずらりと整列した壮麗な通廊があらわれ、参事官の制服をきた政府スポークスマンが早足で登場した。

のしかかるような静寂。

ようやく響いた声は、重々しくゆったりとして、険しかった。

「われらが君主の命《めい》により宣言する。これまでわれらが君主の意志に反して抵抗闘争をつづけてきた惑星ヘイヴンは、敗北を認め、降伏した。この瞬間より、かの惑星はわれらが君主の占領下となる。抵抗勢力は分裂四散《しさん》し、すみやかに鎮圧された」

画面が消え、もとのアナウンサーがもどってきて、進展のありしだい今後の状況をお伝えしますと重々しく告げた。

ダンス音楽がはじまった。エブリング・ミスがスイッチを切って放送をとめた。

トランは立ちあがり、ひと言も発しないままよろよろと出ていった。心理学者はそれをひきとめようとはしなかった。

ベイタがキッチンからもどってきた。ミスが身ぶりで沈黙を命じた。

「ヘイヴンが落ちたよ」

「もう?」ベイタは信じられないと言いたげに、目を丸くした。

「戦いもせずだ。悪趣味極まりない――」彼は言葉をのみこんで口をつぐんだ。「トランはそっとしておいたほうがいい。嬉しい知らせではないからな。今回ばかりはトラン抜きで食事にするか」

ベイタは一度だけ操縦室に目をやり、失意をこめてむきなおった。

「そうね」

いつのまにかマグニフィコがテーブルについていた。彼はひと言も話さず、食事に手をつけることもなく、細い身体からすべての生気が流出してしまいそうなほど恐怖を凝縮させて、ただじっと前方を見つめている。

エブリング・ミスはぼんやりとデザートの砂糖漬けフルーツをつつきながら、厳しい声で言った。

「ふたつの貿易商世界がまだ戦っている。戦い、血を流し、死を迎えながら、降伏していない。ヘイヴンだけが――ファウンデーションと同じように――」

「だけど、なぜ? なぜなのかしら」

心理学者は首をふった。

「すべての問題がつながっている。奇妙に思える要因のひとつひとつが、ミュールの特質を解明する手がかりとなるのだ。第一の問題は、やつはどうやって、ほとんど血を流さず、ただの一撃で、ファウンデーションを征服できたかということだな——独立貿易商世界がもちこたえていたというのにだ。核反応抑制装置は武器としてはちゃちなものだ——それについてはもううんざりするほど話しあってきた。それに、あれが効果をあらわしたのはファウンデーションにおいてだけだった。

ランデュは、放射性の意志抑制装置のようなものがあるんじゃないかと考えていた」エブリングは灰色がかった眉をよせた。「ヘイヴンでもそれが使われたのかもしれん。だがそうなると、なぜムネモンとイスではそれが使われていないのか——あそこではいまも、ファウンデーション艦隊の半分を加えたミュール軍を相手にしながら、すさまじい激戦がくりひろげられている。ああそうだよ、攻撃艦隊の中にファウンデーションの船が加わっているのをはっきり見たんだ」

「ファウンデーション、そしてヘイヴン」ベイタはささやいた。「災厄がわたしたちを追ってきているみたいだわ。いつだって危機一髪で逃れて、まだつかまってはいないけれど。永遠にそうしていられるかしら」

エブリングは聞いていなかった。独り言のように自分の考えを語りつづけている。

「問題はまだある——もうひとつな。ベイタ、テルミヌスでミュールの道化は発見されなかったというニュースをおぼえているかね。ヘイヴンに逃亡したか、もしくは誘拐犯によってヘイヴンに連れ去られたようだというやつだ。つまり、マグニフィコは重要な存在で、その重要性はいまも失われていない。それがなんなのかは、まだつきとめられていないがね。マグニフィコは間違いなく、ミュールについて何か決定的なことを知っているんだよ」

マグニフィコが真っ青になってつっかえながら抗議した。

「博士さま……旦那さま……わたくしの貧しい頭脳では、とてもあなたさまのお望みをかなえることはできません。わたくしの存じていることはすべて細大《さいだい》漏らさずお話しいたしましたし、探査機はわたくしの卑しき精神から、わたくしが自分でも知っているとは知らなかった知識をひきだしたではありませんか」

「いやいや……わかっているとも。だがそれはとても小さなものなのだ。あまりにも小さなヒントだから、おまえもわたしも見逃してしまっている。それでも見つけなくてはならんのだ。ムネモンとイスもまもなく陥落する。そうなったら、残るのはわれわれだけだ。われわれが、独立ファウンデーションの最後の一滴となるんだよ」

銀河系中心部に近づくにつれて星々が密集しはじめる。重力場が重なり、恒星間ジャンプに無視できないほどの摂動《せつどう》が生じるようになった。

あるときトランは、ジャンプの計算ミスで、赤色巨星のすさまじい光輝の中にとびこんでしまった。強烈な重力が船をとらえる。その力がゆるみ、ようやく解放されたのは、魂をすりへらして十二時間の悪戦苦闘をしたのちのことだった。

スコープには星図の一部しか表示されないし、技術的にも数学的にも充分な経験を積んでいない自覚があったので、トランは以後、ジャンプとジャンプのあいだに数日をかけて綿密な計画を立てることにした。

それはある種の共同作業となった。エブリング・ミスがトランの計算をチェックし、ベイタがさまざまな一般的方法で可能なルートをテストして現実的な解決策をさがした。マグニフィコまでもが計算機による簡単な作業をまかされたが、いったん説明を受けると、彼はとてつもない関心を示して面白がり、さらには驚くほどの有能さを発揮した。

そうして一カ月がすぎたころ、ベイタは銀河レンズ立体モデルの中心部にむかってうねうねと進んでいく赤いラインをながめながら、皮肉っぽく言ったのだった。

「これが何に見えるかっていったら、とんでもない消化不良を起こした十フィートのミミズね。あなた、結局わたしたちをヘイヴンに連れもどすんじゃないの」

「きみが口をつぐまなきゃ、そうなるかもしれないさ」トランは星図を乱暴にがさがさいわせながら、うなるように答えた。

「そうね」ベイタはつづけた。「だけどきっと、子午線《しごせん》みたいにまっすぐ突っ切るルートがあるはずよ」

「そうかい。だけどね、お馬鹿さん、いきあたりばったりでそのルートをさがそうとしたら、五百隻の船で五百年かかるかもしれないし、ぼくの半クレジットのボロ星図にはそんなものは載ってないんだ。それに、そういう直線ルートは避けたほうがいい。きっと船がぎっしり渋滞《じゅうたい》してるだろうからね。おまけに――」

「まあ、銀河にかけて、お願いだから正義ぶった怒りをだらだら垂れ流すのはやめてよ」

そして彼の髪の中に指をつっこんだ。

「痛い！　放せよ！」トランはさけび、彼女の手首をつかんでぐいとひっぱった。

トランとベイタとそれから椅子が、三つ巴《どもえ》になって床にころがった。つづいて、主として押し殺した笑いとさまざまな反則技からなる、あえぎながらのレスリングがはじまった。

そのとき息を切らしたマグニフィコがとびこんできたので、トランはベイタを離して立ちあがった。

「どうしたんだ」

道化の顔には不安の皺がより、大きな鼻梁《びりょう》は張りつめて白くなっている。

「計器が妙な動きをしているのでございます。わたくしは何もわかりませんので、いっさい手を触れておりませんが――」

トランは二秒で操縦室にもどり、静かにマグニフィコに命じた。

「エブリング・ミスを起こしてきてくれ」それから、手櫛《てぐし》で髪を整えなおしているベイタにむかって、「探知されたようだ、ベイ」

「探知？」ベイタは手をおろした。「誰に？」

「銀河にかけて、知るもんか」トランはつぶやいた。「だが当然むこうは、武器の狙いを定めているだろうな」

そして腰をおろし、低い声でサブエーテル通信に船籍コードを送りはじめた。

バスローブ姿で目を充血させたエブリング・ミスがやってきたとき、トランは絶望のこもる冷静な声で告げた。

「ぼくたちはどうやら、フィリア独立国と呼ばれる内部王国の領域にはいりこんでしまったらしい」

「聞いたこともない国だな」ミスがぶっきらぼうに言った。

「ぼくだって聞いたことがない」トランは答えた。「いずれにしても、フィリア船は停止を命じてきた。いったいどうなるんだろう」

フィリア船の検査官が六人の武装兵を従えてのりこんできた。背が低く、髪が薄く、くちびるも薄い、乾いた肌の男だ。彼は腰をおろしながら鋭い咳払いをし、抱えていたフォルダの新しいページをひらいた。

「パスポートと船の入港許可証を」

「ありません」トランは答えた。

「なんだって?」男はベルトに吊るしたマイクをつかみ、「男三人、女ひとり。書類はない」と早口で告げて、フォルダにそれを書きこんだ。

「どこからきたのだ」

「シウェナ」トランは用心深く答えた。

「それはどこだ」

「ここから十万パーセク、トランターより八十度西、四十度——」

「ああ、もうよい!」

トランが見ていると、検査官は「発進地——外縁星域」と書き記した。そしてさらに質問をつづけた。

「行き先は」

「トランター星域」

「目的は」

「観光」

「船荷を積んでいるか」

「いいえ」

「ふむ。それは調べよう」

男の合図で、ふたりの兵士がすぐさま行動に移った。トランは抗議しなかった。

「なぜフィリアの領域に侵入した」フィリア人の目は好意的な光を帯びてはいない。

「知らなかったんです。ちゃんとした星図がないもので」

「そのミスにより、貴船には百クレジットの罰金が課せられる——そしてもちろん、関税その他の規定料金も支払わねばならない」

男はふたたびマイクにむかって語りかけた。だが今回は、話すよりももっぱら聞いているほうが多い。やがて男がトランにたずねた。

「核テクノロジーの知識はあるか」

「少しくらいなら」トランは慎重に答えた。

「そうか」フィリア人はフォルダを閉じてつけ加えた。「外縁星域の人間はそういうことにくわしいという評判だ。スペーススーツをつけていっしょにきてくれ」

ベイタが前に進みでた。

「この人をどうしようっていうの」

トランは静かに彼女を押しやり、男にむかって冷静にたずねた。

「どこへ行こうっていうんですか」

「われわれの船の動力装置がささやかな調整を必要としているのだ。あの男も同行させる」

人差し指がマグニフィコを示す。

マグニフィコは茶色の目を大きく見ひらき、不安のあまりいまにも泣きだしそうだ。

「彼になんの関係があるんですか」トランは激しい口調で問い質《ただ》した。

役人は冷やかな視線をあげた。

「報告によると、この近辺で宙賊行為が頻発している。賊のひとりの描写があの男に似ている。おおよそ一致する。ごく一般的な身許《みもと》確認をしたい」

トランは迷ったが、六人の兵士と六挺《ちょう》のブラスターはあまりにも雄弁だ。しかたなく戸棚のスペーススーツに手をのばした。

一時間後、トランはフィリア船の奥深くでまっすぐ身体を起こし、怒りをこめて言った。

「この動力装置には、ぼくにわかるかぎり、何ひとつ異状などない。母線《ぼせん》も正常だし、L管の流れも良好、反応分析も問題ない。ここの責任者は誰なんだ」

「わたしだ」髭面の技師が静かに答えた。

「そうか。ではここから出たいのだが――」

トランは士官区画の小さな控室に連れていかれた。そこには冷やかな顔の少尉がひとりいるだけだった。

「ぼくといっしょに連れてこられた男はどこだ」

「しばしお待ちください」少尉が答えた。

十五分後、マグニフィコが連れてこられた。

「何をされた」トランはいそいでたずねた。

「何も。何もされておりません」マグニフィコはゆっくりと首をふった。

フィリア側の請求はしめて二百五十クレジットで――そのうちの五十クレジットは即時釈放してもらうためだ――彼らはふたたび自由の身となった。

ベイタが無理やりのように笑い声をあげた。

「エスコートはつけてもらえないの？　いつものように、国境まで護送されて、そこで追いだしをくらうんじゃないの？」

トランは厳しい声で答えた。

「あれはフィリア船なんかじゃない――出発は延期だ。みんな、聞いてくれ」

全員が彼のまわりに集まった。トランは青ざめた顔で言った。

「あれはファウンデーションの船だった。乗っていたのはミュールの部下だ」

エブリングが葉巻を落とし、身をかがめてひろいながら言った。

「こんなところにか。ファウンデーションから三万パーセクは離れているぞ」

「ぼくたちだってここにいる。彼らだって同じようにやってこられないわけがない。銀河にかけて、エブリング、ぼくに船の区別がつかないと思っているのか。ぼくはエンジンを見た。それだけで充分だ。あれはファウンデーション船の、ファウンデーションのエンジンだ」

「でもどうやってここにきたのよ」ベイタが当然の問いを発する。「宇宙空間で二隻の船が偶然に出会う確率ってどれくらい?」

「そんなことは問題じゃない」トランは激しく言い返した。「つまり、ぼくたちは尾行されていたんだ」

「尾行って」ベイタが馬鹿にしたような声をあげる。「ハイパースペースの中を?」

エブリング・ミスがうんざりしたように口をはさんだ。

「不可能ではないさ――いい船といいパイロットがあればな。だが実際にできるかどうかはべつだ」

「ぼくは航跡を消してこなかった」トランは言い張った。「発進後もそのまま、なんの小細工もせず加速していた。ぼくらのルートくらい、目が見えなくても算出できる」

「何を言ってるのよ」ベイタはさけんだ。「あなたのジャンプったら、もうめちゃくちゃじゃないの。最初の方角がわかったってなんの役にも立たないわよ。間違った場所に出てしまったことだって一度じゃなかったでしょ」

「いいかげんにしろよ、時間の無駄だ」トランが歯ぎしりをして怒鳴った。「あれはミュールの指揮下にあるファウンデーション船だった。それがぼくたちを足止めした。そしてぼくたちを調べた。マグニフィコを——彼ひとりだけを——ぼくといっしょに連れていった。もしきみたちが疑惑を抱いたとしても騒がないよう、人質とするためだ。あいつら、いますぐぶっとばして、宇宙から抹殺《まっさつ》してやる」

「まあ待ちたまえ」エブリング・ミスがひきとめた。「敵かもしれないと思われる船一隻のために、われわれ全員を破滅させようというのかね。考えてもみたまえ。あのくそったれどもが、あり得ないようなルートをたどって、腐ったような銀河系の半分もわたしたちを追いかけてきたあげく、ちょっと調べただけで、そのまま釈放するなんてことがあり得るかね」

「ぼくたちがどこにむかっているか、興味があるんだ」

「だったら、なぜわざわざわれわれを足止めして、警戒心を起こさせるような真似をするんだ。どっちにしても理屈にあわん」

「ぼくはぼくのやりたいようにやる。放してくれ、エブリング。でないと殴り倒すぞ」

お気に入りの椅子の背もたれに、とまり木にとまる鳥のようにのっかっていたマグニフィコが、興奮に鼻孔をふくらまして身をのりだした。

「さしでがましいとは存じますが、申しあげます。わたくしの貧しき心がある考えにとりつかれておりまして」

トランはいまにも黙れと身ぶりで命じそうだ。ベイタはエブリングに加勢して彼をひきとめた。

「お話しなさいな、マグニフィコ。わたしたち、全身を耳にして聞いてるわ」

「あの船にいるあいだ、わたくしは歯の根があわぬほどの恐怖にとらわれ、混乱と困惑に悩まされておりました。まこと、わたくしはあそこで起こったことをほとんど記憶しておりません。多くの方々がわたくしをじろじろとながめ、わたくしには理解できないことを話しておられました。ですが最後のころ——あたかも雲間より射しこむ一条の光のように——わたくしの存じている顔が見えたのでございます。ほんの一瞬、つかのまのことではございましたが——それがわたくしの記憶の中で、より強く、よりまぶしく、輝いております」

「誰だったんだ」トランがたずねた。

「ずいぶん以前、おふたりがわたくしをとらわれの身から救いだしてくださったときに、ごいっしょだった大尉でございます」

マグニフィコは明らかに、彼らを驚かせようとしたのだ。大きな鼻の陰で大きくひろがる嬉しそうな笑みを見れば、まんまと成功したのだとわかる。

「ハン……プリッチャー……大尉か」ミスが厳しい声でたずねる。「確かか。ほんとうに間違いないんだな」

「誓って確かでございます」骨ばった細い手を痩せた胸にあてて、「たとえミュールが能力のすべてでもって否定しようとも、ミュールの前で、ミュールの歯にかけて、それが真実であると誓ってもよろしゅうございます」

「それって、いったいどういうことかしら」ベイタは完全に途方に暮れてたずねた。

道化は彼女にむかい熱心に語った。

「レディ、わたくしはその答えを存じております。銀河霊がそっと落としたもうたかのように、はっきりとわたくしの心に浮かんでまいりました」そして、トランが反対意見を述べるのをさえぎるように声を高め、ひたすらベイタひとりにむかって語りつづけた。「レディ、もしあの大尉がわたくしたちと同じように船に乗って脱出したのであれば、わたくしたちと同じようになんらかの目的をもって旅をしているのであれば、そして偶然わたくしたちと遭遇してしまったのであれば、追跡され待ち伏せされたのではないかとわたくしたちがあの方を疑ったように、あの方のほうでも追跡され待ち伏せされたのではないかとわたくしたちのことを疑うのではありますまいか。わたくしたちの船にはいりこむという喜劇を演じたのも、もっともなことでございましょう」

「だけど、それじゃなぜぼくたちを自分の船にいれたんだ」トランがたずねた。「それじゃ理屈にあわない」

「いえ、そんなことはございません」インスピレーションを得たかのように声をあげ、「大尉が送りこんできたのは、わたくしたちを知らない部下でございました。その部下は、わたくしたちの特徴をマイクで報告しました。わたくしのみっともない容姿についての描写を聞いて、大尉はさぞ驚いたことでしょう。じつのところ、この偉大なる銀河系にわたくしのように貧相《ひんそう》な者はそうはおりません。わたくしを確認することで、みなさま方の身許も確認できたというわけでございます」

「だからそのまま釈放したというのか」

「わたくしどもが大尉の使命とその秘密について何を存じておりましょう。大尉はわたくしどもが敵ではないと知りました。そうとわかった以上、みずからの正体を明かして計画を危険にさらそうなどと考えるでしょうか」

「意地をはらないでよ、トリー。それですべて説明がつくわ」ベイタがゆっくりと言った。「そのようだな」ミスも同意する。

全員そろっての抵抗を前にして、トランは無力感を味わった。道化のなめらかで澱《よど》みない説明にはどこかひっかかるものがある。何かが間違っている。当惑しながら、それでも気づかぬうちに、彼の怒りは静まっていたのだった。

「ほんの一瞬だけれど、一隻でもミュールの船をぶっとばしてやれると思ったのにな」トランはささやいた。

彼の目は失われたヘイヴンを思って暗い。

残る三人はみな、その気持ちを察することができた。

22　ネオトランターにおける死

ネオトランター　……小さな惑星デリカスは、大略奪後かく改名され、ほぼ一世紀のあいだ第一帝国最後の王朝の座であった。それは影の世界、影の帝国であり、その存在は法的意義をもつにすぎなかった。ネオトランター王朝初代の……

銀河百科事典《エンサイクロペディア・ギャラクティカ》

それはネオトランターといった。新たなるトランターである！　新トランターと偉大なる旧トランターとの類似点は、同じ名をもっているという、ただその一点に尽きる。二パーセク離れたところでは旧トランターの太陽がいまも輝き、前世紀の銀河帝国の首都がいまもなお無言のまま、永遠に宇宙を切り裂きながらその軌道をめぐっている。

旧トランターにもまだ人は住んでいる。その数はそれほど多くない。およそ一億といったところだろうか。五十年前には、四百億の人間がひしめいていたのであるが。巨大な金属の世界はいまやばらばらに崩壊している。惑星をおおうただひとつの大陸から無数につきだす尖塔《せんとう》は引き裂かれ、住むものもなく――四十年前の大略奪の痕跡たる爆撃孔《こう》や火災の痕跡が、そのままに残っている。

なんと不思議なことだろう。二千年のあいだ銀河系の中心であった世界、無限にひろがる宇宙を支配し、その気まぐれで何パーセクもにわたる宙域を動かすことのできた統治者や立法者が住まっていた世界、それがたったの一カ月で滅んでしまうとは。なんと不思議なことだろう。千年のあいだ、広範囲にわたって征服と退却をくり返しながらも無傷であった世界、つづく千年のあいだ、内乱や宮廷革命にも無傷であった世界が、ついに滅び死に絶えるとは。

なんと不思議なことだろう。銀河系の栄光が骸《むくろ》となって朽《く》ち果てていくとは。なんと痛ましいことだろう！

それでも、五十世代にわたる人類の偉大なる事績が腐敗し使用できなくなるには、まだ数世紀かかるだろう。いまそれらが遺棄《いき》されてしまったのは、人の力そのものが衰《おとろ》え、使いこなすことができなくなったからにすぎない。

何十億が死に絶えたあとに残された数百万の人々は、惑星をおおう輝く金属を引き剝がし、千年のあいだ陽光に触れたことのなかった土をむきだしにした。

人類の努力の結晶である完璧な機械に囲まれ、暴君たる環境から解放された人類の驚異ともいうべき工業施設にとりまかれながら——彼らは大地にもどった。かつて交通路であった広大な空《あ》き地には、いま小麦とトウモロコシが育っている。塔の陰では羊が草を食《は》んでいる。

だがネオトランターが存在している。そもそもは偉大なるトランターの陰にひっそりとたたずむ辺鄙《へんぴ》な村のような惑星にすぎなかったこの地に、大略奪の大火に追われた皇帝一族が、荒れ狂う叛乱の嵐が静まるのを待とうと、最後の避難所として生命《いのち》からがら逃げこんできたのだ。そして彼らはこの地で、かつての栄光の残り火をひらめかせながら、屍《しかばね》のような帝国の残滓《ざんし》を支配している。

いま、銀河帝国は二十の農業惑星によってなりたっている！

ダゴバート九世——御《ぎょ》しがたい地主と不機嫌な農民が住む二十の惑星を統治する彼が、いま現在の銀河の皇帝、宇宙の支配者である。

父とともにネオトランターに到着したあの流血の日、ダゴバート九世は二十五歳だった。彼の目と心の中には、いまもなおかつての帝国の栄光と権力が生き生きと宿っている。だが、ダゴバート十世となるべきその息子はネオトランターで生まれた。

二十の惑星が現皇太子の知るすべてだった。

ジョード・コマソンのオープン・エアカーは、ネオトランターにあるこの種の乗り物の中でも最高級のもので——つまるところ、それも当然だった。それは、コマソンがネオトランター最大の地主であるという事実に帰結するのではなく、むしろそこからはじまる。彼はかつて、威圧的な壮年の皇帝に支配されていらだつ若き皇太子に、よからぬことを教える友人であった。そしていまは、年老いた皇帝を憎み支配する中年の皇太子に、やはりよからぬことを教える友人である。

というわけで、真珠母《しんじゆぼ》の光沢をもち黄金とルメトロンの装飾を施しているため、紋章などつけずとも所有者が明らかなエアカーに乗って、ジョード・コマソンは、おのれのものである土地と、おのれのものである何マイルにもわたって波うつ小麦と、おのれのものである巨大な脱穀機や刈り取り機と、おのれのものである小作人《こさくにん》と機械操作人たちをながめ——自分の問題について慎重に思考をめぐらした。

彼の隣では、腰の曲がった皺だらけの運転手が微笑を浮かべ、高層風の中で静かにエアカーを操縦している。

ジョード・コマソンは風に、大気に、空にむかって語りかけた。

「おれが以前話したことをおぼえているか、インチニー」

インチニーの薄い灰色の髪が風になびく。薄いくちびるが、隙間《すきま》だらけの歯をのぞかせながら、さらに大きな微笑をつくる。そしてその頬には、まるで永久に秘密を隠しておこうとするように、深い縦皺が刻まれている。歯の隙間から口笛のように細い声が答えた。

「おぼえておりますとも、旦那さま。そして、考えておりました」

「どう判断した、インチニー」彼の問いにはいらだたしげな響きがまじっている。

インチニーは、自分がかつては若い美丈夫《びじょうふ》で、旧トランターの貴族であったことを考える。いまはネオトランターで醜《みにく》い老人となり、ジョード・コマソン郷士《ごうし》のお情けにすがって暮らしながら、求めに応じて知恵を貸すことでその厚情に応えている。そっと静かに溜息《ためいき》をついた。

「ファウンデーションからのお客人はじつに好都合かと存じます。とりわけ、ただ一隻の船で、戦えそうな男がひとりきりというのですから。まさしく歓迎というものでしょう」

「歓迎だと?」コマソンは暗い声をあげた。「確かにそうかもしれんが。だがあの男たちは魔術師なのだぞ。大きな力をもっているかもしれん」

「おやおや」インチニーはつぶやいた。「距離という霞《かすみ》が真実を隠しているのですよ。ファウンデーションもひとつの惑星にすぎません。その市民だとて、ただの人間です。ブラスターで撃てば死にます」

インチニーはエアカーのコースを維持した。下界ではひと筋の川がきらめきながらうねっている。

「それはそうと、近頃ある男が外縁星域の諸惑星を騒がせているそうですね」

「おまえ、何か知っているのか」コマソンはふいに疑惑にかられてたずねた。

運転手の顔から微笑が消えた。

「何も存じませんよ、旦那さま。ただなんとなく、たずねてみただけです」

郷士はほんのわずかにためらっただけだった。そして乱暴なほど率直に言った。

「おまえの質問に〝ただなんとなく〟というものはない。そのようなやり方で情報を集めていると、いつかその痩せ首を万力《まんりき》で締めつけられることになるぞ。だが――いいだろう！　その男はミュールと呼ばれている。そして何カ月か前、そいつの部下が……さる用件で……ここにきた。おれはいま……つぎの使者を待っている……その用件に決着をつけるためにな」

「では今回のお客人は？　彼らは旦那さまが求めている相手ではないということでしょうか」

「使者ならば身分証をもっている。あいつらはもっていない」

「ファウンデーションは占領されたという報告がはいっていますが――」

「おまえには話しておらんはずだぞ」

「そういう報告がはいっております」インチニーは淡々とつづけた。「もしそれが事実だとすれば、今回のお客人は、破壊を逃れてきた避難者かもしれません。とどめおいて、誠実なる友情の証《あかし》としてミュールの配下にひきわたすことも考えられます」

「ふむ」コマソンはどっちつかずの返事をした。

「それに、征服者の友は最後の犠牲者であるというのは、よく知られた言葉ではありませんか。ですからこれは、正当な自己防衛手段です。精神探査機というものがあり、ファウンデーションの頭脳が四つ手にはいったのです。ファウンデーションに関する情報は、いくら知っていても損はありません。ミュールについてはなおさらです。そうやって情報を集めておけば、ミュールの友情もいくらか圧力が弱まるのではないでしょうか」

静かな上空を飛びながら、コマソンは最初の思考にもどって身ぶるいした。あれが虚報だとしたら。ファウンデーションはけっして陥落しないと予言されているというではないか」

「だが、もしファウンデーションが陥落していないとすれば。

「予言者の時代はもう終わっておりますよ」

「それでも、もしファウンデーションがほんとうに陥落していなかったら。考えてもみろ、インチニー！　もし陥落していなかったら。ミュールはいろいろな約束をしてくれたが――」そこで語りすぎたことに気づき、「つまり、大言壮語《たいげんそうご》をしたのだな。だが大言は風のごとく虚《むな》しく、行動は堅い」

インチニーが声を出さずに笑った。

「行為は確かに堅いでしょうね、はじまるまでは、ですが。銀河の果てのファウンデーション以上に恐ろしいものは、これまでなかったのですから」

「それに皇太子のこともある」コマソンは独り言のようにつぶやいた。

「では、皇太子殿下もミュールと取引をしておられるのですか」

コマソンの顔に、抑えきれない満足の色が浮かぶ。

「全面的にというわけではない。おれほどにはな。だが皇太子はどんどん御《ぎょ》しがたく、手に負えなくなっていく。悪魔に取り憑《つ》かれているのだ。おれがあの客人たちをとらえたとしても、皇太子が奪っていくかもしれん――皇太子はある意味、狡猾だからな――おれにはまだ皇太子と争うだけの準備が整っていない」嫌悪をこめて眉をひそめると、たるんだ頬がたれさがった。

「昨日、そのお客人たちを見かけました」灰色髪の運転手がとつぜん場違いなことを言いだした。「あの黒髪の女はまったく変わっていますね。男のように堂々と歩くし、髪は艶やかな黒なのに、びっくりするくらい色白です」

老人のかすれたささやきには温かなものがこもっている。コマソンは驚いて彼のほうをむいた。

「殿下はおそらく」とインチニーはつづけた。「適度な妥協策が提示されれば、さほど狡猾さを発揮なさらないでしょう。あの女ひとりを与えておけば、あとは旦那さまのお好きにできますよ」

一条の光が射しこんだ。

「なるほど！　じつに名案だ！　インチニー、車をもどせ！　すべてがうまくいったら話し合いをもとう。おまえを自由の身にしてやるという、あの件についてな」

帰宅すると、書斎に個人用カプセルが届いていた。これぞまさしく天啓《てんけい》ともいうべき、象徴的な出来事ではないか。それは、ほかには誰も知らない波長を使って届けられたものだった。コマソンは大きく笑み崩れた。ミュールの部下がやってくる。ファウンデーション陥落は事実だったのだ。

現実に目にした王宮は、漠然と心に抱いていたイメージとまるで異なり、ベイタはがっかりしてしまった。部屋は小さく、質素《しっそ》で、ふつうの部屋となんの変わりもない。王宮といっても、ファウンデーションの市長宮にすらおよばない。そしてダゴバート九世は――

ベイタは、皇帝たるものかくあるべしという確たる信念をもっていた。皇帝は、誰かの優しいお祖父《じい》ちゃんのように見えるべきではない。皇帝は、痩せて白髪《はくはつ》でしおたれているべきではないし――気遣いもあらわにみずからの手で客にお茶を注《つ》いだりしてはならない。

だが現実はこれだ。

ダゴバートはふくみ笑いをしながら、ベイタがこわばった手でさしだすカップにお茶を注いでくれた。

「余《よ》にとってはこれが、たとえようのない喜びなのだ。いまだけは儀式からもおべっか使いどもからも解放される。近頃では外星郡からの客人を歓待する機会もなくなってしもうた。余は年老いたゆえ、そうしたささいな問題は息子がとりしきっている。息子には会うたかな。立派な息子だ。いささか頑固ではあるがな。だがあれはまだ若い。香料カプセルはいかがかな。いらぬか」

トランが口をひらこうとした。

「皇帝陛下――」

「なんだね」

「皇帝陛下、陛下のお邪魔をするつもりではなかったのですが――」

「いやいや、邪魔などにはならぬ。今宵《こよい》は公式歓迎会がおこなわれるが、それまでは余も時間があいておる。ところで、そなたたちはどこからきたと言っておったかな。公式歓迎会をひらくのはずいぶん久しぶりだ。アナクレオン星郡からであったかな」

「ファウンデーションです、皇帝陛下」

「そうそう、ファウンデーションであったな。思いだした。所在地も確かめた。アナクレオン星郡の一画であろう。余は一度も行ったことがないがな。長旅は医師に禁じられておるのだ。アナクレオンの総督からは近頃報告が届いておらぬ。あそこはいまどのような状態かの」皇帝は心配そうに締めくくった。

「陛下。わたしたちは苦情を申し立てにきたのではありません」トランはもごもごとつぶやいた。

「それは重畳《ちょうじょう》。総督を褒《ほ》めてやらねばの」

トランは困り果ててエブリング・ミスに視線をむけた。ミスがぶっきらぼうな声をあげた。

「陛下、トランターの帝国大学図書館を訪れるには陛下の許可が必要であるとうかがったのですが」

「トランター?」皇帝は穏やかに問い返した。「トランターとな?」

それから皇帝の痩せた顔に当惑と苦痛の影がよぎった。

「トランターとな? 思いだしたぞ。余はいま大艦隊を従えてあの惑星に帰還する計画を立てておるのだ。そなたたちもくるがよい。ともに叛徒《はんと》たるギルマーを倒そうではないか。ともに帝国を再建するのだ!」

皇帝の丸まった背がまっすぐにのびた。声に力がこもる。一瞬、その目が厳しい光を帯びる。だがつぎの瞬間、彼はまばたきをして静かに言った。

「だがギルマーは死んだ。思いだした——そうだ。そうだとも! ギルマーは死んだ! トランターは滅びた——いや、そういえば——そなたたち、どこからきたのであったかな」

マグニフィコがベイタにささやいた。

「この方がほんとうに皇帝なのでございますか。皇帝というものは、徒人《ただびと》よりずっと偉大で賢いお方だと思っておりましたのですが」

ベイタは身ぶりで彼を黙らせて口をひらいた。

「陛下、もしわたしたちのトランター訪問許可証にご署名くださるなら、それは陛下とわたしたち共通の目的のために、おおいに役立つでしょう」

「トランター訪問だと?」皇帝は理解できないようにぼんやりとくり返した。

「陛下、アナクレオン総督の言葉をお伝えいたします。ギルマーは生きています——」

「生きておる! 生きておるとな!」ダゴバートは大声をあげた。「どこにいるのだ。戦《いくさ》をはじめよ！」

「陛下、これは極秘情報です。ギルマーの居所《いどころ》はいまだ不明です。わたしたちは総督より、このことを陛下にお伝えするべく送りこまれたのです。そして、ギルマーの潜伏場所を見つけられる場所はただひとつ、トランターです。見つけさえすれば――」

「そうだ、そうとも――見つけねばならぬ――」

老皇帝はよろよろと壁に歩み寄り、ふるえる指で小さなフォトセルに触れた。何事も起きない。やがて彼はつぶやいた。

「召使がこぬ。待ってはおられぬ」

そして白紙に殴り書きをし、最後に飾り文字の〝D〟を綴《つづ》った。

「ギルマーに皇帝の力を思い知らせてやらねばならぬ。ところで、そなたたちはどこからきたのであったかな。アナクレオンであったか。あそこはいまどのような状態かの。皇帝の名はいまも力をもっておるか」

ベイタは力の抜けた皇帝の指から紙を受けとって答えた。

「皇帝陛下は臣民に敬愛されていますわ。陛下が民《たみ》を慈《いつく》しんでおられることは、ひろく知れわたっています」

「アナクレオンのよき民どもを訪ねてやらねばならんの。だが医師が……医師はなんと言っておったのだったかな。だが――」きっと見あげた年老いた灰色の目に、鋭い光が宿った。

「そなた、ギルマーのことを何か言っておったのではないか」

「いいえ、陛下」

「あの男を阻止せねばならぬ。もどって民に伝えるがよい。トランターは滅びぬ！　余の父が艦隊を率いておる。害虫のごとき叛徒ギルマーは、大逆の暴徒どもとともに宇宙の氷となるであろう」

よろよろと椅子にもどった皇帝の目は、ふたたびどんよりと曇っていた。

「余は何を話しておったのであったかな」

トランは立ちあがって深々と頭をさげた。

「皇帝陛下にはご芳情《ほうじょう》を賜り、篤《あつ》く御礼《おんれい》申しあげます。ですが、わたしたちの謁見の時間は終わりました」

立ちあがり、背筋をのばしたその瞬間、ダゴバート九世はまことの皇帝に見えた。訪問客らはひとりずつ、あとずさって退出し——

——ドアの外には二十人の武装兵が待ち構えていて、彼らを取り囲んだ。

携帯武器が閃光を放ち——

意識がのろのろともどってきた。〝ここはどこ？〟という疑問はなかった。ベイタは皇帝を自称していた奇妙な老人のことも、部屋の外で待ちかまえていた兵士のことも、はっきりと記憶していた。指の関節がちくちく痛むのは、スタンガンで撃たれたからだ。

目を閉じたまま、話し声を聞きとろうと懸命に耳を澄ました。

男がふたりだ。ひとりはゆっくりと慎重に言葉をつむぎ、表むきはこびへつらいながらその裏に狡猾さを隠している。もうひとりは、いやらしい粘着性を帯び、しわがれてぼやけただみ声をほとばしらせている。どちらの声も嫌いだ。

だみ声のほうが支配力をふるっているようだ。

最後の言葉が聞きとれた。

「あいつは——あの狂った老人は永遠に生きるつもりなのかもしれん。もううんざりだ。腹立たしい。コマソン、わたしはやるぞ。わたしだって歳《とし》をとってしまう」

「殿下、まずはこの者たちをどのように使えばよいか、考えようではありませんか。うまくすれば、お父上がいま所持しておられるのとはまたべつの、力の根源を手にいれることができるかもしれません」

だみ声が低くぼそぼそとしたささやきになった。ベイタには「——この女——」という言葉が聞きとれただけだった。もうひとりのへつらい声が低く下卑《げび》た笑い声をあげて、やけに親しげな、恩きせがましい口調でつづけた。

「ダゴバート殿下は歳などとりませんよ。二十歳の若者に見えないという者がいたら、そいつは嘘つきです」

ふたりは声をそろえて笑った。ベイタの血が凍った。ダゴバート——殿下——。老皇帝が頑固な息子の話をしていた。小声でかわされる会話の意味が、じわじわと理解されてきた。こんなことが現実世界で起こるなんて——

トランの声がゆっくりと激烈な悪態《あくたい》をつくのが聞こえた。

ベイタは目をあけた。彼女にそそがれていたトランの視線に、あからさまな安堵が浮かぶ。彼が激しい口調で抗議した。

「こんな暴力行為を皇帝が見逃すと思うのか。ぼくたちを解放しろ」

ベイタは自分の手首と足首が強力な牽引フィールドで壁と床に固定されていることに気づいた。

だみ声の主がトランに歩み寄った。太鼓腹で、下目蓋は黒ずんでたれさがり、髪は薄くなりかけている。前庇《まえびさし》のついた帽子に華やかな羽根を差し、ダブレットの裾《すそ》には銀色のメタルフォームで刺繍《ししゅう》が施されている。

彼がいかにも面白そうに嘲笑《ちょうしょう》した。

「皇帝だと？　あの哀れな物狂いの皇帝か」

「ぼくは陛下より許可証をいただいた。いかなる臣民もぼくたちの自由をさまたげることはできない」

「残念ながらわたしは臣民ではない、宇宙のごみめ。わたしは摂政《せっしょう》たる皇太子だ。以後は正しく敬称を使え。哀れにして愚かな父は、ときおり客を迎えるのを楽しみとしている。だからそうさせてやっているだけだ。そして、紛《まが》い物の帝国の幻想を刺激してやる。だがもちろん、それ以外にはなんの意味もない」

皇太子がベイタの前に立った。ベイタは侮蔑をこめて彼を見あげた。ぐいと近づいてきた男の息からは、我慢できないほどどきついミントの匂いがした。

「この目がいいな、コマソン——目をあけているほうがずっと美人だ。うむ、この女でよいぞ。美食に飽きた舌には珍味《ちんみ》となる」

トランが怒りをつのらせているが、どうしようもない。皇太子はそれを無視した。ベイタの身体の奥底から、氷のような冷気が表面までこみあげてくる。エブリング・ミスはまだ意識を失ったまま、ぐったりとうなだれている。驚いたことに、マグニフィコはすでに目をあけていた。ずいぶん前から覚醒していたかのように、鋭い視線だ。青白い顔の中で、大きな茶色の目がじっとベイタを見つめている。

そして彼は、皇太子をあごで示しながら、泣き声で訴えた。

「あの人がわたくしのヴィジソナーをもっております」

新しい声を聞きつけて、皇太子がついとふり返った。

「これはおまえのものか、化け物め」

皇太子がヴィジソナーを揺すった。ベイタは気がつかなかったが、それは緑のストラップで皇太子の肩にかけられていた。

皇太子は不器用な指で和音を鳴らそうとしたが、どうやってもうまくいかない。

「化け物、おまえはこれを弾《ひ》けるのか」

マグニフィコが一度だけうなずいた。

ふいにトランが言った。

「あなた方が襲ったのはファウンデーション船の乗員だ。たとえ皇帝が見逃そうと、ファウンデーションが報復するぞ」

　もうひとりの男、コマソンが、ゆっくりと答えた。

「どのファウンデーションがだね。それとも、ミュールはもはやミュールでなくなったのかな」

　答える者はいなかった。皇太子がにやりと笑うと、不揃いな大きな歯がむきだしになる。道化の拘束フィールドが解かれた。乱暴に立ちあがらされ、その手にヴィジソナーが押しつけられる。

「弾け、化け物」皇太子が命じた。「そこなる異国のレディのために、愛と美のセレナーデを奏でろ。この国の牢獄は宮殿ではない。だがわたしとともにくれば、薔薇水《ばらすい》で泳がせてやると伝えろ。皇太子の愛がどのようなものか教えてやれ。皇太子の愛の歌を奏でろ、化け物め」

　そしてでっぷりとした太股の片方を大理石のテーブルにのせ、ぶらぶらと脚を揺すった。間の抜けた笑顔がベイタの全身を舐《な》めまわす。彼女は無言のまま怒りを燃えあがらせた。トランは汗まみれになって、フィールドに逆らおうと手足に力をこめている。エブリング・ミスがうめきをあげて身じろぎした。

「指がこわばってうまく弾けませぬ――」マグニフィコがあえぐように訴えた。

「弾け！　化け物め」皇太子が怒鳴った。

　コマソンへの合図で照明が落ち、皇太子は腕を組んで待った。

マグニフィコが多鍵《たけん》楽器の端から端まですばやくリズミカルに指を走らせる。鋭い光の虹がすべるように室内を横切った。低いやわらかな音が――ふるえるように、涙を誘うように、響く。ふいに悲しげな笑い声が高まった。その下に物憂げな弔　鐘《ちょうしょう》が聞こえる。

闇が深まり濃くなったようだ。目に見えない幾重《いくえ》にも重なる毛布を通して、音楽が伝わってくる。きらめく光は穴の底で燃えるただ一本の蠟燭《ろうそく》のように、深みからベイタの目に届く。

無意識のうちに目に力がこもった。光はさらに明るくなったが、なおもぼんやりとかすんでいる。色彩のまじりあった光が曖昧な動きを示したと思うと、ふいに音楽が禍々《まがまが》しい金属的な響きを帯びて急速に高まった。光が邪悪なリズムにあわせてすばやく移動し、明滅する。光の中で何かがうごめく。金属的な毒鱗《どくうろこ》をまとった何かが、うごめいて大きく口をあける。それとともに、音楽もうごめいて口をあける。

ベイタは奇妙な感情に突き動かされてもがき、心の中であえぎながらようやくわれに返った。なぜか、時間廟堂での出来事や、ヘイヴンですごした最後の日々が思いだされた。いつまでもねばねばとからみついてくる、恐怖や絶望のおぞましい蜘蛛の巣だ。ベイタはその重圧のもとで身を縮めた。

音楽が恐ろしい笑い声をあげてのしかかってくる。懸命に顔をそむけていると、逆さにのぞいた望遠鏡のような小さな光の輪の中でうごめいていた恐ろしいものが、ようやく見えなくなった。ひたいが冷たい汗で濡れていた。

音楽が終わった。演奏時間は十五分ほどだっただろう。音が消えたことで、とほうもない歓喜がベイタの内にこみあげた。照明がともり、マグニフィコの顔が近づいてきた。汗をかき、大きく目を見ひらいた、哀れっぽい顔だ。

「レディ、ご気分はいかがですか」あえぐようにたずねた。

「大丈夫よ」ベイタはささやいた。「でも、どうしてあんな演奏をしたの？」

ベイタは室内のほかの者たちのようすに気づいた。トランとミスはぐったりと壁によりかかっている。だが彼女はふたりをとび越して、そのさきを見つめた。テーブルの足もとに、皇太子が不思議なほど静かに横たわっている。コマソンはひどいうめきをあげながら、口をあけて涎《よだれ》をたらしている。

マグニフィコが一歩近づくと、コマソンは身をひいて意味のわからないことをわめいた。

道化がはねるようにもどってきて、三人の拘束を解いた。

トランはとび起きると、力まかせに地主の襟首をつかんだ。

「いっしょにこい。おまえが必要だ——無事に船までたどりつくためにな」

二時間後、船のキッチンで、ベイタはとてつもなく大きな自家製パイをテーブルにのせた。マグニフィコは宇宙への帰還を祝うべく、テーブルマナーを完全に無視したやり方で、それにむしゃぶりついた。

「マグニフィコ、おいしい？」

「むむむむむ」

「マグニフィコ？」

「はい、レディ」

「あそこで演奏したあれはなんだったの？」

道化は身をよじった。

「あの……申しあげないほうがよろしいのではないかと存じます。その昔に教わったことなのですが、ヴィジソナーはもっとも奥深いところで神経組織に影響を与えます。むろん、あれは邪悪なものでございました。レディのごとき美しく穢《けが》れなき方には無縁のものでございます」

「あらあら、マグニフィコったら。わたしはそんなに清廉《せいれん》潔白じゃないわよ。そんなにおだてちゃ駄目。ねえ、あの人たちが見たものを、わたしも見たの？」

「そうでないことを望みます。わたくしはあのふたりにのみむけて演奏いたしました。レディが何かをごらんになったとしても、それははるか遠いところにある――端の端でございましょう」

「それでも充分だったわ。あの皇太子、失神しちゃってたわよ、知ってる？」

マグニフィコは大きなパイを口いっぱいに頬張ったまま、険しい声で言った。

「レディ、わたくしはあの男を殺しました」

「なんですって」ベイタはぎょっとして息をのんだ。

「演奏をやめたとき、もう死んでいました。そうでなければもっとつづけていました。コマソンはどちらでもよいと思っていました。最悪の場合は死ぬかもしれませんが、苦しむだけでもかまわないと。ですが、レディ、あの皇太子は邪《よこしま》な目でレディを見ました。ですから――」そして彼は怒りと困惑で咽喉《のど》をつまらせた。

奇妙な思考が浮んだが、ベイタはきっぱりとそれを押し殺した。

「マグニフィコ、あなたはほんとうに勇者の魂をもっているのね」

「おお、レディ」彼はパイに赤い鼻をつっこんだが、なぜか食べようとはしなかった。

エブリング・ミスが舷窓《げんそう》の外をながめている。トランターが近い――金属的な輝きが恐ろしいほどまぶしい。トランもまた彼にならんで立った。

「ここまできたけれど無駄だったね、エブリング。ミュールの部下にさきを越されてしまったようだ」トランは暗い声で苦々しく言った。

エブリング・ミスがひたいをこすった。丸々としていた手が、以前よりも痩せてしなびている。彼が上の空で何事かをつぶやく。トランはいらだちをおぼえた。

「あの連中はファウンデーションの陥落を知っていたじゃないか。つまり――」

「なんだって?」ミスが当惑したように顔をあげた。そして、そっとトランの手首に手をのせ、それまでの会話を完全に忘れてしまったかのように言葉をつづけた。「トラン、わたしは……わたしは、トランターを見ていたんだ。知っているか……ネオトランターに到着してからずっと……ほんとうに妙な気分なんだ。衝動が――激しい衝動がどんどん強くなって、わたしを駆り立てる。トラン、わたしはやれる。そうさ、やってみせるとも。頭の中で物事がどんどん鮮明になっていく──これまで一度だって、こんなにはっきり見えたことはない」

トランは目を瞠《みは》り──肩をすくめた。ミスの言葉はなんの確信も与えてはくれなかった。

「エブリング」ためらいがちに声をかけた。

「なんだね」

「ぼくたちが出発するとき、ネオトランターにおりてくる船を見なかったか」

一瞬考えただけで、ミスはすぐさま答えた。

「いや」

「ぼくは見た。錯覚だったかもしれない。でもあれは、あのフィリア船だったと思う」

「ハン・プリッチャー大尉が乗っているという船かね」

「誰が乗っているか、宇宙のみぞ知る、だ。マグニフィコはそう言っていたけれど──。あれはぼくたちを追ってきたんだ」

エブリング・ミスは無言だった。

「どうしたんだ。具合でも悪いのか」トランは思いきってたずねた。

ミスの目は考えにふけりながらも光を帯び、そして異様だった。答えはなかった。

23　トランターの廃墟

おおいなるトランターでひとつの目的地をさがしだすことは、銀河系において他に例を見ない独特の問題である。千マイルの距離から識別できるはずの大陸も大洋もない。雲の切れ間からうかがえる川も湖も島もない。

金属におおわれた世界は――かつて――巨大なひとつの都市であり、訪問者が外宇宙から見わけられるものといえば旧王宮だけであった。ベイタ号はエアカーのような高度で惑星を周回し、懸命の捜索をくり返した。

北極地帯では金属の尖塔が氷でおおわれていた。つまりは、気候調節装置が故障しているか放置されているということだ。そこから南下しながら、現実に見えるものとネオトランターで手に入れたいい加減な地図が示すものとの相関関係――もしくは、相関関係らしきもの――を検討した。

だが、実際に見えてきたとき、それはもう間違えようはなかった。惑星をくるむ金属の外殻に、五十マイルにおよぶ間隙《かんげき》がひらいている。ほかの場所では見られない緑が数百平方マイルにわたってひろがり、大昔よりつづく優雅にして壮大なる皇帝宮をとりまいている。

ベイタ号はホバリングをして、ゆっくりと方向を定めた。目印となるものはただひとつ、巨大街道だけだ。地図に描かれたまっすぐな長い矢印が、眼下ではなだらかなリボンとなって輝いている。

大学エリアと地図に示されている場所に推測航法で接近し、かつては往来が激しかったただろう離着陸場と思われる平らな地面に船をおろした。

ごった返した金属建造物のあいだにおりてみてはじめて、上空から見たときにはなめらかで美しいと思えた景観が、じつは大略奪のあとそのまま放置され、壊れゆがんだ、ほとんど残骸に近いような廃墟であることがわかった。尖塔のてっぺんは切り落とされ、なめらかな壁には染みができてよじれ——そんな中にとつぜん、ほんの一瞬ではあったが、数百エーカーもあるだろうか、金属がとりのぞかれ黒々とした土をむきだしにした耕作地が見えた。

リー・センターは見慣れない船が慎重に降下してくるのを待った。ネオトランターのものではない。心の中で溜息をつく。見慣れない船がやってきた。外宇宙からの来訪者たちと厄介な交渉をおこなわなくてはならない。つまり、短い平和な日々は終わり、死と戦闘からなる昔の壮大な時代がもどってくるということなのだろうか。センターは〈グループ〉のリーダーだ。昔の書物の管理をまかされ、昔の日々について読み学んできた。ふたたびそうした日々に舞いもどるのはいやだ。

見慣れぬ船が平らな地面に無事着陸するのに、十分ほどもかかっただろうか。そのあいだに、彼の内では遠い昔の記憶がつぎつぎとよみがえっていた。最初は子供時代の大農場だ——彼にとっては、忙しそうに動きまわる大勢の人々として認識されていただけだったが。

それから、新しい土地に移住する若い家族たちの旅。そのとき彼は十歳の子供にすぎず、当惑し、不安にかられていた。

それから新しい家を建てた——巨大な金属板を掘り起こして引き抜き、脇に投げ捨てる。あらわれた地面を掘り返し、外気にあてて生命をとりもどさせる。近くの建物を取り壊して、地面を平らにならす。いくつかの建物は、壊すことなくそのまま住居となった。

穀物を育てて収穫する。近隣の農場と平和な関係を築いて——

やがて集落は拡張発展し、暗黙のうちに効率的な自治活動がおこなわれるようになった。大地のもとで生まれた新世代、たくましい小さな若者たちの時代の到来。〈グループ〉のリーダーに選ばれたあの忘れがたい日——あの日、彼は十八の誕生日から習慣としていた髭剃りをやめ、〈リーダーの髭〉をのばしはじめた。

そしていま、銀河系の侵入により、ささやかで牧歌的な孤立状態に終止符が打たれようとしている——

船が着陸した。彼は無言で扉がひらくのを見守った。用心深く警戒しながら、四人がおりてきた。見るからにばらばらな三人の男——老人と、若者と、痩せて鼻のとがったのと。そして、まるで対等のように彼らのあいだを堂々と歩く女がひとり。リー・センターはつやつやしたふた房《ふさ》の黒い髭から手を離して、前進した。

全宇宙共通の平和の身ぶり——固い胼胝《たこ》のできた手のひらを上にむけて、両手をさしだす。若い男が同じしぐさをしながら、二歩、近づいて、口上《こうじょう》を述べた。

「ぼくたちは平和的な意図のもとにやってきた」

アクセントは耳慣れないものだが、言っていることは理解できるし、歓迎すべき内容でもある。彼も重々しく答えた。

「平和あれかし。〈グループ〉はあなた方を歓迎する。空腹ならば食事を、渇《かわ》いているならば飲み物を提供しよう」

ゆっくりと返事があった。

「歓迎に感謝する。ぼくたちの世界にもどったあかつきには、あなた方〈グループ〉についてよき報告をしよう」

奇妙な答えだが、悪くはない。背後で〈グループ〉の男たちが微笑している。周囲の建物の陰から女たちも出てきた。

彼は客を自分の居室に案内した。鏡張りの箱を隠し場所からとりだして鍵をはずし、特別な機会のためにとっておいた長く太い葉巻をそれぞれに勧《すす》める。女を前にしてためらった。女は男たちのあいだに座を占めている。男たちは明らかにその厚かましいふるまいを許しているばかりか、当然とすら認めているようだ。彼はぎこちなく箱をさしだした。

女は微笑しながら葉巻をとり、いかにも美味《うま》そうに芳《かぐわ》しい煙を吸いこんだ。リー・センターはそのみだりがわしさにあきれながらも、気持ちを押し殺した。

食事までの堅苦しい会話のあいだに、トランターでの農業についてたずねられた。礼儀正しい質問を放ったのは老人だった。

「水耕法はどうかね。むろん、トランターのような世界では、水耕農業がふさわしいと思うのだが」

センターはゆっくりとかぶりをふった。どう言えばいいのだろう。本で読んだことはあるが、あまり馴染みのない言葉だ。

「化学薬品を使った人工的農法のことだろうか。いや、トランターではやっていない。工業世界でないと水耕農業はおこなえない――化学工業が盛んな世界とか。しかもその場合、戦争や災害が起こって工業が壊滅すると、飢餓《きが》がやってくる。それに、すべての食料が人工的に育てられるわけではない。食料としての価値がさがる場合もある。土のほうが安価で、良質で――変わることなく信頼できる」

「それで、あなた方の食料供給は充分なのか」

「充分だ。変化に富んでいるとはいいがたいが。卵を生む鶏《にわとり》がいるし、乳を出す家畜がいるから乳製品もつくれる――だが、肉類は異国との交易に頼っている」

「交易か」若い男がふいに関心を示した。「あなた方は交易をしているのだな。だが、何を輸出しているのだ」

「金属だ」短く答えた。「ごらんのように、加工済みの金属が無限にある。彼らはネオトランターから船でやってきて、指示した区画を取り壊し――おかげで耕作地が増える――かわりに、肉類、果物《くだもの》の缶詰、濃縮食料、農業機械などをおいていく。彼らは金属を持ち帰る。それで双方利益が得られるというわけだ」

彼はパンとチーズ、それと、無条件にとても美味《びみ》な野菜シチューで客をもてなした。メニューの中で唯一の輸入品である砂糖漬けの果物をデザートとして食べることで、異国人たちは単なる客以上の存在となった。若い男がトランターの地図をとりだした。

リー・センターは注意深くそれを調べ、注意深く耳を傾け——そしておごそかに告げた。

「大学構内は不干渉地帯だ。われわれ農夫もあそこでは作物を育てない。できるかぎり立ち入りもひかえている。数こそ少ないが、もとのままに保存しておきたい古き時代の遺跡のひとつだ」

「われわれが追い求めているのは知識だ。何ひとつ荒らすつもりなどない。担保として宇宙船を預けていこう」老人が勢いこんで、熱に浮かされたような口調で申しでた。

「ではわたしが案内しよう」センターは言った。

その夜、客人たちが眠ったあとで、リー・センターはネオトランターに通信を送った。

24　転向者

幾棟《むね》もの建物が広範囲にわたって立ちならぶ大学構内にはいると、トランターのささやかな生活感はしだいに薄れていく。すべてが荘厳《そうごん》で孤独な静寂に包まれる。

ファウンデーションからの来訪者たちは、目まぐるしく血なまぐさい大略奪の日々のことを何も知らない――この大学は無傷で残されたけれども。彼らは帝国権力崩壊後のことを何も知らない――あのとき、学生たちは借り物の武器をとり、青ざめた顔で不慣れな勇気をふりしぼって、銀河系の科学の中心たる殿堂を守るべく、義勇軍を結成した。来訪者たちは〈七日間の戦い〉のことも、大学の自由を保証した休戦のことも、何も知らない――あのとき、ギルマーの短い支配期間、皇帝の宮殿すらもが彼とその部下の兵士たちの軍靴《ぐんか》によって踏みにじられたのだけれども。

古きものが破壊され、生気あふれる新しいものに移り変わろうとしている世界で、はじめてこの地を訪れたファウンデーションの一行は、この一画を、いにしえの偉大さを静かに伝える博物館のようなものとして認識しているだけだった。

彼らはある意味、侵入者だった。のしかかるような空虚感が彼らを拒絶する。いまだ学問の府としての意識をとどめた空気が、静寂を乱され、怒りうごめいているかのようだ。

図書館は一見小さな建物だったが、地下には桁《けた》はずれのスペースがひろがり、膨大な静寂と夢想をたたえていた。エブリング・ミスが広間の精巧な壁画の前で足をとめた。

そしてささやいた――人はここでは大きな声を出せない。

「どうやら目録室を通りすぎてしまったみたいだな。わたしはあそこに行く」ひたいは赤らみ、手はふるえている。「邪魔をされたくない。トラン、食事はそこに届けてくれ」

「わかった。できるだけの手伝いはしよう。助手が必要なら――」

「いや、ひとりでやる――」

「目的のものが見つかりそうなのか」

エブリング・ミスは静かな確信をこめて答えた。

「もちろん見つかるさ！」

トランとベイタは、これまでの結婚生活のどの期間よりも、あたりまえの意味で〝所帯をもつ〟という状態に近い暮らしを送るようになった。それは奇妙な〝所帯〟だった。壮麗な建造物のただなかでの、周囲に似つかわしくない簡素な暮らし。食料は主としてリー・センターの農場から手に入れ、どの交易船にもあるようなちょっとした核エネルギー製品で支払いをした。

マグニフィコは閲覧室にあるプロジェクタの使い方をおぼえ、エブリング・ミスと同じく寝食を忘れて、冒険小説や恋愛小説に読みふけった。

エブリング自身は完全に研究に没頭していた。彼の主張により、心理学専門書区画にハンモックが吊るされた。顔は青白くなり、痩せてきた。口調からは迫力が失われ、お得意の悪態も影をひそめて穏やかになった。トランやベイタが誰だかわからないこともしばしばだった。

彼はマグニフィコとふたりきりでいることが多かった。マグニフィコはエブリングに食事を運び、しばしば何時間もすわりこんで、老心理学者が際限のない方程式を解読し、際限のないフィルムブックを相互参照し、彼ひとりに見える目的にむかって際限なく狂ったように頭脳を酷使しながら突き進んでいくさまを、不思議な好奇心を燃やし夢中になって見つめていた。

トランが暗い部屋にやってきて鋭く声をかけた。

「ベイタ！」

ベイタはやましいことがあるかのようにはっとして答えた。

「なに？　何か用？　トリー」

「ああ、用だよ。どうしてそんなところにすわりこんでいるんだ。トランターにきてからってもの、きみはずっと変だよ。いったいどうしちまったんだ」

「まあ、トリー、やめてよ」彼女はじれったそうに言った。

「まあ、トリー、やめてよ、か！」彼はいらだたしげにくり返し、ふいに口調をやわらげてつづけた。「どうしたのか、話してくれよ。ベイ、何を悩んでるんだ」

「悩んでなんかいないわ、何も。そんなふうに何度も何度もうるさくされたら、かえっておかしくなってしまいそう。わたしはただ――考えているのよ」

「考えてるって、何を？」

「べつに何も。いえ、そうね、ミュールのことや、ヘイヴンのことや、ファウンデーションのことや、とにかくあらゆること。エブリング・ミスのこと。第二ファウンデーションについて何か見つかるだろうかとか、見つかったらそれが役に立つだろうかとか――百万ものいろんなことよ。それで満足？」少しばかり声が昂《たかぶ》ってくる。

「ただ考えているだけなら、やめてくれないか。楽しいことじゃないし、この状況がよくなるわけでもないだろう」

ベイタは立ちあがって、弱々しい微笑を浮かべた。

「あら、わたしは幸せよ。ほら、楽しそうに笑っているでしょ」

部屋の外からマグニフィコの困ったような声が聞こえた。

「レディ――」

「どうしたの？　おはいりなさい――」

声がはっと途切れた。入口にいかつい顔の大柄な――

「プリッチャーか」トランがさけんだ。

「大尉！　どうやってわたしたちを見つけたの？」ベイタはあえぐようにたずねた。

ハン・プリッチャーが部屋にはいってきた。その声は明晰で平淡で、完全に感情というものが失われている。

「いまは大佐だ――ミュール軍の」

「ミュール軍の……！」トランの声が途切れる。

三人はそこで、活人画《かつじんが》のように立ち尽くした。

マグニフィコが狂気じみた目を見ひらいてトランの背後に身を縮めた。誰も彼の動きを気にとめていない。

ベイタはふるえる両手をきつく握りあわせてたずねた。

「わたしたちをつかまえにきたの？　ほんとうにあの連中に寝返ったの？」

大佐はすみやかに答えた。

「つかまえにきたわけではない。わたしが受けた命令に、きみたちはふくまれていない。きみたちに関するかぎり、わたしは自由だ。きみたちさえよければ、以前の友情をとりもどしたいと思っている」

トランは顔をゆがめて怒りをこらえた。

「どうやってぼくたちを見つけたんだ。それじゃ、ほんとうにあのフィリア船に乗っていたんだな。あとをつけてきたのか」

木のように表情のとぼしいプリッチャーの顔に、わずかながら当惑が浮かんだようだ。

「確かにわたしはフィリア船に乗っていた。だが最初にきみたちと出会ったのは……そう……あれは偶然だった」

「数学的に不可能だ」

「そんなことはない。可能性が非常に低いというだけのことだ。だから信じてほしい。いずれにしても、きみたちはフィリアの検査官に——もちろん、現実にフィリアなる国は存在しないが——トランター星域にむかうと語った。ミュールはすでにネオトランターと接触をもっていたため、きみたちをひきとめておくよう指示を出すのは簡単だった。だが残念ながら、きみたちはわたしが到着する前にネオトランターから脱出してしまった。とはいえ、わたしもそれほど遅れをとったわけではない。きみたちが到着したら報告するよう、トランターの農場に依頼できたのだからね。だからいま、わたしはここにいる。すわってもいいかな。わたしは友好的な意図をもってここにきた、それは信じてほしい」

そして腰をおろした。トランはうつむいて虚しく思考をめぐらした。ベイタは麻痺《まひ》したように感情が欠落したまま、お茶の用意をしている。

トランは荒々しく顔をあげた。

「それで、何を待っているんだ――大佐。友好的な意図ってなんだ。つかまえにきたんじゃないっていうなら、どういうことなんだ。保護拘置《こうち》か。部下を呼んで命令したらどうなんだ」

プリッチャーは辛抱強く首をふった。

「そうではない、トラン。わたしは自分の意志でここにきた。きみたちと話し、いまやっていることがいかに無益であるかを説得しようと思って。説得できなければ去る。それだけのことだ」

「それだけだって？　だったらさっさとプロパガンダをぶちあげて、演説をして、出ていってくれ。ぼくはお茶なんかいらないぞ、ベイタ」

だがプリッチャーのほうは、おちついて礼を述べ、カップを受けとった。そして口をつけながら、力のこもる視線でじっとトランを見つめた。

「ミュールはほんとうにミュータントだった。その変異の特質ゆえに、ミュールを倒すことはできない――」

「なぜだ。変異とはなんなんだ」トランは皮肉っぽいユーモアをこめてたずねた。「教えてくれるんだろ？」

「ああ、教えよう。きみに教えたからといって、ミュールに害がおよぶことはない。そう――ミュールは人の感情バランスを制御することができる。ささいな能力に聞こえるかもしれないが、それゆえに無敵なのだ」

「感情バランス?」ベイタが口をはさみ、眉をひそめた。「説明してくれない? 意味がわからないわ」

「つまり、ミュールは有能な将軍に――そう、たとえば、ミュールに対する完全な忠誠心や、ミュールの勝利に対する絶対的確信といった感情を、造作なく植《う》えつけることができるのだ。ミュールの将軍は全員、感情的支配を受けている。けっして裏切らない。士気がさがることもない――そしてその支配は永久につづく。もっとも有能な敵が、もっとも忠実な部下になるのだ。カルガンの総師は自分の惑星を明けわたし、ファウンデーションにおけるミュールの総督となった」

「あなたもなのね」ベイタは苦々しく言った。「自分の大義《たいぎ》を捨てて、ミュールの使者としてトランターにきたのね。わかったわ!」

「まだ話は終わっていない。ミュールの能力は逆方向にむくとき、よりいっそう効果的に働く。絶望は感情だ! 窮地《きゅうち》に立たされたとき、ファウンデーションの要人は――ヘイヴンの要人は、絶望にとらわれた。彼らの世界はさしたる抵抗をすることもなく投降した」

「つまりあなたは」ベイタはこわばった声で言った。「時間廟堂でわたしがあんな気持ちになったのは、ミュールがわたしの感情を支配したからだって言いたいのね」

「わたしの感情もだ。すべての人間の感情が支配された。陥落間近のヘイヴンはどうだった」

ベイタは顔をそむけた。

プリッチャー大佐はなおも熱く語りつづけた。

「惑星全体に対しても、個人に対しても、同じように効果をおよぼす。望みさえすれば人を自発的に降伏させる力、望みさえすれば人を忠実な下僕にすることのできる力。そんなものとどうやって戦うというのだ」

「それが事実だとどうしてわかる」トランはゆっくりとたずねた。

「事実でないならば、ファウンデーションとヘイヴンの陥落をどう説明すればいい。わたしの転向を――どう説明できる。考えてもみたまえ！ きみたちは――わたしは――そして銀河系全体は、これまでミュールに対して何をなし得たというのだ。ささやかな行為ひとつでもやってのけたか」

トランは挑むように答えた。

「銀河にかけて、やってみせるとも！」ふいに猛烈な充足感にとらわれ、彼はさけんだ。「あんたのすてきなミュールは、ネオトランターと連絡をとっていて、ぼくたちをひきとめようとしたんだな。だがその連絡相手のうち、ひとりは死んだし、もうひとりは死よりもひどい状態にある。ぼくたちは皇太子を殺した。もうひとりはぶつぶつ泣き言をいうばかりの阿呆《あほう》になっちまったよ。ミュールはぼくたちを足止めできなかった。それだけのことだって実行できていないじゃないか」

「いやいや、とんでもない。あのふたりはわれわれの関係者ではない。皇太子はアル中の俗物だし、もうひとりの男コマソンは、どうしようもない愚か者だ。自分の領地ではそれなりの権力をもっているが、邪悪で、不品行で、まったく無能だった。実際問題、われわれはあのふたりとはなんの関わりもない。あのふたりはいわば陽動のようなものにすぎず——」

「ぼくたちをとらえたのは——とらえようとしたのは、あのふたりだ」

「それもちがう。コマソンには奴隷のような——インチニーという名前の男が仕えていた。きみたちをとらえたのはその男の発案によるものだ。老人だが、一時的にはわれわれの役に立つ。きみたちもその男を殺そうとは思わなかっただろう」

ベイタは彼にむきなおった。自分のお茶に手をつけてもいない。

「でも、あなたのお話だと、あなた自身の感情も支配されているということよね。ミュールを信じて忠誠を誓っている。ミュールに対して不自然な、病的なほどの信仰を抱いている。そんなあなたの意見にどんな価値があるの。客観的な思考力を失ってしまっているのに」

「それはちがう」大佐はゆっくりと首をふった。「固定されたのはわたしの感情だけだ。理性は以前と変わることなく働いている。感情が制御されているため、方向性に影響を受けているかもしれないが、強制されてはいない。以前の感情傾向から解放されて、より鮮明に理解できるようになったこともある。

たとえば、ミュールの計画が知的で価値あるものだということがわかった。わたしは——転向してから、七年前に出現して以後のミュールの経歴をたどってみた。彼はまず、突然変異の精神能力を使ってひとりの傭兵隊長を支配し、彼の部隊を手に入れた。そしてその部隊と——みずからの能力を使って、ひとつの惑星を征服した。つづいてその惑星と——みずからの能力を使って、支配圏をひろげていき、ついにはカルガンの総帥を降伏させるにいたった。じつに論理的な歩みだ。カルガンを手に入れることにより、第一級の艦隊が彼のものになり、その艦隊と——みずからの能力を使って、ファウンデーション攻略にとりかかったのだ。

ファウンデーションが鍵だった。銀河系における最高の工業技術の集積地だ。ファウンデーションの核エネルギー技術を手に入れたいま、ミュールは銀河系の実質的支配者となった。その技術と——みずからの能力を使って、彼は残り滓《かす》のような帝国におのが支配力を認めさせ、最終的には——錯乱し余命長くはないだろう老皇帝の死をもって、皇帝の座にあがる。実体にふさわしい名を得るわけだ。その地位と——彼の能力に対して、歯向かおうという世界が銀河系のどこにあるだろう。

この七年をかけて、ミュールは新しい帝国を築きあげてきた。言い換《か》えるならば、彼は、セルダンの心理学があと七百年かけなくては実現不可能と考えていたすべてを、つづく七年で成し遂げようとしているのだ。銀河系はついに平和と秩序をとりもどす。

きみたちにそれをとめることはできない——惑星の回転をその肩でとめることができないのと同じだ」

プリッチャーの演説が終わり、長い沈黙がつづいた。お茶の残りはもう冷たくなっている。

彼はそれを飲み干し、もう一杯注いで、ゆっくりと飲み終えた。トランは乱暴に親指の爪を嚙んだ。ベイタは青ざめた顔で冷やかに隔《へだ》てをおいている。やがて彼女はかすかな声で言った。

「まだ納得できないわ。わたしたちの感情を支配したいというなら、ミュール自身がここにくればいいじゃないの。あなただって、転向する最後の瞬間まで抵抗したんでしょう?」

「もちろん」プリッチャー大佐がおごそかに答える。

「じゃあ、わたしたちにだってそうする権利はあるわよね」

プリッチャー大佐が立ちあがり、最後通牒《つうちょう》のようにきっぱりとした口調で告げた。

「ではわたしはおいとまする。さっきも言ったように、今回のわたしの任務はきみたちとは無縁のものだ。したがって、きみたちがここにいることを報告する必要はないと考える。恩に着せるつもりはない。ミュールがきみたちを阻止したいと思えば、間違いなくその仕事をべつの誰かに命じ、きみたちをとめるだろう。それはそれとして、わたしは要求された以上のことをするつもりはない」

「それはどうも」ベイタはかすかな声で言った。

「ところで、マグニフィコはどこだ。出てきなさい、マグニフィコ、おまえを傷つけたりはしない――」

「マグニフィコをどうするつもり?」ベイタはふいに力をとりもどしてたずねた。

「別に何も。彼のこともわたしの任務にはふくまれていない。ミュールが捜索しているという話は聞いたが、時機を見てご自分でさがしあてるだろう。わたしは何も言うつもりはない。握手してくれるか」

ベイタは首をふった。トランはいらだちと軽侮《けいぶ》をこめてにらみつけた。

大佐はたくましい肩をわずかに落とした。そして出口まで進み、そこでふり返った。

「最後にもうひとつ言っておこう。きみたちの意志が固い理由をわたしが知らないと思わないでくれたまえ。きみたちが第二ファウンデーションを探索していることはすでに知られている。ときがくれば、ミュールも手段を講じるだろう。きみたちにはどうすることもできない——。だがわたしにとって、きみたちは以前からの知り合いだ。わたしがこのような行動をとったのも、何か良心の一部が命じたことなのかもしれない。いずれにしても、わたしは手遅れになる前にきみたちを決定的な危険から助けだしたいと思ったのだ。では失礼する」

彼はぴしりと敬礼し——去っていった。

ベイタは黙りこくったままのトランをふり返ってささやいた。

「あいつら、第二ファウンデーションのことも知っているのね」

図書館の奥で、エブリング・ミスがいまの出来事にもまるで気づかないまま、薄暗い空間にただひと筋輝いている照明の下で、勝ち誇ったように何かをつぶやいていた。

25　心理学者の死

その後わずか二週間で、エブリング・ミスはこの世を去った。

その二週のあいだに、ベイタは三度、彼と会った。一度めはプリッチャー大佐がやってきた日の夜。二度めはその一週間後。三度めはさらにその一週間後の——最後の日——すなわち、ミスが死を迎えた日だった。

一度め、プリッチャー大佐訪問の夜。トランとベイタはうちひしがれたまま、楽しくない《アンメリー》メリーゴーランドに乗っているかのような、鬱々《うつうつ》とした気分で一時間をすごした。

「トリー、エブリングに話しましょうよ」ベイタは言った。

「エブリングがなんの助けになるんだ」トランはむっつりと答えた。

「わたしたちはふたりきりなんだもの。少しでも重荷をおろさなきゃ。きっと彼なら助けてくれるわよ」

「エブリングは変わってしまっただろ。ずいぶん痩せて。羽根か羊毛《ようもう》みたいにふわふわしている」彼の指が、その比喩を強調するように空中をさぐる。「ときどき、彼じゃたいした助けにならないと思うことがある——いや、もう前からずっとかな。ぼくたちを助けてくれるものなんて、きっと何ひとつないんだ」

「やめて！」声がつまり、おかげで泣きだささずにすんだ。「トリー、お願いだからやめて！　あなたがそんなことを言いだすと、ミュールの力が働いているんじゃないかと思ってしまう。エブリングに話しましょうよ、トリー――さあ！」

エブリング・ミスは長いデスクに伏せていた顔をもちあげ、近づいてくるふたりにぼんやりとした目をむけた。薄くなった髪が逆立ち、くちびるは眠そうにもぐもぐ音をたてている。

「うん？　誰か、何か、用かね」

ベイタは膝をついた。

「起こしちゃった？　出ていったほうがいいかしら」

「出ていく？　誰がだね。ああ、ベイタじゃないか。いやいや、ここにいてくれ！　椅子はないのか。確かあったと思うのだが――」彼の指が漠然とあたりを示す。

トランが二脚の椅子を押しだした。ベイタは腰をおろし、心理学者のしなびた片手を握った。

「少しお話ししてもいいかしら、博士」

彼女が〝博士〟という肩書で呼びかけることはめったにない。

「何かあったのかね」虚ろな目に小さな光がもどる。たるんだ頬にもわずかに血の気《け》がさしてくる。「何かまずいことなのか」

「プリッチャー大尉がきたのよ。いえ、トリー、わたしが話すわ。プリッチャー大尉よ、博士、おぼえているでしょう？」

「ああ――ああ――」彼の指がくちびるをつまみ、また離れた。「背の高い男だったな。民主主義者の」

「そうよ、その人。ミュールの変異能力が何か、つきとめたんですって。その彼がここにきて、話していったわ」

「だがそれはべつに耳新しいことでもないだろう。ミュールの変異能力はすでに解明されているじゃないか」心から驚いたように、「話してなかったかな。話すのを忘れていたのか」

「話すって何を？」トランがすばやくたずねた。

「もちろん、ミュールの変異能力についてだよ。やつは感情に干渉する。感情の支配だ！　話さなかったかね。なぜ忘れたんだろうな」彼はゆっくりと下唇《したくちびる》を噛んで考えこんだ。

やがて、弛緩《しかん》した脳髄が潤滑油《じゅんかつゆ》を塗った単線軌道にはいりこんだかのように、ゆっくりと声に活力がもどり、目蓋《まぶた》がもちあがって大きく見ひらかれた。彼はふたりにではなくその中間に視線を据えたまま、夢を見ているかのように話しつづけた。

「じつに単純な話だよ。特別な知識など必要ない。もちろん、心理歴史学の数学理論を用いればすぐさま解決する。三級レベル以上の方程式も必要ない――。いや、それはどうでもよいな。ごくあたりまえの言葉を使うだけでも――大まかな――意味はとれる。心理歴史学では珍しいことなんだがね。

考えてみたまえ――慎重に組み立てられたハリ・セルダンの歴史計画をくつがえせるものとは、いったいなんだ」穏やかな熱意をこめて順にふたりを見つめ、「セルダンがそもそも設定していた前提条件はなんだったね。第一に、きたる千年のあいだ、人類社会に根本的な変化は起こらないということだ。

　たとえば、エネルギー利用の新しい原理や電子神経生物学の研究完成といった、銀河系テクノロジーにおける大変革があったと考えてみよう。社会の変化により、セルダンの方程式は時代に見あわないものになってしまう。だがいままでそんなことは起こっていない、そうだろう?

　もしくは、ファウンデーションの外の世界で、ファウンデーションのすべての軍備に抵抗できるような新しい兵器が発明されたらどうだ。確率は低いかもしれないが、セルダン計画に壊滅的な逸脱をもたらす可能性がある。だがそれも実際には起こっていない。ミュールの核フィールド抑制装置そのものは稚拙《ちせつ》な武器で、対抗策を講じることができる。彼が提示した新兵器はそれだけだ。きわめてお粗末だな。

　だが第二の仮説、より複雑なものがあるのだよ!　セルダンは、刺激に対する人類の反応は一定であるという前提条件を立てた。第一の前提条件は保たれている。ならば、崩れ去ったのはこの第二の前提であるにちがいない!　なんらかの要因が人間の感情的反応をねじり、ゆがめているのだ。さもなければ、セルダンが失敗するはずも、ファウンデーションが敗北するはずもないではないか。その要因として、ミュール以外に何が考えられるね。

　どうだ。わたしの論旨《ろんし》に欠陥はあるか」

　ベイタのふっくらとした手が彼の手をそっとたたく。

「欠陥なんかないわ、エブリング」

ミスは子供のように喜んでいる。

「これくらいのことはすぐにわかったさ。ほかにもいろいろとな。わたしはときどき、自分の中で何が起こっているんだろうと不思議になる。さまざまなことが不明だったときのことをもなんとなくおぼえているが、いまではすべてがはっきりとわかる。疑問などない。疑問に思えそうなものに出くわしても、なぜだか心の中に答えが見えて理解できるのだ。そしてわたしの推論は、理論は、いつだって実証される。わたしの中には衝動があって……いつだってわたしを駆りたてて……だからわたしはとまることができず……何かを食べたいとも眠りたいとも思わず……いつだって前へ……前へ……前へと――」

彼の声はささやきのように低くなった。痩せて青い血管の浮いたふるえる手をひたいにあてる。目の中の興奮が薄れ、やがて消えた。そして、さらに静かな声で言った。

「それじゃわたしは、ミュールの精神能力について、一度も話していなかったんだな。だけどそれじゃ……あんたたち、そのことを知っているって？」

「プリッチャー大尉よ、エブリング」ベイタは言った。「おぼえてるでしょ」

「あいつが話したのか」口調に怒りがこもる。「だがあいつはどうして知ったんだ」

「彼、ミュールに感情制御されてしまったのよ。いまじゃミュールの配下で、大佐なんですって。降伏しろって忠告しにきたの。そして――いまあなたが教えてくれたことを――話していったわ」

「それじゃミュールは、わたしたちがここにいることを知っているのか。だったらいそがなくてはならん――マグニフィコはどこだ。あんたたちといっしょではないのか」

「マグニフィコは寝ている」トランがいらだたしげに言った。「いまは真夜中過ぎだ」

「そうなのか。それじゃ――あんたたちがはいってきたとき、わたしは寝ていたのかな」

「そうよ」ベイタはきっぱりと言った。「あなたももう仕事はおしまいよ。休まなきゃ。トリー、手伝って。エブリング、わがまま言わないの。寝る前にシャワーにつっこまれないだけましだと思ってね。トリー、靴を脱がせてあげて。そして明日、ここまでおりてきて、エブリングが消えてしまわないように、外にひきずりだしてね。ほら、ごらんなさいな、エブリング、いまにも蜘蛛の巣がはりそうよ。お腹《なか》はすいてない？」

エブリング・ミスは首をふり、ハンモックの中から、拗《す》ねたような当惑したような顔をむけてつぶやいた。

「明日になったら、マグニフィコをよこしてくれ」

ベイタは彼の首のまわりを上掛けでおおってやった。

「明日になったら、わたしがおりてくるわ。洗濯した服をもってね。あなたはちゃんとお風呂にはいって、外に出て農場を訪問して、少し陽《ひ》にあたったほうがいいわ」

「そんなことはせん」ミスは弱々しく反論した。「聞いているのか。わたしは忙しいんだ」

薄くなった髪が枕の上で、銀のフリンジのように頭をとりまいている。彼は内緒話をするように声をひそめた。

「あんたたちは第二ファウンデーションについて知りたいんだろう?」

トランはすばやくふり返り、ハンモックの脇にしゃがみこんだ。

「第二ファウンデーションがどうだって?」

心理学者は上掛けの下から片腕を出し、力ない手でトランの袖をつかんだ。

「ふたつのファウンデーションの設置は、ハリ・セルダンが主宰する大規模な心理学会議で決定された。トラン、わたしはその会議の議事録を見つけたのだ。二十五巻にわたる分厚いフィルムだ。概要にはもう目を通した」

「それで?」

「それでだ。心理歴史学の何某《なにがし》かを心得《こころえ》ていれば、そのフィルムから第一ファウンデーションの正確な位置を見つけだすのは造作もないことなのだ。方程式さえ理解できれば、幾度も言及されているからな。だがね、トラン、第二ファウンデーションについては、誰ひとり口にしておらんのだ。第二ファウンデーションに関する言及は、どこにも、何ひとつない」

トランは眉をひそめた。

「つまり、存在しないということなのか」

「もちろん存在しているとも」ミスが怒ったように声をあげた。「存在していないなどと誰が言った。話題にあがっていないだけだ。その重要性——それに関するすべては、隠しておいたほうが、曖昧にしておいたほうがいい。わからんかね。ふたつのファウンデーションのうちでも、こっちのほうがより重要なのだよ。決定的にして、大きな意味をもっている!

そしてわたしは、セルダン会議の議事録を手に入れた。ミュールはまだ勝利をおさめたわけではない――」

ベイタは静かに明かりを落とした。

「もうおやすみなさいな」

トランとベイタは無言で自分たちの区画にもどった。

翌日、エブリング・ミスは風呂を使い、服を着替え、トランターの太陽を目にし、トランターの風にあたった。彼にとって、そうした行動をとるのはそれが最後となった。その日が終わるころ、彼はふたたび巨大な図書館の奥にひっこみ、以後二度と出てくることはなかった。

つづく一週間、ふたたびそれまでと変わらぬ毎日がすぎていった。トランターの夜空では、ネオトランターを照らす太陽も、ひとつの星となって明るく静かにまたたいている。農場は春の植えつけに忙しい。大学構内はひとけがなく深閑《しんかん》としている。銀河系もまた空虚に感じられる。ミュールなど一度も存在したことがないかのように。

ベイタはそんなことを考えながら、トランを見つめた。彼は注意深く葉巻に火をつけ、地平線をおおった金属塔の隙間からのぞく、青空の断片をながめている。

「いい日だな」彼が言った。

「そうね。トリー、リストにぜんぶ書きこんだ？」

「ああ。バター半ポンド、卵一ダース、さやえんどう――。みんな書きこんだよ、ベイ。ちゃんともらってくる」

「いいわ。野菜は博物館の遺物みたいなのじゃなくて、とれたてのものをお願い。それはそうと、マグニフィコを見かけなかった？」

「朝食から見ていないな。きっとエブリングのところに行って、フィルムブックを読んでいるんだろう」

「そう。ちゃんとすぐに帰ってくるのよ。卵は夕飯に使うんだから」

トランはふり返って微笑し、手をふって出ていった。

トランが金属の迷路の中に姿を消すと、ベイタはむきを変え、キッチンの前でためらった。それからゆっくりまわれ右をして柱廊《ちゅうろう》にはいり、地下におりるエレベーターに乗った。

エブリング・ミスはプロジェクタの接眼部におおいかぶさり、凍りついたように身動きもせず、研究をつづけていた。そのそばではマグニフィコが、細長い四肢を束《たば》ねて椅子の上で身体を丸め、鋭い目で彼を見つめている。痩せた顔の中で大きな鼻がひときわ目立つ。

「マグニフィコ」そっと声をかけた。

マグニフィコがあわてて立ちあがり、熱のこもった小さな声で返事をした。

「レディ！」

「マグニフィコ、トランは農場に行ってしばらく帰ってこないの。彼に伝言があるのよ、メモを書くから、追いかけて届けてくれない？」

「もちろんでございます、レディ。レディのためなら、どのようなご用でも喜んでいたしますとも！」

そして彼女はエブリング・ミスとふたりきりになった。彼はさっきから身動きしていない。ベイタは彼の肩にしっかりと手をかけた。

「エブリング――」

心理学者はぎょっとしたように、いらだたしげな声をあげた。

「なんだ」目もとに皺をよせて、「なんだ、あんたか、ベイタ。マグニフィコはどこだ」

「お遣《つか》いに出したわ。あなたとふたりきりで話をしたかったから」ひと言ひと言をさらにはっきり発音しながら、「あなたと話がしたいのよ、エブリング」

心理学者はプロジェクタにもどろうとしたが、ベイタは肩においた手に力をこめてそれを阻止した。服の下の骨がはっきりとわかる。トランターに到着して以来、彼の身体は溶けてしまったかのように肉を失っている。顔も痩せ、黄ばみ、数日分の無精髭がのびている。腰かけた姿勢でいても、背中が目に見えて丸くなっている。

「エブリング、マグニフィコがいるとお邪魔じゃない？　夜も昼もここにきているみたいだけれど」

「いやいやいや！　まったく、ぜんぜん気にならんよ。静かにしているし、けっしてわたしの邪魔をしない。わたしのためにフィルムを運んできたり片づけたりしてくれることもある。何も言わんでも、どうしてほしいかわかるみたいだ。そのままにしてやってくれ」

「わかったわ――でも、エブリング、彼のこと、不思議だと思わない？　エブリング、聞いている？　マグニフィコのことを不思議だとは思わない？」

ベイタは椅子を引き寄せて、その目から答えをひきだそうとするかのように、じっと彼を見つめた。

沈黙。

エブリング・ミスは首をふった。

「いや。何が言いたいんだね」

「プリッチャー大佐もあなたも、ミュールは人の感情を制御できると言ったわ。でもそれってほんとかしら。マグニフィコはその仮説からはずれているじゃないの」

ベイタは心理学者を揺さぶりたい強烈な衝動をこらえた。

「エブリング、あなた、どうかしてしまったの？　マグニフィコはミュールの道化だったのよ。なぜ彼は、ミュールへの愛と忠誠を植えつけられていないの。ミュールと接触のあった大勢の人の中で、なぜ彼だけがあんなにミュールを憎んでいるの」

「だが……マグニフィコも制御を受けている。それは間違いない！」話しながら、どんどん確信が深まっていくようだ。「ミュールが将軍と道化を同じように扱うと思うかね。将軍には忠誠と信頼が必要だが、道化には恐怖さえあればいい。マグニフィコがつねにパニック状態にあること自体が、そもそも病的だとは思わんか。四六時中あのように怯えているのが、人にとってあたりまえのことだと思うかね。恐怖もあそこまでいくと滑稽《こっけい》だ。きっとミュールもそれを面白がっていたんだろう――そして、それはまた有益でもあった。初期の段階でわれわれがマグニフィコからひきだした情報は、ほとんど役に立たなかったからな」

「つまり、ミュールに関するマグニフィコの情報は偽物《にせもの》だってこと？」

「誤解を生じやすい紛《まぎ》らわしいものだってことさ。病的な恐怖でゆがめられている。ミュールは、マグニフィコが考えているような巨人ではない。精神能力をべつにすれば、たぶんふつうの人間となんら変わりはないだろう。だが、哀れなマグニフィコの目に超人として映るのを面白がったということは――」心理学者は肩をすくめた。「いずれにしても、マグニフィコの情報はもはやたいして重要じゃない」

「だったら、何が重要なの？」

だがミスは、彼女の手をふりほどいてプロジェクタにもどってしまった。

「だったら、何が重要なの？」ベイタはくり返した。「第二ファウンデーション？」

心理学者は、きっと彼女をふり返った。

「わたしはあんたに何か話したかな。何も言ったおぼえはないぞ。まだ用意が整っていない。わたしは何を話したのだ」

「何も話していないわ」ベイタは懸命に答えた。「銀河にかけて、あなたはわたしに何も話してませんん。でも話してほしいのよ。わたしはもう死にそうなくらい疲れてしまったの。これはいつ終わるの？」

エブリング・ミスは、どこか悲しみのこもった目で彼女を見つめた。

「そうだな、いや……すまんな、あんたを傷つけるつもりはなかった。わたしはときどき……誰が友達なのか忘れてしまう。ときどき、こうしたことすべてについて、いっさい話してはならんと思えることがある。もちろん秘密にしなくてはならん——だがそれはミュールに対してであって、あんたたちにではない」

そして力ない手でそっと彼女の肩をたたいた。

「第二ファウンデーションはどうなの？」

彼の声は自然に低まり、息まじりのかすかなささやきになった。

「セルダンがどれほど徹底的に自分の痕跡を隠したか知っているかね。セルダン会議の議事録も、一カ月前にはなんの手がかりにもならなかった。だがそこへ奇妙な直感がひらめいたのだよ。いまになっても——漠然としたものにすぎんのだが。会議に提出された書類は、なんの脈絡も関連性もないようで、いつも曖昧だ。会議の出席者たち自身、セルダンの思惑のすべてを知らなかったのではないかと思えることもある。ときには、セルダンはこの会議を大がかりな目くらましに利用しただけで、すべてを独力で構築したのではないかと——」

「ファウンデーションを？」

「第二ファウンデーションをだ！　われわれのファウンデーションは単純にして明快なものだった。だが第二ファウンデーションは名のみの存在だ。言及されてはいる。なのにくわしく調べようとしたら、数学の奥深くに隠されてしまう。まだ理解の糸口にすらたどりつけていないことも多いがね、それでもこの七日で断片が集まって、ぼんやりとした形をとりはじめている。

第一ファウンデーションは自然科学者の世界だった。死滅しようとしている銀河系の科学をふたたびよみがえらせるため、必要な条件のもとに科学者たちを集結させた。だがそこに心理学者はふくまれていなかった。これは奇妙なゆがみだ。なんらかの目的があるにちがいない。これは一般には、セルダンの心理歴史学は、個々の作業単位——つまり人間だな——が、やってくる未来についての知識をもたず、それゆえすべての状況において自然な反応を示すときに、もっとも効果的に働くからだ、と説明されている。ついてきているかね——」

「大丈夫よ、博士」

「では注意深く聞きなさい。第二ファウンデーションは精神科学者の世界なのだ。われわれの世界の鏡像だよ。物理学ではなく、心理学が王となるのだ」勝ち誇って、「わかるかね」

「わからないわ」

「考えてみたまえ、ベイタ、頭を使うのだ。ハリ・セルダンは、自分の心理歴史学が予測できるのは可能性だけであり、確実な予言ができるわけではないことを知っていた。極小のものではあれつねに誤差が生じ、その誤差は時間の経過とともに等比数列的に増大していく。セルダンは当然、できるかぎりそれを防ごうとしただろう。われわれのファウンデーションは科学的には強靱《きょうじん》だ。軍や兵器を征服してきた。力に対して力で戦ってきた。だがミュールのようなミュータントによる精神攻撃に対してはどうか」

「それには第二ファウンデーションの心理学者が対応するというのね！」ベイタの内に興奮が高まった。

「そう、そうなんだ、そういうことなんだよ！　もちろんだとも！」

「だけど、これまでのところ、その人たちは何もしていないわよね」

「何もしていないと、どうしてわかる？」

ベイタは考えこんだ。

「確かにわからないわ。それじゃあなたは、その人たちが行動しているという証拠をつかんだの？」

「いいや。まだ多くのことが謎のままだ。第二ファウンデーションも、われわれのファウンデーションと同じく、完成した形で設立されたはずはない。われわれはゆっくりと発展し、力をたくわえていった。彼らもきっとそうだろう。彼らの力がいまどの段階にあるかは星々のみが知ることだ。ミュールと戦えるほど強くなっているのか。そもそもこの危機に気づいているのか。有能な指導者がいるのか」

「セルダン計画が正しく機能しているなら、ミュールは必ず第二ファウンデーションによって打ち負かされるってことよね」

「ああ」エブリング・ミスは痩せた顔に皺をよせて考えこんだ。「結局そこにもどるんだな。だが第二ファウンデーションは第一よりも計画として困難だ。われわれ第一よりも、とほうもなく複雑な構造が必要とされる。したがって、失敗する可能性もはるかに高い。そしてもし第二ファウンデーションがミュールを打ち負かすことができなければ、まずいことになる——どうしようもなくまずい。もしかすると、われわれの知る人類というものが終焉《しゅうえん》を迎えるかもしれん」

「そんなこと」

「そうなのだ。ミュールの子孫がその精神能力を受け継いだら――わかるだろう。ホモ・サピエンスには太刀打ちできない。新たな支配種族が――新たな貴族階級が生まれ、ホモ・サピエンスは奴隷労働をする劣等種族におとしめられる。ちがうかね」

「そうね、そのとおりだわ」

「そして、なんらかの理由で王朝をうちたてなかったとしても。ミュールは、その独自の能力のみによって維持される、ゆがんだ新帝国を築きあげるだろう。その帝国はやつの死とともに滅びる。銀河系は、やつが登場する以前と同じ状態で放りだされるが、だがそこにはもはや、健全な真の第二帝国の核となるはずだったふたつのファウンデーションは存在しない。つまり、野蛮な時代が数千年にわたってつづくということだ。そしてその終わりは見えない」

「わたしたちに何ができるかしら。第二ファウンデーションに警告する？」

「そうすべきだろう。さもなければ、彼らは何も知らぬまま敗北してしまうかもしれない。そんな危険を冒すわけにはいかん。だが警告を送る方法がないのだよ」

「方法がないの？」

「まず、彼らがどこにいるかわからんからね。銀河系の向こう端というが、それだけだ。その言葉から考えられる惑星は何百万とある」

「でもエブリング、あれから何かわからないの？」ベイタは漠然と、テーブルをおおいつくすフィルムを示した。

「いやいや、駄目なんだよ。わたしには見つけられなかった——いまはまだな。このように秘匿《ひとく》されているということにも、なんらかの意味があるんだろう。理由があるはずだ——」彼の両眼に当惑の色がもどってきた。「そろそろ出ていってくれんかね。ずいぶん時間を無駄にしてしまった。もうあまり時間がないんだ——残り時間がどんどん減っていく」

そしていらだたしげに眉をひそめ、彼女から身を離した。

マグニフィコのやわらかな足音が近づいてきた。

「レディ、旦那さまがおもどりになりました」

エブリング・ミスは道化に声もかけず、プロジェクタにむきなおった。

その夜、話を聞いたトランが言った。

「それじゃベイは、エブリングがほんとうに正しいと思うんだね。でも彼は——」トランはそこで言葉を濁《にご》した。

「正しいわよ、トリー。確かに彼は病気よ。それはわかっている。あんなに変わってしまったもの。体重も減ったし、話し方だって——そう、彼は病気よ。でもミュールとか第二ファウンデーションとか、とにかくいま研究していることの話題になったら。聞いてみたらいいわ。外宇宙の空みたいに澄みわたって明瞭よ。自分が何を話しているか、はっきり理解している。わたしは彼を信じるわ」

「だったら希望はあるというわけか」なかば疑問のような言葉だった。

「わたしには……わたしにはまだわからないわ。希望はあるかもしれない！　ないかもしれない！　わたし、これからはブラスターを持って歩くわね」そう語る彼女の手には、銃身の輝く武器が握られている。「もしものときのためよ。トリー、もしものときのため」

「たとえば？」

ベイタはヒステリックな笑い声をあげた。

「気にしないで。たぶんわたしも少しおかしくなってるんだわ――エブリング・ミスと同じように」

エブリング・ミスの生命は、この時点であと七日だった。その七日もまたたくまに、一日一日と静かに過ぎ去っていった。

全員が無感覚に陥っている、トランはそう感じていた。しだいに暖かさを増す日々と単調な静けさが、倦怠《けんたい》感をもたらす。生活のすべてが活力を失い、永遠につづく眠りの海にひきこまれてしまったかのようだ。

ミスは地下の部屋に完全にこもったまま、懸命の探索は何ものも生みださず、そもそも何を研究しているかもはっきりとはわからない。彼は完全に外界を遮断していた。トランにもベイタにも会おうとしない。仲介役をつとめるマグニフィコがいなければ、ほんとうに存在しているかどうかすら、疑わしく思えるところだ。マグニフィコも考え深く無口になり、足をひそめて食事を運んでは、暗がりの中でじっと静かに彼を見守っている。

ベイタはさらにいっそう自分の内に閉じこもるようになった。快活さは消え、満ちあふれていた自信も揺らいでいる。彼女もまた、ひとりきりになって考えごとに没頭している。ブラスターをいじっているところに行きあわせたこともある。彼女はいそいでブラスターをしまい、無理やりのように微笑を浮かべてみせた。

「それをどうしようっていうんだ、ベイ」

「もっているだけよ。いけない？」

「その馬鹿な頭を自分でふっとばすつもりじゃないだろうな」

「ふっとばしたって、たいした損失じゃないでしょ！」

トランは結婚して以来、鬱《うつ》状態にある女と議論をしても無駄なことを学んだ。だから肩をすくめ、その場を離れた。

そして最後の日、マグニフィコが息を切らして駆けこんできて、怯えたようにふたりにしがみついた。

「博士さまがおふたりをお呼びです。具合がよろしくないのです」

まさしく具合はよくなかった。彼は床《とこ》についていたが、目はつねになく大きく見ひらかれ、つねにない光を宿していた。誰ともわからないほど汚れきっていた。

「エブリング！」ベイタは大声で呼びかけた。

「聞いてくれ」心理学者は痩せ衰えた肘をついてやっとのことで身体を起こし、かすれた声で言った。「話をさせてくれ。終わったぞ。あんたたちにその結果を伝える。記録はつけていない。メモした数字もすべて破棄《はき》した。ほかの誰にも知られてはならんからな。すべて、あんたたちの心の中だけにとどめておいてくれ」

「マグニフィコ」ベイタはきっぱりと命令した。「上に行っていなさい！」

道化はしぶしぶ立ちあがり、悲しげな視線をミスに据えたまま、あとずさった。

ミスが弱々しく手をふった。

「マグニフィコはかまわんよ。いさせてやりなさい。マグニフィコ、出ていかんでよい」

道化はすぐさま腰をおろした。ベイタは床を見つめた。そしてゆっくりと、ごくゆっくりと、下唇を嚙みしめた。

ミスがかすれた声でささやいた。

「ミュールによる攻撃があまりに迅速でさえなければ、第二ファウンデーションは間違いなく勝利をおさめられる。第二ファウンデーションはその存在を秘匿してきた。その秘密は保持されねばならん。それには目的がある。あんたたちはそこに行かなくてはならない。あんたたちの情報は重要で……それによってすべてが変わるかもしれん。聞いているかね」

トランが苦悶《くもん》に近い声をあげてさけんだ。

「聞いている、聞いているとも！　どうやってそこに行けばいいんだ。教えてくれ、エブリング。それはどこにあるんだ」

「では話そう」かすかな声が答えた。

だがそれはついに語られることがなかった。

氷のように青ざめたベイタがブラスターをもちあげ、発射したのだ。鋭い音がこだました。

ミスの上半身が消失し、背後の壁にぎざぎざの穴があいた。力の抜けたベイタの指から、ブラスターが床に落ちた。

26　探索の終わり

誰もひと言も口をひらかなかった。爆音のこだまが外の部屋へと響きわたっていく。それは、ベイタのブラスターが落ちる音、甲高いマグニフィコの悲鳴、不明瞭なトランのわめきを掻き消してとどろき、やがて静まった。

そして苦しげな静寂がたれこめた。

ベイタはがっくりとうなだれた。水滴が光を反射させながらこぼれ落ちる。子供のころから一度も泣いたことなどなかったのに。

トランの筋肉は、音をたてて張り裂けそうなほどこわばり痙攣《けいれん》していた。なのに力を抜くことができない。歯を食いしばったまま、二度と口があかないような気さえする。マグニフィコの顔は、色褪《あ》せ生命を失った仮面だ。

トランはようやく、なおも食いしばった歯のあいだから、聞きとりにくい声を絞りだした。

「それじゃ、きみはミュールの女だったんだな。やつに支配されていたのか!」

ベイタが顔をあげた。苦しげな笑みの形にくちびるがゆがむ。

「わたしが、ミュールの女ですって？　馬鹿ね」

彼女はかろうじて微笑を浮かべ、髪をうしろにはらいのけた。ゆっくりと、以前の声が――それに近いものが、もどってきた。

「終わったわ、トラン。これで話ができる。あとどれだけ生きていられるかわからないけれど。でもやっと話すことができるわ――」

トランの緊張は頂点まで達して崩れ、どんよりと弛緩した。

「話すって何をだ、ベイ。いまさら何を話そうっていうんだ」

「わたしたちを追いかけてきた災厄についてよ。前にも話したことがあったでしょ、トリー。おぼえてない？　敗北はいつだってわたしたちの足もとにせまっていたわ。だけど実際に踵《かかと》を嚙まれたことは一度もない。わたしたちはファウンデーションにいて、独立貿易商がまだ戦っているというのに、ファウンデーションは降伏した――だけどわたしたちはかろうじて脱出し、ヘイヴンに逃れた。わたしたちはヘイヴンにいて、ほかの惑星がまだ戦っているというのに、ヘイヴンは陥落した――そしてわたしたちはまた、かろうじて脱出してのけたのよ。それからわたしたちはネオトランターに行った。いまじゃもう間違いなく、ネオトランターもミュールと手を結んでいるわね」

トランは耳を傾けていたが、結局かぶりをふった。

「いったい何を言いたいんだ」

「トリー、こんなこと、現実に起こり得るはずがないのよ。あなたもわたしも重要人物じゃないんだから。たった一年のあいだに、絶え間なくつぎつぎと政治の渦に巻きこまれるなんて――わたしたちが渦そのものを持ち運んでいるのでないかぎり。疫病のもとを持ち運んでいるのでないかぎりね！　これでわかった？」

トランのくちびるが引き締まった。その視線が、さっきまで人間だったものの血まみれの残骸を恐ろしそうに見つめる。目に不快感が浮かぶ。

「ここを出よう、ベイ。外に行こう」

外の空は曇っていた。風が吹き荒れてベイタの髪を乱す。マグニフィコもこそこそとふたりのあとを追って、かろうじて声の届くあたりで足をとめている。

トランは硬い声で言った。

「きみがエブリング・ミスを殺したのは、彼が疫病《えきびょう》のもとだと判断したからなのか」彼女の目に浮かぶ何かに衝撃を受け、ささやいた。「彼がミュールだったのか」

トランは自分の言葉の意味するものを信じていなかった――信じることはできなかった。

ベイタが甲高い笑い声をあげた。

「かわいそうなエブリング、彼がミュールですって？　銀河にかけて、とんでもない！　もし彼がミュールだったら、わたしに殺せるはずがないわよ。わたしの動きを見て、そこから感情を探知して、愛とか、忠誠心とか、崇拝《すうはい》とか、恐怖とか、なんでもいいけれど自分の好むものに変えてしまったでしょうね。ちがうわ。わたしがエブリングを殺したのは、彼がミュールではなかったからよ。わたしが彼を殺したのは、彼が第二ファウンデーションの所在地を知ったから。二秒後にミュールにその秘密を教えてしまうところだったからよ」

「ミュールに秘密を教えるところだったって」トランは愚かしくくり返した。「ミュールに秘密を――」

彼はそこで鋭い悲鳴をあげ、ふり返って恐怖の目で道化を見つめた。いまの話を理解したのだろうか、道化は気を失ったようにうずくまっている。

「まさかマグニフィコが」トランはささやいた。

「聞いて！　ネオトランターで起こったことをおぼえているでしょ。ああ、自分で考えてよ、トリー」

だがトランは首をふって、不明瞭なつぶやきをあげるばかりだった。ベイタがいらだちをこめてつづけた。

「ネオトランターで人がひとり死んだわよね。誰も手を触れていないのに死んだ。そうでしょ。マグニフィコがヴィジソナーを弾いて、その演奏が終わったとき、皇太子が死んでいた。奇妙だと思わない？　あらゆるものを怖がって、恐怖心から何もできないように見える人間が、意のままに他人を殺せる力をもっているのよ。変だとは思わない？」

「音楽と光は感情に深い効果をもたらすから――」トランは言った。

「そうよ、感情効果よ。それも、とっても大きな。感情効果といえばミュールの得意技じゃないの。確かに偶然の一致かもしれない。暗示だけで人を殺せるいっぽうで、マグニフィコはものすごい怖がりよね。そう、ミュールに精神を操作されてしまったから――そう考えれば説明はつく。でもね、トラン、わたしは皇太子を殺したあのヴィジソナーの音楽を少し聞いたのよ。ほんの少しだったけれど――時間廟堂やヘイヴンで感じたのと同じ、あの絶望がよみがえった。あの独特の感覚は間違えようがないわ」

トランの顔が暗くなった。

「ぼくも……それを感じた。忘れていた。一度も考えたことがなかった――」

「そのときにはじめて気がついたの。ぼんやりした曖昧な感じ――直感と言ってもいいけれど。でもほんとにそれ以上のものじゃなかったのよ。それから、プリッチャー大尉がミュールの変異能力について話してくれて。その瞬間はっきり理解したの。時間廟堂であの絶望感をつくりだしたのはミュールだった。ネオトランターであの絶望感をつくりだしたのはマグニフィコだった。そしてそのふたつは同じ感情だった。だから、ミュールとマグニフィコは同一人物でなくてはならないの。それでちゃんと問題が解けるでしょ、トリー。幾何《きか》学の公理といっしょよ――同一のものに対して等しければ、それらはたがいに等しい」

彼女はヒステリーを起こしかけていたが、それでも全力をふりしぼって冷静さをとりもどし、さらにつづけた。

「それに気づいて、わたし、死ぬほど怖かった。マグニフィコがミュールだったら、わたしの感情を知ることができる――そしてそれを自分の好きなように変えることができる。絶対に知られてはいけない。だからわたしは彼を避けたの。運のいいことに、彼のほうでもわたしを避けてくれた。エブリング・ミスに夢中になっていたから。それでわたしは、エブリングが情報を漏らす前に殺そうと計画した。こっそりと──ほんとうにこっそりと計画したのよ。自分自身にもけっして口にしないくらい。できるならミュールを殺したかったわ。でもそんな危険は冒せなかった。きっと気づかれるだろうし、そうしたら何もかも終わってしまうもの」

彼女は感情が涸《か》れ果ててしまったかのようだった。トランは荒々しい声で結論した。

「そんなことはあり得ない。あのかわいそうなやつを見てみろよ。あいつがミュールだって？　あいつはぼくたちの話を聞いてもいないだろう」

だが、トランが自分の指の示したほうに目をむけると、マグニフィコはすっくと立ちあがっていた。視線は鋭く、暗い輝きを帯びている。語りはじめた声からは、あの独特の語調が失われていた。

「話は聞いていた。わたしはここにすわりこんで、このわたしの知恵と先見の明をもってしても過《あやま》ちを犯し、多くを失うことがあり得るのだと考えていた」

トランはあとずさった。道化が彼に触れるのではないか、その息に触れれば汚染されてしまうのではないかといわんばかりだった。

マグニフィコがうなずき、問われていない問いに答えた。

「わたしがミュールだ」

彼はもはやグロテスクには見えなかった。細長い四肢もとがった鼻も、滑稽ではなく──迫力をかもしだしている。たたずまいからは怯えが消え、毅然《きぜん》としている。

彼はいかにも堂に入った態度でその場を支配した。そして寛大な口調で言った。

「すわってくれてかまわない。寝そべってゆっくり手足をのばし、くつろいでもいい。ゲームは終わった。話を聞いてほしい。これがわたしの弱点なのだ――人に理解してもらいたいと願わずにはいられない」

ベイタを見つめているのは、以前と同じ、やわらかく悲しげなマグニフィコの、道化の茶色い目だ。

「子供時代、記憶に残しておきたいようなことは何ひとつなかった」彼は堰《せき》を切ったように話しはじめた。「きっとあなた方もわかってくれるだろう。この痩せこけた身体も、大きな鼻も、生まれつきのものだ。あたりまえの子供時代を送ることなどできなかった。母はわたしを見ることなく死んだ。父の顔は知らない。行き当たりばったりで暮らしながら成長し、傷つき苦しみ、心の中は自己憐憫《れんびん》と他者への憎悪でいっぱいだった。わたしは奇妙な子供だと思われていた。誰もがわたしを避けた。ほとんどが嫌悪からだったが、恐れる者もあった。奇妙なことがいろいろと起こった――。ああ、それはもういい！　とにかく、あまりにもいろいろなことが起こったため、わたしの子供時代を調査したプリッチャー大尉は、わたしがミュータントであることに気づいたのだ。このわたし自身ですら、二十代になってやっと気づいたことだったのに」

トランとベイタはぼんやりと耳を傾けていた。彼の声が押し寄せてきてはふたりの上で砕け、ほとんど省《かえり》みられることなくふたりのすわる地面にこぼれていく。道化は――ミュールは、小刻みな足どりでふたりの前を歩きながら、うつむき、組んだ両腕にむかって話しつづけた。

「自分の異常な能力を理解するには、とても長い時間が必要だった。ほんとうにゆっくりとした、一歩ずつの前進だった。はっきり理解できるようになっても、信じることはできなかった。わたしにとって、人の心は、どの感情が優勢であるかを示す指針のついたダイヤルのようなものなのだ。あまりよい譬《たと》えではないが、ほかにどう説明すればいいのかわからない。わたしはやがて、人の心の中にはいりこんで針を望む場所に移動させ、そのまま固定できるようになった。ふつうの人間にはそんな真似ができないと気づくには、さらに長い時間がかかった。

能力を意識すると同時に、みじめな過去を埋めあわせたいと思った。わかってもらえるだろうか。せめてわかろうとしてほしい。異形《いぎよう》であるのは楽なことではない——心をもち、理解力をもち、そして異形であるということ。人々の嘲笑と残酷さを浴びせられて。異なるということは！　異端者《いたんしや》であるということは！

けっして乗り越えられるものではない！」

マグニフィコは空を見あげ、爪先《つまさき》立って身体を揺らしながら、なおも淡々と過去を語りつづけた。

「だが、最後にはわたしも学んだ。そして、いまこそわたしと銀河系は立場を交替すべきだと考えた。これまではほかの者たちが主導権を握り、わたしはずっと耐えてきた——二十二年間も。こんどはわたしの番だ！　我慢するのはほかのやつらだ！　賭け率がフェアでないとは言わせない。わたしはひとりしかいないのに、やつらは何兆といるのだから！」

彼は言葉をとめ、すばやくベイタに視線をむけた。

「だがわたしにも弱点があった。わたし自身は何者でもない。わたしが権力を得られるとしても、それは他者の力によってでしかない。媒介となる者なしに、わたしは成功できない。けっして！　あとはプリッチャーが話したとおりだ。わたしはまず宙賊を使って小惑星に最初の基地を築いた。企業経営者を使って足がかりとなる最初の惑星を手に入れた。カルガンの総帥につながるさまざまな人間を通して、カルガンの惑星そのものと宙軍を手に入れた。そのつぎがファウンデーションだった――そして、あなた方ふたりが物語に登場した」

彼は静かに言葉をつづけた。

「ファウンデーション攻略はこれまでにない難問だった。ファウンデーションを打ち破るには、その支配階級の大半を、味方にひきいれるか、たたきつぶすか、もしくは無力化しなくてはならない。正攻法でいってもよかったのだが――近道はあるはずだ。わたしは近道をさがした。つまるところ、五百ポンドをもちあげられる力持ちだからといって、つねに五百ポンドをもちあげていたいわけではない。感情支配はそれなりにたいへんなのだ。できるなら、どうしても必要なとき以外は使いたくない。だからわたしは、ファウンデーションへの最初の攻撃にさいして、同盟者の手を借りることにした。

そこでミュールの道化に身をやつし、ファウンデーションのエージェントをさがした。わたしという卑しき存在を調査するため、カルガンに送りこまれているにちがいないと思って。いまならば、自分がさがしていたのはハン・プリッチャーだったのだとわかる。だがあのときのわたしは、運命のいたずらで、かわりにあなた方を見つけた。わたしは確かにテレパスだが、その能力は完全ではない。そして、レディ、あなたはファウンデーションの生まれだ。だからわたしはそこで道をそれてしまったのだ。その後プリッチャーが接触してきたことで、それは致命的な過ちとはならなかったが、いずれ致命的となる過ちの、最初の一歩だった」

トランがはじめて身じろぎし、怒りのこもった口調で言った。

「ちょっと待てよ。それじゃ、カルガンでぼくがスタンガンだけを頼りにあの中尉に立ち向かっておまえを助けたのは——感情支配されていたからなのか」まくしたてるように、「ぼくはずっと操《あやつ》られていたというのか」

マグニフィコの顔にかすかな笑みが浮かんだ。

「もちろんだとも。信じられないか。では考えてみるがいい——。あなたはまともな心理状態にあるとき、見も知らぬグロテスクな異形を助けるために生命をかけようと思うか。あとで冷静になって、自分でも驚いたのではないか」

「そうよ」ベイタが淡々と言った。「あなた、驚いてたわよ。間違いなく」

「じつのところ、危険はまったくなかった」ミュールがつづけた。「あの中尉には、わたしたちをそのまま行かせるよう、厳命がくだされていたのだ。そうして、わたしたち三人とプリッチャーはファウンデーションにむかった——その後、わたしの計画がいかにすみやかに展開されたかは、あなた方も知るとおりだ。プリッチャーが軍法会議にかけられたときは、わたしたちも出廷した。あのときはとても忙しかった。あの軍事裁判官たちは、のちの戦闘でそれぞれ艦隊を指揮した。そしてなんとも簡単に降伏し、わたしの宙軍はホルレゴルの戦闘や、その他の小競《こぜ》り合いで勝利をおさめた。

それから、わたしはプリッチャーを通じてミス博士と出会い、博士がヴィジソナーをもってきてくれた。あれは完全に博士自身の意志に基づいた行動だったのだが、おかげでわたしの仕事ははなはだしく容易になった。もちろん、そこのところはまったく彼の意志とは無関係だった」

ベイタが言葉をはさんだ。

「あのコンサート！　ずっとどういうことか考えていたのよ。いまやっとわかったわ」

「そうだ」とマグニフィコ。「ヴィジソナーは焦点をつくる。ある意味、それ自体が原始的な感情制御のための装置だともいえる。あれを使えば大勢の人間を扱うことができるし、ひとりの人間相手ならばより強力な効果が得られる。陥落前のテルミヌスや陥落前のヘイヴンでおこなったコンサートは、人々に敗北主義をひろめるのに役立った。ヴィジソナーがなければ、ネオトランターの皇太子をひどい不調に陥《おとしい》れるくらいはできたかもしれないが、殺すことまではできなかっただろう。わかるだろうか。

だがわたしにとってもっとも重要なのは、エブリング・ミスを見つけたことだった。彼ならば――」と口惜《くちお》しさをこめて言いかけ、いそいでつづけた。「感情制御にはあなた方の知らない特別な側面がある。直感とか、洞察とか、虫のしらせとか、なんと呼んでもいいが、そうしたものは感情として扱うことができる。少なくとも、わたしにはそれができる。あなた方にはわからないかもしれないが」

彼は否定の言葉を待たずにさきをつづけた。

「人の感情の働きは非効率的だ。二十パーセントというのが通常の数値だが、一時的に大きなパワーを噴出させることがある。それが、直感とか洞察とか虫のしらせと呼ばれるものだ。わたしはごくはじめのころに、自分が他者の脳を高効率で持続的に働かせられることに気づいた。それはその当人にとっては死にいたる作用なのだが、役に立つ――。ファウンデーション戦でわたしが使った核フィールド抑制装置は、カルガンのある技術者に過度の重圧をかけてつくらせたものだ。ここでもわたしは他者を利用したことになる。

何よりも決定的なのはエブリング・ミスだった。彼の潜在能力は非常に高い。わたしが必要としているのはまさしく彼だった。ファウンデーションとの戦端をひらく前に、わたしは帝国と交渉するべく使節を送りだしていた。第二ファウンデーションの探索をはじめたのもそのころのことだ。もちろん、わたしには見つけられなかった。だがもちろん、見つけなくてはならないこともわかっていた――そしてエブリング・ミスがその答えだった。彼の頭脳を高効率化すれば、ハリ・セルダンの仕事を再現できるのではないか。

彼は一部それを実現させた。わたしは彼を限界まで働かせた。非情なやり方だったが、やり遂げなくてはならなかった。彼は死にかけていたけれども、それでも――」ふたたび声に口惜しさがまじる。「必要なだけは生きのびるはずだったのだ。そしてわたしたちは三人で、第二ファウンデーションにむかうはずだった。それが最後の戦いになるはずだった——わたしが過ちを犯しさえしなければ」

　トランが硬い声でたずねた。

「何をもったいぶっているんだ。おまえの過ちとはなんだ……それを言って、さっさと話を終わらせろ」

「過ちというのはあなたの妻だ。あなたの妻は類稀《たぐいま》れな人だ。わたしは生まれてこのかた、このような人に会ったことがなかった。わたしは……わたしは——」

　ふいにマグニフィコの声が乱れた。それでも彼は必死になって冷静さをとりもどし、断固として言葉をつづけた。

「彼女は、わたしが感情を支配しなくとも、わたしに好意を抱いてくれた。嫌悪することも、面白がることもなく、ただわたしを哀れんでくれた。純粋に好意を抱いてくれた！

　わからないか。それがわたしにとってどのような意味をもつか。かつて誰ひとりとして——。そう、わたしは……それを大切にしたいと思った。わたしはすべての他者を支配しながら、おれの感情にあざむかれた。そう、わたしは彼女の心に触れなかった。干渉しなかった。自然の感情をあまりにも大切にしてしまった。それがわたしの過ちとなった——はじめての過ちだ。

　トラン、あなたはわたしの支配下にあった。一度もわたしを怪しんだことがない。一度も疑問を抱いたことがなく、わたしの異常性や奇妙さを気にとめなかった。たとえば〝フィリア〟船に停止を命じられたときだ。それはそうと、彼らがわたしたちの位置を知っていたのは、わたしが連絡していたからだ。将軍たちとはずっと連絡を保っていた。停止を命じられたとき、わたしはあの船に移って、捕虜となっていたハン・プリッチャーの感情を支配した。わたしが去ったとき、彼はミュール軍大佐としてあの船の指揮をとっていた。すべてはあなたにとってもじつに明らかだったのだが、それでもあなたは欺瞞《ぎまん》だらけのわたしの説明を受け入れた。わかるだろうか」

トランが顔をしかめ、挑むように言った。

「将軍たちとどうやって連絡をとっていたんだ」

「簡単なことだ。ウルトラウェイヴ送信機は操作が単純で、持ち運びも楽だ。実際問題として、わたしが疑われることはあり得なかった。送信の現場を見かけた者は、記憶にわずかな欠落を抱えてその場を去るだけだ。そんなことも何度かあった。

ネオトランターで、愚かなわたしの感情がふたたびわたし自身を裏切った。レディ、あなたはわたしの支配下になかったが、もしわたしが皇太子のことでわれを忘れたりしなければ、けっしてわたしを疑うことはなかっただろう。あいつがあなたにむけた関心に――わたしはいらだった。だからあいつを殺した。愚かな行為だった。こっそりと逃げだすだけでよかったのに。

それでも、もしわたしがプリッチャーの善人ぶった駄弁《だべん》をとめていたら、もしくはミスに集中しすぎず、もっとあなたに注意をはらっていたら、あなたの疑惑も確信にはいたらなかっただろう――」そして彼は肩をすくめた。

「それでおしまい？」ベイタはたずねた。

「終わりだ」

「それで、これからどうするの？」

「わたしは自分の計画をつづけていく。このすべてが退化した時代に、エブリング・ミスと同じくらいすぐれた頭脳をもち訓練を積んだ者が、はたして見つかるかどうかはわからないが。そのときには、べつの方法で第二ファウンデーションをさがさなくてはならない。ある意味、あなた方はわたしを敗北せしめたのだ」

ベイタは勝ち誇ったように立ちあがった。

「ある意味ですって？　ある意味、だけなの？　わたしたちはあなたを完全に打ち負かしたのよ！　ファウンデーションの外でどれだけの勝利をおさめたって無駄よ。いまじゃ銀河系は野蛮な虚空になってしまったんだもの。ファウンデーションを征服したことだって、ごくごくささやかな勝利にすぎない。あのファウンデーションはあなたのような危機を阻止するためのものではなかったのだから。あなたが倒さなくてはならないのは第二ファウンデーション――第二ファウンデーションよ。そしてあなたを倒すのもまた第二ファウンデーションなんだわ。あなたの唯一のチャンスは、むこうが準備を整える前にその所在地をつきとめて攻撃をしかけることね。いまとなってはそれもできない。むこうでは一分ごとにあなたに対する攻撃準備を整えている。いまこの瞬間にも、この瞬間にも、動きはじめているかもしれない。いまにわかるわ——第二ファウンデーションが攻撃してきたときにね。あなたが権力をほしいままにする期間は短いままに終わり、結局はあなたも、血なまぐさい歴史の表面をほんの一瞬みじめにかすめていくだけの、空威張《からいば》りの征服者のひとりにしかなれないのよ」

彼女は興奮のあまり息を切らし、いまにもあえがんばかりだ。

「わたしたちが、トランとわたしが、あなたを負かしたのよ。これで満足して死ねるわ」

だがミュールの悲しげな茶色の目は、いまもなお、マグニフィコの愛情あふれる悲しげな茶色の目だった。

「あなたの生命も、あなたの夫の生命も、奪いはしない。つまるところ、あなた方ふたりにこれ以上わたしを傷つけることはできないのだし、あなた方を殺したところでエブリング・ミスがもどってくるわけではないのだから。わたしの過ちはわたし自身のものだ。その責任はわたし自身でとる。夫とともに行くがいい！　心安らかに去ってほしい。わたしが——友情と呼ぶものに免じて」

そこでふいに自尊心の欠片《かけら》に突き動かされて、

「わたしはいまもなおミュール、銀河系でもっとも力ある者だ。必ずや第二ファウンデーションを打ち負かしてみせよう」

ベイタは冷静に、確固たる確信をもって、最後の矢を放った。

「無駄よ！　わたしはいまもセルダンの知恵を信じている。あなたはあなたの王朝の、最初にして最後の統治者となるのよ」

いまの言葉がマグニフィコの何かに訴えたようだった。

「わたしの王朝？　そうだ、わたしもしばしば考えた。自分の王朝をうちたてたいと。ふさわしい妃《きさき》を迎えたいと」

ベイタはふいに彼の視線の意味に気づき、恐怖に凍りついた。

マグニフィコは首をふった。

「嫌悪しているのか。それは愚かなことだ。もしすべてが逆に進んでいたら、わたしはいともたやすくあなたを幸福にしていた。確かにそれは紛《まが》い物の幸せかもしれない。それでもほんものの感情となんのちがいもない。だがすべてはこのように進んでしまった。わたしはミュールと名のっている――それは、わたしの力ゆえではない――そうとも――」

そして彼は、一度もふり返ることなく、去っていった。

アシモフのSFにおける「科学的」思考法の真骨頂「心理歴史学」

堺　三保

本書は、アイザック・アシモフの《銀河帝国の興亡》シリーズ初期三部作の第二部 *Foundation and Empire*（1952）の新訳版である（初期としたのは最初の三部作が一九五三年に完結したあと、八〇年代になって第四部、五部となる『ファウンデーションの彼方へ』と『ファウンデーションと地球』が、またそれ以後最晩年にかけて第六部、七部として初期三部作の前日譚となる『ファウンデーションへの序曲』『ファウンデーションの誕生』の四作品が書かれているからだ。今回の創元SF文庫版新訳は初期三部作のみを対象としている）。

本書は「将軍」"The General" と「ミュール」"The Mule" の二つの中編で構成されており、いずれも初出は第一巻収録のうちの四編と同じく〈アスタウンディング・サイエンス・フィクション〉誌である（「将軍」（雑誌掲載時のタイトルは「死者の手」"Dead Hand"）は一九四五年四月号、「ミュール」は一九四五年十一月号と十二月号に分載）。

前巻では、天才数学者ハリ・セルダンが人類の未来を数学的手法で予測する「心理歴史学」を用いて、銀河帝国の崩壊とその後につづく長い暗黒時代を予測、帝国の崩壊は不可避だがその期間を大幅に短縮できるとして、二つのファウンデーションを設立するところから始まり、彼の死後、第一ファウンデーションが数々の危機を乗り越えていったところまでが描かれた。

本書はその後を受け、ついに訪れる銀河帝国と第一ファウンデーションとの対決と、それにつづいて登場する、セルダンも予期していなかった新たな脅威について描いている。

特にこの新たな脅威であるミュールが登場する後半部分は、シリーズ全体を貫く大前提である「心理歴史学」による未来予測が外れるという、大変ショッキングかつスリリングな展開となる。

果たして心理歴史学とその研究結果によって生み出された二つのファウンデーションが、予測し得なかった事態にも対応し、未来の歴史をより良い方向へ導けるかどうかについては第三巻に譲《ゆず》るとして、本稿では心理歴史学という架空の学問について、SF的な設定の側面から考察してみたい。

第一巻の『銀河百科事典』引用部で、アシモフは心理歴史学を「一定の社会的・経済的刺激に対する人間集団の反応を扱う数学の一分野」と定義している。その実態はあくまでも、心理学でも歴史学でもない数学的な予測だと言っているのだ。もっとも、どういった計算にもとづくのかという具体的な手法はまったく記していない。人の行動は属する集団が大きければ大きいほど統計学と数学を使って予測できると主張しているだけだ。そして、計算によって導かれた結果に対して、現実の人々がどのように行動していくかを語ることで、読者に心理歴史学の力を否応なく見せつけるのである。

ここがアシモフの巧妙なところだ。つまり大枠のアイデア部分では何の根拠もない大嘘をついておいて、そこから生じる事物については論理的な整合性を示しながら展開させるので、読者はついつい疑うことを忘れて物語に没入してしまう。

とはいえ、アシモフの「心理歴史学」というアイデアそのものが張り子の虎だとしても、その先駆性とおもしろさはまったく変わらないし、いまもなお有効だ。いや、いっそ科学的な根拠が存在しない概念そのものであるがゆえに、いまもなお命脈が保たれていると言ってもいい。

同じことはアシモフのもうひとつの代表作である《陽電子ロボット》ものの作品群にも当てはまる。『わたしはロボット』『鋼鉄都市』をはじめとして、アシモフは作中に登場するロボットが高度な判断力を有する理由を「陽電子頭脳」という装置のおかげとしているが、この陽電子頭脳なるコンピューターの原理についてはまったく説明していない（アシモフはやはり八〇年代に発表した『夜明けのロボット』『ロボットと帝国』で、その未来史を《銀河帝国》シリーズとつなげている）。

そして、《銀河帝国》シリーズと同様、《陽電子ロボット》ものもまた、SFのアイデア部分が時の流れに影響されたり風化したりせずに、いまだにそのおもしろさが担保され、人々に楽しまれているのだ。

アシモフは化学の博士号を持つ、いわゆる科学者作家の先駆けのような人だが、そのSF小説で自分の専門分野である化学の知識を存分に使うようなことはほとんどしていない。このあたりが、同じ科学者作家でも、ハル・クレメントやグレゴリイ・ベンフォードといった、自分の専門知識を使った詳細なSF設定を作り上げるタイプのハードSFの書き手といちばん違うところだ。

アシモフはつねに架空の「もしこんなものがあれば?」という大きな嘘をアイデアの核心に置き、そこから論理を紡《つむ》いでいって驚くべき物語を展開してみせる。それは本シリーズや《陽電子ロボット》ものはもちろん、初期の出世作である短編「夜来たる」(二千年に一度しか夜が来ない惑星が舞台)や、ヒューゴー賞とネビュラ賞をダブル受賞した長編『神々自身』(架空の物質「プルトニウム186」が登場する)にも当てはまる。

つまりアシモフのSFは、その科学的情報の新しさや正確さよりも、設定の論理的な緻密《ちみつ》さに真骨頂《しんこっちょう》があるのだ。言い換えると、科学的知識よりも科学的思考法に重点が置かれている。そして、繰り返すが、だからこそアシモフ作品はいまもなおその魅力を保ちつづけているのである。

さて、《銀河帝国》シリーズは配信サービスAppleTV+によってドラマシリーズ化が進行中だ。二〇二一年十一月現在、ちょうど第一シーズン全十話の放送が終わるところで、すでに第二シーズンの製作も発表されている。

ＳＦファンとしても知られ、『ダークシティ』、『ブレイド』、『バットマン ビギンズ』、『マン・オブ・スティール』などの脚本を手がけたデイヴィッド・Ｓ・ゴイヤーがこのドラマ版の原案とメイン脚本家を担当し、アイザック・アシモフの娘、ロビン・アシモフと共に製作総指揮に名を連ねている。

いま「ドラマ版の原案」と書いたが、ゴイヤーはアシモフの原作をもとにしながらも、かなり大胆な脚色をおこなっていて、登場人物たちの性格や行動をよりドラマチックに書き換えている（ガアル・ドーニックとサルヴァー・ハーディンが女性になっているのもその一例）のと、世界の描写がより細密でＳＦ的美術に彩《いろど》られ、原作ではほぼ描かれていない帝国内の描写が多い（クローン体である三人の皇帝の連立政権であったり、自分がロボットであることを隠している宰相《さいしょう》がいたり）ところが大きな特徴だ。

特に、帝国内での皇帝らによる権力争いを執拗にとりあげているのが物語上の最大の違いだが、これはこの先、帝国が滅んでいく際、第一ファウンデーションやミュールとの対決を原作以上に克明に描く布石なのだろう。

また、原作では第一巻第一部「心理歴史学者」に登場しただけの人物ガアル・ドーニック（テレビ版ではガール・ドーニック）を、原作に登場しないオリジナル・キャラクターと恋仲にした上で間を引き裂き、一人、亜光速宇宙船に乗せてウラシマ効果で歳を取らせないまま、同第三部「市長」の時代に再登場させたり、その「市長」の主人公であるサルヴァー・ハーディンを、過去や未来を幻視する超能力を持つ「外れ値《ち》」の人物として、それぞれ物語の重要な鍵を握る人物に再設定したあたりは、原作ファンの賛否が分かれるところかもしれない。

第一シーズンは原作第一巻（『銀河帝国の興亡1』）の前半部（第一部から第三部）までで、ゴイヤーは、できれば全八シーズン八十話を使って、原作の全七巻（初期三部作および後期四作）をすべて映像化したいと語っている。おそらく、第一シーズンからアンドロイドを登場させているのは、シリーズの後期作や、その前史として《陽電子ロボット》ものとの橋渡しとなる『ロボットと帝国』の物語もこのさき描くための伏線なのではないか。

いったい、どんな物語が展開していくのか、新訳成った原作と比較しながら楽しむのも一《いっ》興《きょう》だろう。

二〇二一年十一月

訳者紹介　東京女子大学文理学部心理学科卒、翻訳家。主な訳書に、クレメント「20億の針」、ニューマン「ドラキュラ紀元」、ビジョルド「スピリット・リング」他多数。

検 印
廃 止

銀河帝国の興亡２
怒濤編

2021年12月24日　初版
2023年 7 月28日　3版

著　者　アイザック・アシモフ

訳　者　鍛《か》　治《じ》　靖《やす》　子《こ》

発行所　(株) 東京創元社
代表者　渋谷健太郎

162-0814/東京都新宿区新小川町1-5
電　話　03・3268・8231-営業部
　　　　03・3268・8204-編集部
URL　http://www.tsogen.co.jp
DTP　工友会印刷
暁印刷・本間製本

ISBN978-4-488-60412-7　C0197

神秘と驚異の大海洋が待ち受ける

Vingt mille lieues sous les mers ◆Jules Verne

海底二万里

ジュール・ヴェルヌ

荒川浩充 訳　創元SF文庫

◆

1866年、その怪物は大海原に姿を見せた。
長い紡錘形の、ときどきリン光を発する、
クジラよりも大きく、また速い怪物だった。
それは次々と海難事故を引き起こした。
パリ科学博物館のアロナックス教授は、
究明のため太平洋に向かう。
そして彼を待っていたのは、
反逆者ネモ船長指揮する
潜水艦ノーチラス号だった！
暗緑色の深海を突き進むノーチラス号の行く手に
神秘と驚異の大海洋が待ち受ける。
ヴェルヌ不朽の名作。

巨大な大砲が打ち上げた人類初の宇宙船

Autour de la lune◆Jules Verne

月世界へ行く

ジュール・ヴェルヌ
江口 清 訳　創元SF文庫

◆

186X年、フロリダ州に造られた巨大な大砲から、
月に向けて砲弾が打ち上げられた。
乗員は二人のアメリカ人と一人のフランス人、
そして犬二匹。
ここに人類初の宇宙旅行が開始されたのである。
だがその行く手には、小天体との衝突、空気の処理、
軌道のくるいなど予想外の問題が……。
彼らは月に着陸できるだろうか？
19世紀の科学の粋を集めて描かれ、
その驚くべき予見と巧みなプロットによって
今日いっそう輝きを増す、SF史上不朽の名作。
原書の挿絵を多数再録して贈る。

時間SFの先駆にして最高峰たる表題作

The Time Machine and Other Stories◆H. G. Wells

ウェルズSF傑作集1

タイム・マシン

H・G・ウェルズ

阿部知二 訳　創元SF文庫

◆

推理小説におけるコナン・ドイルと並んで
19世紀末から20世紀初頭に
英国で活躍したウェルズは、
サイエンス・フィクションの巨人である。
現在のSFのテーマとアイデアの基本的なパターンは
大部分が彼の創意になるものといえる。
多彩を極める全作品の中から、
タイムトラベルSFの先駆にして
今もって最高峰たる表題作をはじめ、
「塀についたドア」、「奇跡をおこせる男」、
「水晶の卵」などの著名作を含む
全6編を収録した。

ブラッドベリ世界のショーケース

THE VINTAGE BRADBURY◆Ray Bradbury

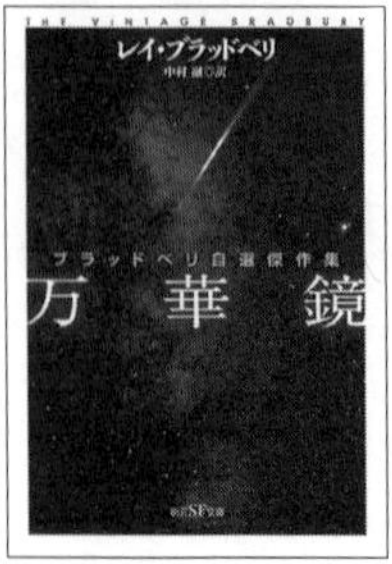

万華鏡

ブラッドベリ自選傑作集

レイ・ブラッドベリ

中村 融 訳　カバーイラスト＝カフィエ

創元SF文庫

◆

隕石との衝突事故で宇宙船が破壊され、
宇宙空間へ放り出された飛行士たち。
時間がたつにつれ仲間たちとの無線交信は
ひとつまたひとつと途切れゆく——
永遠の名作「万華鏡」をはじめ、
子供部屋がリアルなアフリカと化す「草原」、
年に一度岬の灯台へ深海から訪れる巨大生物と
青年との出会いを描いた「霧笛」など、
“SFの叙情派詩人”ブラッドベリが
自ら選んだ傑作26編を収録。